ELITE GAME

De la même autrice chez Addictives

In Love with My Enemy

ANTINEA KANE

ELITE GAME

addictives

À Ryan Gosling, qui ne s'est jamais
entièrement remis de notre rupture.
Tiens le coup, Rayou.
Tiens le coup.

PROLOGUE

Homicide.

Combien on prend pour un homicide aujourd'hui ? Je n'en ai strictement aucune idée. J'aurais dû regarder *New York, police judiciaire*, fait chier. Je ne sais même pas si la peine de mort existe encore dans le New Jersey.

Les coudes appuyés sur la table métallique, je me passe les mains sur le visage en me remémorant les événements de ces derniers jours.

Je revois son visage figé sous mes paupières baissées et les mots de l'inspecteur reviennent me frapper comme un violent coup de fouet.

Morte.

Elle est morte, putain.

Je n'arrive pas à y croire. J'ai l'impression d'être pris dans une spirale infernale qui m'entraîne vers le fond.

C'est allé beaucoup trop loin. Qu'est-ce que je suis en train de faire de ma vie ? Qu'est-ce que j'en ai fait, jusque-là ?

J'étire mes épaules douloureuses en grimaçant. Ça fait cinq heures que j'ai les mains attachées dans le dos, j'en ai marre de poireauter dans cette salle d'interrogatoire. J'ai déjà tout dit, alors qu'est-ce qu'ils attendent ?

Ils se font une chenille dans les bureaux ou quoi ?

Je tente un changement de position en bougeant un peu, mais je n'obtiens rien de plus qu'un joli concerto pour menottes en *la* mineur.

Cling cling cling cling.

Par dépit, je finis par allonger mes jambes sous la table et laisse ma tête basculer en arrière en pensant à Jasper, Nate et Dylan.

Un rire sans joie traverse ma gorge lorsque je réalise que je viens de me jeter entre les griffes des flics alors que toutes nos foutues règles avaient justement pour but de ne pas nous faire coincer. Quand, finalement, je comprends que tout, absolument tout m'a mené jusqu'ici aujourd'hui, dans ce poste de police qui est passé du calme plat à une panique sans nom il y a de ça quelques heures à peine.

Un branle-bas de combat général.

À cause de moi.

Et un peu aussi à cause d'*elle*.

Des éclats de voix attirent mon attention derrière la porte métallique. Je tourne la tête et j'entends brailler l'inspecteur avec qui je me suis entretenu un peu plus tôt dans la matinée.

Ça se bouscule derrière les murs, ça crie et ça s'invective.

– Vous m'en voyez désolé, monsieur McDougall, mais il y a des lois dans cet État et vous allez devoir les respecter comme tout le monde !

– Mon fils est ici depuis hier soir, je veux lui parler immédiatement !

Putain ?! Mon père a fait le déplacement, applaudissements, s'il vous plaît !

D'autres personnes prennent part au débat, et j'imagine sans mal que le trader le plus fortuné du New Jersey a débarqué avec toute sa meute d'avocats dans l'espoir de laver son nom et sa précieuse réputation.

Je savais que mon paternel apprendrait vite la nouvelle

de mon arrestation, mais qu'il trouve le temps de se pointer en personne, là, ça m'étonne.

Un bruit sourd résonne contre la porte.

– Monsieur McDougall, je ne vous apprends rien en vous informant que votre fils fait l'objet de graves accusations dans cette affaire !

À quelques mètres, mon vieux rugit plus fort encore et je crois que, de toute ma vie, c'est bien la première fois que je l'entends, lui, le calme incarné, péter littéralement un câble.

– Vous voulez rire ?! Vous ne croyez pas qu'il y a plus urgent à l'heure actuelle ?! Et si c'était vrai, pour quelle raison serait-il allé se dénoncer comme ça du jour au lendemain, vous pouvez me le dire ?

À cette dernière question, je sens un petit sourire résolu s'installer sur mes lèvres.

Pour quelle raison ? Celle qui vient de faire de moi un mec prêt à assumer les conséquences de ses actes.

1

Connor
Quelques semaines plus tôt

Il fait déjà une chaleur à crever lorsque je gare mon 4x4 flambant neuf sur l'une des places de parking du campus. Je sors de mon véhicule en faisant gaiement sauter mes clés dans une main, et une petite rousse au corps de déesse passe dans mon champ de vision à ce moment-là.

Petit short en jean moulant, crinière sauvage.

J'adhère.

– Youhouuuuu, lapiiiiiin !

Mes lèvres s'étirent franchement en voyant mes potes me faire signe un peu plus loin. En général, ils ont beau faire les idiots et brailler tout ce qu'ils veulent, je reste imperturbable quand il s'agit de mater une jolie nana. Sauf qu'aujourd'hui, c'est priorité à cette bande de manches à balai.

Ils m'ont trop manqué pendant ces deux mois d'été, j'ai presque envie de leur rouler une galoche à chacun.

Eh oui, cette année, pas de vacances entre mecs dans notre petite villa privée d'Isla Mujeres. Nate n'avait pas revu sa petite sœur depuis des lustres, Dylan a emmené sa grand-mère en voyage en Écosse et Jasp' est rentré chez ses parents dans le Nevada. En ce qui me concerne, j'ai aussi consenti à faire l'effort de prendre un vol pour l'Oklahoma.

Bien sûr, je n'ai fait qu'errer comme un chien abandonné dans l'immense baraque toujours vide de mes parents. En deux mois, j'ai vu plus souvent l'employée de maison que l'un de mes deux géniteurs. Non seulement mes vieux sont aux abonnés absents à cause de leurs boulots respectifs, mais en plus il a fallu qu'ils aient l'idée géniale de dépenser leur fortune dans le coin le plus paumé de l'État.

Home sweet home, mon cul !

Tout est mort là-bas, autant le village arpenté par les trois vieilles qui déblatèrent sur la floraison de leurs massifs que le misérable cinéma de quartier qui moisit dans la même déco depuis les années 1970. Mais je suis bien obligé de faire acte de présence de temps en temps. L'héritier de la dynastie McDougall qui tourne le dos à sa famille, ça fait tache.

Résultat : on ne s'est pas vus depuis deux mois avec les gars, et j'ai l'impression que c'était il y a mille ans. C'est donc avec un *smile* d'enfer scotché au visage que je rejoins Nate, Dylan et Jasper, tous trois calés devant la voiture de ce dernier.

– Mais c'est qu'il a profité de ses petites vacances en solo pour s'acheter des biceps, celui-là ! raille mon meilleur pote en observant le tee-shirt remonté sur mon bras quand je cogne mon poing contre le sien.

Je le chambre à mon tour en remarquant l'espèce de similicuir noir dégueulasse qui lui enserre les jambes :

– Et toi, t'as été faire du shopping avec Madonna ou t'as tué un phoque en chemin ?

Nate pouffe quand Dylan fait claquer l'horrible matière sur les cuisses de Jasper.

– T'as pensé à ta descendance, mec ?

– Ça met le paquet en valeur, bande d'incultes ! se

défend Jasp' en chassant sa main. Les filles vont toutes me tomber dessus. Ce truc, les gars, c'est la promesse d'une nuit dont elles se souviendront toute leur vie.

Effectivement, deux nanas passent à côté de nous et le lorgnent sans aucune discrétion. Mais vous voulez mon avis ? Elles sont en train de bien se foutre de sa gueule !

Comme nous, ces filles ont été témoins de toutes les excentricités vestimentaires de mon meilleur ami. L'année dernière, il a décrété que le jaune banane était LA couleur à porter pour être à la pointe de la mode.

Jaune.

Banane.

Pendant toute l'année, il avait quelque chose de jaune sur lui. Des lacets, une montre, un tee-shirt, des chaussettes, des lunettes… Même un fichu paquet de mouchoirs. À l'heure actuelle, j'en suis encore à me demander pourquoi il a choisi le commerce international au lieu d'aller bosser chez Chanel. Collection automne/hiver latex orange et froufrous léopard.

N'empêche, je suis sûr qu'il aurait du succès, le bâtard !

– Il va nous tuer le business, soupire Nate, un ton plus bas.

– Je vais nous propulser au rang de légendes, tu veux dire !

– C'est clair que la légende du moule-bite affole les meufs, tout le monde sait ça, s'esclaffe aussitôt Dylan. Putain, je sens qu'on va bien se marrer !

– Vous savez quoi ? j'embraye en calant mes fesses sur le capot de l'Austin Mini rouge. Jasp' a raison.

– D'aimer les moule-bite ?

Je lève les yeux au ciel en réprimant un sourire.

– C'est notre dernière année à Princeton. Faut qu'on se lâche. Plus de limites, cette fois-ci. Vous êtes chauds ?

Un air inquiet assombrit le visage de Dylan.

– Ouuuuh, je sens venir l'idée merdique, McDougall !

– Attends, tu veux dire plus de règles ? s'inquiète à son tour Nate.

– On garde la règle numéro un. Mais toutes les autres, à partir de maintenant, on s'en carre. On utilise la bagnole qu'on veut, on laisse tomber les tenues et tous les préparatifs, on se tape la meuf avant le jour J si on en a envie… On pimente un peu le truc, quoi. Vous voyez ?

J'ai instauré la première et la plus importante de nos règles il y a deux ans, quand tout a commencé. S'éclater, c'est bien, mais hors de question que l'un d'entre nous foute la merde parce qu'il a perdu le contrôle de la situation.

Chacun d'entre nous a une carrière toute tracée qui l'attend après la fac. Qu'il s'agisse de politique, d'industrie ou de droit, on fait partie de l'élite. Et ce n'est pas censé changer, même si, pour ma part, rien ne me tue plus le moral que d'y penser.

– Virer les règles comme ça, d'un coup ? Ça pue, bro.

– Ben ouais, ça roule bien depuis tout ce temps, pourquoi changer maintenant ? enchérit Dylan en abattant son bras sur les épaules de mon meilleur pote.

Ouais, bon, OK.

– J'ai compris, c'est bon. On s'en tient au plan initial, ronchonné-je.

Une pointe de déception m'envahit, mais je ne dis rien.

Quand même, j'aurais bien aimé qu'ils soient chauds pour ajouter un peu d'action à nos sorties. Jusque-là, on assurait nos arrières au maximum, et c'était une bonne chose. Sauf qu'à force de ne pas me faire serrer par le doyen ou par les flics, j'ai peur d'avoir perdu quelque chose. C'est de risque que j'ai besoin.

De risque et de feu dans les veines.

Moi qui pensais pouvoir me contenter de nos petits rendez-vous nocturnes bien rodés… Il faut croire que je suis le genre de mec à se lasser de tout. Mais je me garde de le dire à mes potes et me sors rapidement ce sentiment de la tête, je n'ai pas forcément envie de polémiquer à ce sujet alors qu'on vient tout juste de se retrouver.

– Préparez-vous, les filles, on est de retour ! scande Dylan tandis que Jasper et Nate se mettent à la recherche de notre prochaine cible dans la masse des étudiants pressés.

Tous les regards sont déjà sur nous, que ce soient les filles aux œillades brûlantes ou les mecs tantôt blasés, tantôt jaloux. Notre quatuor, que certains pensent à tort être un genre de confrérie, fait l'objet de toutes les convoitises depuis notre première année ici. Tout le monde veut son ticket d'entrée, mais nous n'avons jamais recruté, et ce pour une bonne raison.

Personne ne sait quel genre de fraternité nous lie dans les coulisses.

J'ignore sciemment les rageux et adresse mon plus beau sourire à deux filles qui nous observent avec insistance derrière leurs solaires de marque, ce qui les fait fondre comme de petites mottes de beurre sur une poêle bien chaude.

Plaisir d'offrir.

Putain, que cette sensation m'avait manqué !

Derrière elles, une grosse voiture de sport est en train de manœuvrer pour se garer. J'observe un instant l'engin, plus par réflexe qu'autre chose.

Nate le remarque à son tour.

– Joli joujou. Tu connais ?

– Du tout.

Jasper pivote, alors que Dylan, de sa position, n'a qu'à tourner la tête derrière mon épaule.

Un petit sifflement admiratif franchit les lèvres de ce dernier quand la conductrice descend de son bolide, mais la vision d'une Ford complètement défoncée attire soudain mon attention derrière elle. La Mercedes me barre la vue, alors je lève le menton, intrigué, pour mieux observer le spectacle qui attire déjà de nombreux autres regards curieux.

Putain, le mec a dû perdre un sacré pari pour être obligé de se pointer avec cette poubelle sur le campus le jour de la rentrée ! C'est vache, le pauvre. Y a rien de pire pour devenir la risée de Princeton…

Mais le sourire moqueur qui incurve mes lèvres se fige quand la vieille caisse ressort tout à coup de sa place pour repartir. Pendant une seconde, mon angle de vue se dégage parfaitement et, juste avant que Dylan ne plante son coude entre mes côtes, je réalise que c'est une nana derrière le volant.

Je hausse les sourcils, surpris.

– Ouuuuuh putaiiiiin !

– T'as vu ça ? je m'esclaffe, le regard fixé sur la place à présent vide.

– Un peu qu'on a vu, elle en jette cette caisse ! Pas mal non plus, la proprio ! Tu prends ou tu laisses, Connor ? m'interroge Jasper qui a soudain l'air plus excité qu'un chiot sous acide.

OK, ces cons n'ont rien capté du tout.

Je me reconcentre sur la conductrice de la Mercedes qui vient de récupérer son sac à main et sa bouteille d'eau dans son coffre. Elle n'est pas trop mal foutue, mais moins jolie que la rousse de tout à l'heure, ceci dit.

– Je laisse.

– Sûr ?

J'opine. Cette meuf ne fait rien vibrer en moi.

– Elle est pour toi, bro !

– T'es un frère !

– J'ai tellement hâte de voir le pouvoir du moule-bite en action, j'en suis déjà tout émoustillé… je le chambre en réponse.

– Zappe pas de nous transmettre les infos sur le groupe WhatsApp, cette fois-ci, lance Nate en lui donnant une petite tape à l'arrière du crâne.

– T'en fais pas pour ça. Et moule-bite ou pas moule-bite, aucune meuf ne me dira non, se gausse Jasp' en se décollant de la carrosserie. Mais observe quand même et apprends, McDougall !

On se marre de concert et je croise les bras sur ma poitrine, la vue bien dégagée sur la toute première cible de l'année.

La chasse est ouverte.

2

Aya

Personne ne voudra d'une sale petite menteuse comme toi.

J'inspire en fermant les yeux. Les mots sont indélébiles. Ils infectent ma détermination comme du venin.

Acides.

Des sentiments d'excitation et d'incertitude se mélangent sans qu'aucun ne parvienne à prendre le dessus, et je reste quelques minutes sans bouger, les doigts agrippés à mon volant. Je viens littéralement de fuir le parking du campus pour me garer loin de l'université, bien à l'abri des regards. C'est vrai, je me doutais que ma petite Ford cabossée allait faire tache dans le décor. Je crois que j'ai été victime d'un excès de confiance qui m'a donné envie de faire comme les autres, d'avoir une vie normale… jusqu'à ce que je me rende compte que je n'ai pas les épaules pour ça et que j'abandonne l'idée.

Je repense un instant au stress qui m'a tordu le ventre quand j'ai vu tous ces visages moqueurs se tourner dans ma direction, et je souffle un grand coup pour évacuer ces mauvaises ondes.

Ce n'est pas comme si tout mon avenir se jouait à partir d'aujourd'hui, hein ?

Je sais bien que Johnny a raison. Une fille comme moi n'a rien à faire dans une université aussi prestigieuse que

Princeton, et ce qu'il vient de se passer le prouve.

Mais qui aurait cru que j'aurais un jour la chance de réaliser l'un de mes rêves les plus dingues ? Les universités membres de la Ivy League[1] rejettent des milliers de dossiers tous les ans, alors comment j'aurais pu refuser d'entrer à Princeton quand j'ai su que le mien avait été accepté ?

Je suis tellement excitée à l'idée de suivre mon premier cours d'égyptologie que mes mains moites commencent à tacher le cuir du volant. Je l'essuie avec le revers de mon tee-shirt en essayant de me ressaisir.

Parce que bon, déjà, je tiens beaucoup à ce volant.

Et puis, je sais que je vais devoir garder une maîtrise totale de mes émotions si je veux réussir à tenir le cap.

J'entre à Princeton !

Fuck, Johnny.

– Tu le bouges ton tas de ferraille, oui ?!

Un petit cri m'échappe quand le coup de klaxon retentit. Je jette un œil dans mon rétroviseur en remontant sèchement mes lunettes de vue sur mon nez.

– Y a pas le feu, ça va !

Par ma fenêtre entrouverte, j'entends le conducteur du mini-van tempêter, mais je l'ignore et libère tranquillement le passage. Je quitte le parking de Chambers Street où je m'étais réfugiée le temps de reprendre mes esprits, et, cinq minutes plus tard, je me gare dans une petite rue du centre-ville.

Je récupère mes affaires de cours sur la banquette arrière et vérifie – plutôt deux fois qu'une – que ma portière est correctement verrouillée avant de rallier le campus de Princeton à pied. Le réveil de mon téléphone

1. L'Ivy League regroupe les huit universités les plus anciennes et les plus influentes du pays. C'est un peu le Graal de tous les étudiants américains.

se met justement à sonner, je n'ai pas intérêt à traîner.

Au croisement d'en face, déjà, la célèbre façade grise de Princeton se détache sur un ciel d'un bleu éclatant. Elle est toujours aussi somptueuse avec ses blocs de roche multicentenaire et ses grandes tours aux allures de château fort. Je suis passée devant ce monstre de pierre un nombre incalculable de fois en rêvant d'y entrer, et aujourd'hui, ça y est, j'y mets enfin les pieds.

Mon pouls se met à battre un peu plus fort.

Soyons honnêtes, personne n'aurait misé sur une fille tout droit sortie des quartiers malfamés de Camden. Moi-même, je ne m'en pensais pas capable. Mais je me suis battue, parce qu'il était hors de question que je passe ma vie là-bas, dans la baraque moisie et décrépie de Johnny. Ma mère n'aurait certainement pas voulu de cet avenir pour moi. Elle m'encourageait toujours à faire ce dont j'avais envie, même si ça paraissait irréalisable, et à me fixer des objectifs raisonnables pour y parvenir. Elle m'a même acheté mon premier livre sur les légendes des pyramides quand j'avais 12 ans. Je passais des heures entières à le lire et à le relire dans mon lit le soir.

C'est aussi grâce à elle que je n'ai jamais baissé les bras alors que tout me poussait à abandonner. J'ai travaillé d'arrache-pied pour obtenir une bourse, je me suis démenée comme une folle en espérant que mon acharnement finirait par payer et que j'atteindrais enfin mon objectif. Je ne suis pas de nature indécise, je n'ai jamais douté de ce que je voulais devenir plus tard : une grande égyptologue reconnue dans sa profession, qui s'est donné les moyens de se faire une place dans ce monde et qui a la chance de pouvoir vivre de sa passion.

Finalement, j'ai eu la réponse en quelques semaines seulement. Une bourse m'a été attribuée pour mes études à Princeton. Grâce à la détermination que ma mère m'a transmise depuis toute petite, j'y suis arrivée. J'ai déjoué tous les pronostics.

C'était impensable hier, et là, ça y est, je gravis la première marche qui va me mener au sommet de mes rêves. Tout ce que j'ai toujours désiré se concrétise et, même si ce n'est que le début d'un très long chemin, je me sens submergée par une émotion intense.

L'inconvénient, c'est que je vais me taper la migraine du siècle avec toutes ces décharges émotionnelles.

Et on dit vive les migraines chroniques !

Heureusement que je me trimballe une pharmacie complète. Cachets roses, blancs, bleus, en tube ou en tablette... J'ai toujours au moins cinquante dollars d'antalgiques dans la poche avant de mon sac.

Si t'es fière d'être une droguée, tape dans tes mains !

C'est pénible, certes, mais je refuse de faire de mes problèmes de santé une fatalité. Ça ne m'empêchera pas de vivre ma vie à fond et d'apprécier tout ce qu'elle a à m'offrir. Je suis persuadée qu'on est bien plus malheureux quand on reste focalisé sur ce qui ne va pas ou qu'on envie les situations des autres.

Et puis, pourquoi se prendre la tête à ressasser des choses sur lesquelles on n'a aucun pouvoir ?

Je n'ai pas choisi de me coltiner Johnny, je n'ai pas choisi de perdre tous mes amis en quittant l'Oregon – d'ailleurs, je n'avais même pas choisi l'Oregon – et encore moins d'être plus gauche que ma main gauche. Mais j'ai toujours composé avec ce que la vie m'a accordé.

Et je n'ai vraiment pas à me plaindre.

La preuve : aujourd'hui, je suis là, à fouler la pelouse fraîche et parfaitement tondue du campus. J'ai un pincement au cœur en pensant que ma mère serait sûrement fière de voir que je touche enfin mon rêve du bout des doigts.

Comme le sont, j'imagine, les parents de tous les étudiants du monde.

Je me dépêche d'avancer vers le bâtiment principal – alias la baraque de Dumbledore –, émerveillée par ce que je découvre enfin de si près. De l'architecture gothique aux haies verdoyantes et taillées au carré en passant par la si mythique tour de l'horloge, tout me subjugue et me coupe le souffle.

Mais le temps file et l'amphithéâtre dans lequel je dois me rendre est… euh, ben, je n'en sais rien du tout.

Je prends un escalier sur la gauche et me faufile à travers un groupe de personnes en essayant de ne pas entrer en collision avec l'une d'entre elles. Si j'en crois le panneau au mur, l'amphi A2 est juste là, sur la droite.

Ouf, nickel.

Je m'engouffre au pas de course derrière une fille au carré brun et entre dans la salle, essoufflée. Je ne suis pas en retard, mais il s'en est fallu de peu.

À l'intérieur de l'amphi bondé, je repère vite une place de libre. Je m'approche avant d'avoir un mouvement d'arrêt. Un sac est sur le siège.

– Excuse-moi, je peux ? fais-je en désignant l'assise en bois laqué.

La fille qui occupe la place d'à côté balance l'une de ses couettes noires derrière son épaule en tournant les yeux vers moi, visiblement pas hyper ravie de me voir lui adresser la parole. Son souffle mentholé s'échappe de ses lèvres maquillées sans qu'elle n'essaie de masquer sa contrariété :

– Ouais.

Je m'assois sans un mot, alors qu'une repartie me brûle

la gorge. Avec mon regard intimidé et mes lèvres scellées, j'ai sûrement l'air d'un petit chien qu'on vient de gronder parce qu'il a fait pipi sur le tapis du salon. Seulement, ma voisine semble être du genre à ne pas chercher et, pour l'instant, mon désir de ne pas faire de vagues l'emporte sur mon caractère vindicatif.

Et, comme prévu, la douleur qui cogne entre mes oreilles est l'une de celles qui m'obligent à serrer les dents. Youpi ! Je retourne le fond de mon sac à la recherche de mes cachets, puis m'arrête. Comme une imbécile, j'ai oublié ma bouteille d'eau dans la voiture. Évidemment, je n'ai plus le temps de ressortir de la salle pour aller boire aux toilettes.

Grrr !

La porte battante de l'amphi claque justement à cet instant. Le brouhaha ambiant qui baignait la salle cesse soudain. Je me retourne légèrement pour découvrir le professeur de ma matière principale : une femme d'une cinquantaine d'années au visage jovial, avec des cheveux rouge vif coupés à la garçonne.

Elle descend tranquillement jusqu'à son bureau et y dépose son attaché-case ainsi qu'un gobelet de café fumant.

– Bonjour à tous, sourit-elle chaleureusement face à nous. Je me présente, je suis le professeur Richert. Bienvenue dans mon cours d'introduction à la magie et à la religion égyptiennes antiques. (Elle pose ses fesses sur le bureau en englobant tout l'amphi du regard.) Le but de ce semestre sera de comprendre l'impact de la magie et de la religion sur l'esprit des Égyptiens de l'Antiquité. Pour cela, je veux que nous travaillions tous ensemble avec un regard neuf. Ayez un regard neuf sur l'histoire, insiste-t-elle. Mettez-vous vraiment dans la peau d'un Égyptien de cette époque. Mon cours est le seul dans lequel vous pourrez venir déguisés, alors profitez-en !

Je hausse les sourcils, pas certaine d'avoir bien entendu, alors que des gloussements et des chuchotements de surprise s'élèvent d'un peu partout.

– Madame, si les filles ont le droit de venir en tenue traditionnelle, je pense que ce serait bien d'ajouter l'orgie romaine au programme, intervient un étudiant quelques rangs plus bas.

Des pouffements amusés suivent sa remarque.

– On se contentera des vêtements destinés aux Égyptiens de haute condition, précise Mme Richert avec un petit rire entendu. Je ne serai en aucun cas tenue responsable si vous vous faites attraper en train de vous promener presque nus sur le campus. Vu ?

L'étudiant lève les deux mains en guise de réponse avant de se renfoncer dans son siège en ricanant.

Couette-couette siffle méchamment entre ses dents et se penche vers l'oreille d'une autre étudiante assise un rang devant elle. Ce qui ne sert à rien, puisqu'elles parlent si fort que j'entends presque tout de leur conversation.

– … dégoûte de voir que Princeton ouvre ses portes à des ploucs comme Brody.

– Pff, mon père a payé quatre-vingt-dix mille dollars pour m'inscrire ici, et lui, il a eu droit à une soi-disant « bourse complète », comme ça. Tu veux mon avis ? Il faut qu'ils durcissent les sélections. On ne devrait pas avoir à supporter ce genre de débile sans neurones qui finira de toute façon par bosser chez McDo.

– Quand je pense que quelqu'un de bien plus méritant aurait pu en profiter…

Je m'enfonce dans mon siège, soudainement mal à

l'aise. Ces filles n'imaginent sans doute pas que, moi aussi, je suis une « voleuse de places ».

– Nous avons tous entendu parler des mythes, des dieux et des déesses, continue Mme Richert. Mais que savons-nous réellement de la cosmologie de cette époque ? Qu'est-ce que les Égyptiens pensaient de l'Univers, comment est-ce qu'ils l'appréhendaient ? Quand les premiers dieux ont-ils réellement fait leur apparition et pourquoi n'ont-ils pas survécu à l'effondrement de l'ancienne Égypte ? Quelle était leur vision de l'éternité, la place de la magie dans leur vie quotidienne ?

Tout en essayant de me concentrer sur les paroles de notre prof plutôt que sur les phrases assassines que continuent de s'échanger fièrement mes voisines, je me rends compte que je suis en train de caresser le petit scarabée en or au bout de ma chaîne dorée.

Les dieux me pardonnent si je suis vraiment en train de tripoter Khépri[2] à chaque fois que je fais ça. Pour moi, il n'a pas cette signification. C'est juste un moyen de me déstresser.

Et je préférerais mourir plutôt que de m'en séparer.

Notre professeur nous invite gentiment à nous munir de nos iPad pour prendre nos premières notes et je tire un calepin et un stylo-bille de mon sac, ce qui attire forcément quelques regards curieux autour de moi.

Surtout celui de ma voisine, qui dégouline sur ma main tenant le stylo avec une condescendance proche du dégoût. Je sens qu'elle n'attend qu'un seul faux pas de ma part pour traîner ma carcasse sur la place publique, juste à côté de celle de ce pauvre Brody. Je m'attendais évidemment à ce genre de réaction. Venir à Princeton

---

2. Khépri est le dieu égyptien associé au soleil et symbole de renaissance. Il est représenté par un scarabée poussant le disque solaire. (Oui, c'est un bousier sacré.)

avec un bout de feuille froissé au lieu d'une tablette ou d'un ordinateur portable dernier cri, c'est presque un appel au lynchage.

Mais ce n'est pas ça qui va m'empêcher d'étudier. Je ne compte pas laisser ce genre de vipère gâcher ma chance.

Alors, je prends sur moi, j'essaie d'être forte, je m'accroche autant que possible à la voix de Mme Richert. Pour rester au niveau, je sais bien que je vais devoir travailler deux fois plus dur que les autres et ne pas me laisser distraire par quoi que ce soit.

***

Ma théorie se confirme au bout d'une heure de cours. J'ai le poignet engourdi et les doigts en feu à force de tenir mon stylo, mais l'égyptologie me passionne tellement que les mots de Mme Richert ont viré ceux de Johnny et de Couette-couette, et ont pris toute la place dans ma tête.

Malgré la mauvaise compagnie du cours, je quitte donc l'amphithéâtre le cœur un peu plus léger. C'est la magie de l'histoire égyptienne, de ses mythes et de ses légendes.

Bon, en revanche, ça ne guérit pas le mal de tête, et il faut vraiment que j'avale un antidouleur. Les coups de marteau qui résonnent contre mon crâne me donnent la nausée, j'en suis à deux doigts de vomir. À ce stade, je devrais même aller m'allonger une heure ou deux dans le noir, ce qui me semble contre-indiqué au milieu du couloir.

Je m'arrête devant la porte des toilettes pour filles et pose mon sac contre le mur pour prendre mon médicament, puis je détache l'un des cachets bleus de la plaquette en aluminium et le fais tomber au creux de ma main. Tandis que des tas d'étudiants me dépassent en bavardant, je grimace, les yeux fixés sur l'énorme comprimé qui, c'est sûr, va me valoir de m'étrangler comme c'est le cas une fois sur deux. À l'idée que tous les regards se braquent sur moi pendant que je crache sur les précieux murs de Princeton, j'en ai des sueurs froides.

Mais peut-être que…

Je repère une porte de sortie au dernier moment. Génial, je n'ai qu'à faire ça dehors pour être tranquille ! Je récupère donc mon sac, pousse la porte des toilettes pour remplir un gobelet d'eau puis ouvre la porte vitrée donnant sur l'extérieur.

3

Connor

Je me tiens adossé au mur du gymnase où vient de se terminer notre cours de sport, accompagné de Nate et Dylan. Pendant que Jasper termine de se refaire une beauté, mes deux comparses parlent encore de Sarah, la conductrice de la grosse Mercedes que Jasp' a prise en chasse ce matin. Ils cherchent des infos la concernant sur les réseaux, tandis que je passe le temps en naviguant sur les comptes Instagram de quelques filles populaires de Princeton.

Je tombe par le plus pur des hasards sur la rousse que j'avais repérée sur le parking, une certaine Ashley Hawl. Curieux, je commence à faire défiler ses photos d'une main, mon maillot de basket froissé dans l'autre.

Famille d'aristo. Grosse baraque à L.A. Vacances en Europe, cocktails, fringues griffées, faux ongles, un frangin, un vieux beagle nommé Joe… En résumé, rien de bien transcendant.

Miss Perfection est d'une banalité blasante. Sa vie est tirée à quatre épingles. Rien ne déborde. Tout est calculé, prévisible, ordonné. Ça me foutrait presque le cafard, tant ses dizaines de clichés sont insipides, et tout mon intérêt pour elle retombe comme un soufflé. En un coup d'œil, je sais déjà ce qu'on va trouver chez elle : vêtements de créateurs, tableaux de maîtres, œuvres d'art… Rien de bien amusant, en somme.

Je continue à faire défiler les photos de ses soirées avec le pouce, un peu lassé, lorsque notre grande asperge de pote sort enfin du gymnase, le cheveu gominé et la tenue impeccable.

– Ah, ben enfin ! s'exclame aussitôt Dylan.

– Quinze minutes qu'on attend que t'aies fini de te remaquiller, duchesse.

– T'es beau comme un cœur, on peut y aller ? dis-je en feignant de soutenir mon meilleur ami.

– Go, mes lapinous.

On se met en route et le ventre de Dylan ne met pas longtemps à se manifester.

– J'ai tellement envie de descendre un paquet de chips au vinaigre, je suis à deux doigts d'appeler Rony, ronchonne-t-il.

Rony, Ronald, Ronichou, Ronounet, autrement dit l'homme à tout faire de M. Wilson père, que Dylan pourrait bien balader à travers tous les États-Unis s'il le voulait. Heureusement, mon pote a un petit cœur derrière ses pectoraux bétonnés, et il rechigne à lui faire prendre l'avion juste pour lui ramener sa marque de chips préférée d'Écosse.

– En fait, c'est pas si mauvais que ça, les chips au vinaigre, argumente Nate tandis qu'on marche tous les quatre vers le banc qu'on a l'habitude de squatter derrière l'université.

Lui aussi ?!

– Mais vous avez des palais de doberman ou quoi ?

– Moi je kiffe aussi, mais je suis pas objectif. Quand j'étais môme, je buvais l'eau du bocal de cornichons, abonde Jasp' en ignorant complètement la grimace écœurée qui me tord la bouche.

Je suis le foutu dernier être humain sur terre.

– Ouais, mais toi, on a toujours su que tu te droguais.

On s'installe tranquillement et, comme pour confirmer les propos de Nate, Jasp' a déjà la tête dans son sac de sport, la bave aux lèvres, à la recherche de son véritable amour, sa raison d'exister, que dis-je, sa panacée.

– Hey, tu fileras une gorgée ? l'attaque aussitôt Dylan, toujours prêt à gratter de la bouffe.

La poitrine de Jasper vibre sous un rire sombre. Un rire de psychopathe dénué de joie.

Il soulève l'opercule de son Actimel à la fraise, goguenard.

– Connor, t'en veux, mon chou ?

Mes lunettes de soleil sur le nez, je souris en silence au timbre suraigu que Jasp' a pris pour s'adresser à moi. Et, juste pour foutre les boules à Dylan, j'accepte.

– Avec plaisir, bro, c'est tellement généreux de ta part.

– Brûlez en enfer.

Nate ricane.

– Paraît-il qu'il y a de grosses bombes sexuelles chez Lucifer.

– Je me disais bien, aussi, que j'y avais croisé ta sœur !

Choc.

Mon regard hébété croise celui de Jasp', juste avant qu'on explose de rire.

On connaît tous la petite sœur de Nate, Bérénice Hamilton. Rien à voir avec le champion de Formule 1, au passage. Leur famille d'avocats a fait fortune en prenant part aux procès les plus médiatisés des États-Unis. Les affaires les plus sordides et les plus controversées sont passées dans les mains des Hamilton, et les grandes stars de Hollywood s'arrachent maintenant leurs services à prix d'or.

Enfin bref, quand Jasp' et moi avons rencontré Nate et Dylan pendant notre première année à Princeton, on a commencé à se retrouver chez les Hamilton pour quelques week-ends, ou pour les fêtes de fin d'année. C'était plus simple, puisque ce sont les seuls à habiter dans le New Jersey. Et puis ça me permettait d'avoir une excuse pour ne pas rentrer chez moi. Dylan, qui connaissait Nate bien avant l'université, avait déjà l'habitude de squatter régulièrement chez lui pour changer d'air. Bérénice est un peu devenue notre petite sœur à tous.

Elle a un sacré caractère de merde et je ne me demande même pas d'où elle l'a tiré !

En tout cas, Nate se marre beaucoup moins, tout à coup. Et Dylan comprend qu'il a encore foiré.

– Je parlais pas en mal, ma gueule. Désolé.

Il a raison d'essayer de se rattraper, parce que Nate serait capable de foutre un tueur à gages aux fesses du premier mec qui prononcerait mal le prénom de sa petite sœur.

– Tu sais que si c'était quelqu'un d'autre qui avait dit ça, il aurait déjà plus de dents ?

– Je t'aurais aidé bien volontiers, ris-je de mon côté.

Hors de question de jouer aux petits trous du cul avec Bérénice. En revanche, pour ce qui est des autres filles, c'est quartier libre.

Et d'ailleurs, je dois dire qu'on ne s'en prive pas. Je ne me souviens même plus comment notre petit jeu secret a commencé. Comment on y a pensé. Mais putain, la première fois qu'on l'a fait, j'ai eu le cœur qui battait à mille à l'heure. Et je me suis souvenu que je pouvais ressentir des trucs déments.

Le souci, c'est que le gibier ne me fait plus bander.

J'ai dû me faire la moitié des filles de ce foutu campus et elles sont à chaque fois plus fades les unes que les autres.

Je glisse un regard involontaire sur Jasp' comme s'il était un expert dans le domaine, lui, le mec le plus queutard du groupe.

Mais nan, je balise pour rien. Ce qu'il me faut, c'est juste de la nouveauté. Une fille pas soporifique. Une que je ne me serais pas déjà tapée d'une manière ou d'une autre, en fait.

Ce qui commence à devenir un petit défi en soi.

– T'es amoureux de moi, ça y est ?

La question de Jasper me sort subitement de mon introspection. Il m'interroge d'un regard lascif.

– Je suis amoureux de toi depuis la primaire, bro, je le rembarre. Mais là, tu vois, je me demandais juste avec quelle meuf je pourrais bien commencer l'année.

– T'as l'embarras du choix, lance Nate en faisant passer un paquet de bonbons au caramel.

Je balaie les alentours du regard. Des filles se sont réunies en groupe pour réviser à l'ombre des arbres, d'autres sont allongées sur le gazon pour prendre le soleil et se marrent entre elles, ventre à l'air et jambes nues. Il y a le choix, c'est clair. Des nanas canon sur toutes les marches d'escaliers, dans tous les couloirs.

Elles n'attendent qu'un petit signe de ma part, mais c'est toujours du réchauffé. Et ma queue en a marre de la tiédeur.

– Ouais, fais-je mollement.

Pile à cet instant, une brusque quinte de toux attire notre attention. Une meuf haute comme trois pommes est en train de cracher ses poumons quelques mètres plus loin.

Pliée en deux.
Main sur la bouche.
Dès que le bout de son pied touche l'herbe, elle libère ses lèvres et se met à cracher un litre de flotte dans un bruit rauque, atroce, à mi-chemin entre le brame du cerf en rut et le vomi du lendemain de soirée.
Et c'est à cet instant que le déclic se fait dans ma tête.
C'est la meuf de la Ford !
Cette pensée me fait l'effet d'une claque, pourtant je suis sûr de moi à cent pour cent. Ouais, c'est bien elle, pas de doute possible.
Je pouffe, goguenard.
Elle en tient une sacrée couche !
Dylan plisse le nez, perplexe, tandis que Jasp' place sa main en visière.
– Y a noyade, là, non ?
– Qu'est-ce qui lui arrive, à celle-là ? renchérit Jasper.
Nate secoue lentement la tête.
– Elle se fait vomir ou un truc comme ça, à mon avis.
– On aura tout vu !
Je ne crois pas qu'elle se fasse vomir, mais je ne verbalise pas ma pensée, trop occupé à étudier la godiche à lunettes qui se met à chercher un truc par terre. Elle a dû se défoncer la tronche à tousser comme une tarée et elle n'a plus les idées claires. Parce que là, je ne vois pas d'autre explication au fait qu'elle se retrouve le nez dans le gazon, le tee-shirt trempé, à essayer de récupérer son neurone dans l'herbe.
Elle ne capte même pas qu'on est tous les quatre en train de mater la scène, trois mètres plus loin, comme si on bouffait du pop-corn au ciné.
– Tu t'es déjà fait une nana qui broute de l'herbe ?

Cette petite question de Dylan fait tourner la tête de mes deux autres potes dans ma direction. Ils me fixent tous les trois avec ce petit sourire facétieux au coin des lèvres, signe que l'idée fait son chemin dans leurs esprits tordus.

Mais on va se calmer. J'ai dit que je voulais du changement, pas baisser en gamme !

Cette meuf est à la ramasse, il suffit de la regarder.

– Faut pas pousser ! m'esclaffé-je.

– En même temps, pour du changement… Là, t'as du changement, bro.

– Vous plaisantez ? C'est le genre de fille qui va se chier dessus dès que je vais lui adresser la parole, je vais la soulever en moins de trois minutes vu qu'elle tiendra pas la cadence et vous aurez même pas le temps de faire le tour de sa baraque parce qu'elle chialera pour que je la ramène chez elle ! finis-je par me récrier, outré.

Mais mon meilleur pote insiste encore.

Buté comme pas deux.

– T'en sais rien, au fond.

– Et au moins, t'es sûr que t'auras aucun problème à appliquer la règle numéro un. C'est tout bénéf', tu te fais un peu de sang neuf, tu lui offres le pur moment d'extase qu'elle ne connaîtra qu'une fois dans sa vie, on fait comme d'habitude et tout le monde est content. Ça va être plié en moins de deux, approuve Nate.

– Moi, je suis sûr qu'elle est pas si moche de près, intervient Dylan.

Les coudes posés sur mes genoux, je me mets à rire doucement.

– Putain…

Je me trompe ou ça sent fort le plan merdique ?

Et pourtant, deux petits mots roulent sur mes lèvres, doux et sucrés comme le caramel que je m'apprête à sucer du bout de la langue.

Après tout…

– Pourquoi pas.

4

Aya

C'est seulement mon deuxième jour à Princeton, et je suis déjà en train de foncer tête baissée dans les couloirs de l'université.

Très vite.

Trop vite.

J'entre brutalement en collision avec une masse non identifiée, qui me stoppe net dans ma course.

Outch!

– Excuse-moi, ça va? s'inquiète tout de suite une voix masculine.

Un peu sonnée par le coup, l'épaule en vrac, je cligne plusieurs fois des yeux avant de les poser sur un brun filiforme aux cheveux bouclés. Il est vraiment grand (ou c'est moi qui suis vraiment petite), habillé plutôt classe avec son polo et son pantalon en toile beige, et il a l'air très avenant. Malgré les marques d'acné sévère qui lui grêlent les joues, je ne peux pas dire qu'il soit moche.

Mais, de toute façon, je suis fermement résolue à ne pas m'attarder sur le moindre mec jusqu'à la fin de mes études. C'est clairement très loin de mes priorités actuelles. Les loisirs, les fêtes étudiantes, les mecs, les petits jeux de séduction, tous les à-côtés, je ne perds même pas mon temps à y penser. Mon dossier doit être excellent. Je ne peux pas me permettre la moindre source de distraction.

– Je ne regardais pas où j'allais, vraiment désolée.

Je me décale pour reprendre mon chemin mais, contre toute attente, il me lance soudain :

– T'es dans l'équipe de course à pied ?

– Euh… Non, pas du tout.

– Dommage, tout ce potentiel gâché !

Son aisance et son humour me tirent un sourire, sauf que là, je suis pressée. Je regarde à nouveau le brun face à moi en me demandant comment fuir cette discussion de la meilleure des manières et j'aperçois seulement à cet instant le tas d'affichettes qu'il a entre les mains.

– Enfin, c'est pas grave, on ne recherche pas d'athlètes chez nous, de toute façon. Juste des filles sympas qui partagent nos valeurs, enchaîne-t-il en me faisant signe de prendre l'un de ses dépliants.

Par politesse, je parcours rapidement le papier des yeux et m'aperçois qu'il s'agit des tracts que distribuent les confréries. Je ne m'y suis jamais intéressée pour la simple et bonne raison que la grande majorité demande de payer une cotisation semestrielle. Je sais d'ores et déjà que ce n'est même pas la peine d'y penser. Même si ça aurait été un vrai plus dans mon dossier scolaire.

Et que ça aurait aussi pu régler le plus gros de mes problèmes, puisque je sais que les fraternités logent souvent leurs membres dans de grandes maisons toutes équipées.

– On est une confrérie mixte, appuie-t-il en posant son long index sur l'information en bas du document.

Juste à côté, je découvre le nom de celle-ci : Phi Delta Theta.

– Merci, je la lirai tranquillement chez moi ce soir, mens-je avant de la plier en quatre.

– Cool. Je m'appelle Trent. Et toi ?

– Aya.

– Sympa, c'est pas commun. N'hésite pas à revenir vers moi si tu as des questions, je te renseignerai avec plaisir.

J'hésite, mais sans trop comprendre pourquoi, ma langue se dénoue au moment où il commence à s'éloigner :

– C'est payant ?

Trent se retourne, ravi de m'entendre m'intéresser à sa confrérie. Il agite mollement la main en l'air comme s'il ne s'agissait que d'un vague détail.

– À peine cinq cents dollars par trimestre, t'inquiète pas pour ça.

– OK.

Je viens littéralement de m'étrangler avec ma salive.

Comme ça, au moins, c'est réglé !

– Tu veux qu'on déjeune ensemble ? On aura tout le temps d'en parler.

Et qu'il me fasse rêver d'un truc que je n'aurai jamais ? Il a l'air gentil, mais non merci.

– Euh... non, désolée. Peut-être une autre fois.

Je lui lance un geste de la main et reprends ma course en direction du gymnase. Une fois sur place, on m'informe que les douches sont accessibles uniquement pour ceux qui utilisent les locaux. Malheureusement pour moi, je n'ai choisi aucune activité sportive dans mon programme et les inscriptions sont toutes clôturées.

Allez, voyons le bon côté des choses : au moins, j'ai un peu plus de temps pour déjeuner.

Sans attendre, je rejoins le réfectoire, dans lequel flottent de délicieuses odeurs de friture. Je m'arme d'un plateau et le remplis au maximum. Si les bruits de couverts et le brouhaha incroyable n'emplissaient pas tout le lieu, je crois vraiment que tout le monde aurait la joie d'entendre mon ventre gargouiller et se tortiller de bonheur.

Je tourne un peu sur moi-même à la recherche d'une

chaise libre, mais l'endroit est bondé et toutes les tables sont occupées par des groupes d'étudiants. Au bout d'un moment qui me semble durer une éternité, l'une d'elles se libère enfin. Dans un coin, tout au fond de la salle.

Je me rue dessus avant qu'un autre groupe ne la réquisitionne. Ce n'est pas que je n'aime pas faire connaissance ou rencontrer du monde, bien au contraire. Mais la cafétéria est justement le genre d'endroit où il y a un peu trop « de monde » à mon goût.

Donc j'aime autant être tranquille pour manger.

No stress.

No malaise.

Je souffle d'aise, m'installe et empoigne ma fourchette.

Et puis, boum.

Stress.

Malaise.

Un autre plateau glisse sur la table.

La seconde d'après, un poignet habillé d'une grosse montre tire la chaise et un regard d'un bleu saisissant se fiche comme une épée dans mes prunelles. Le mec s'assied nonchalamment face à moi, comme si je l'y avais invité ou qu'on se connaissait depuis dix ans, un sourire calculé sur les lèvres.

Je n'ai pas besoin de l'observer longtemps pour comprendre que j'ai affaire à un expert de la drague lourdingue habitué à fumer tout ce qui bouge – et je ne parle pas de saumon. Il est le stéréotype même du sportif populaire que tout le monde adule. Je ne sais pas s'il fait partie de l'équipe de hockey de l'université ou même s'il est adulé, d'ailleurs, mais je ne serais pas surprise que ce soit le cas. Déjà, il est blond.

Bon, d'accord, ce n'est pas vraiment un critère.

Mais si je vous dis blond, les cheveux coiffés en arrière

façon « sortie de douche sexy », un regard azur qui vous électrise sous ses paupières mi-closes, une légère fossette au menton, un sourire parfaitement dessiné, des lèvres qu'on dirait faites pour embrasser, la peau légèrement hâlée, un corps athlétique et hyper bien foutu, un air de tombeur sur le visage et un sweat aux couleurs de la fac, vous le voyez mieux, là, le stéréotype ?

Ah, ben c'est sûr que la plupart des filles à qui il s'adresse doivent lui déballer adresse et numéro de téléphone avant même qu'il n'ouvre la bouche !

Hey, salut, je suis le frère caché de Brad Pitt, je fais pipi Chanel et caca Dior et toutes les filles de la terre sont à mes pieds, ça te dit un petit cunni en dessert ?

Il y a peu de choses que je ne supporte pas, mais ce genre de personne qui se croit irrésistible juste parce qu'elle a eu de la chance à la loterie de la vie, ça me hérisse les poils ! Un m'as-tu-vu qui croit avoir tous les droits, juste parce que – il faut le reconnaître – il est beau à tomber.

Puis, comme si ce type était Toutânkhamon ressuscité, des dizaines de regards se braquent sur moi. Enfin, sur lui.

Enfin, sur nous, quoi.

Et, comme s'il n'était pas déjà tranquillement installé, il désigne l'espace entre nous avant de se parer de sa voix la plus enjôleuse.

– Ça te dérange pas ?

S'il était un minimum observateur, il comprendrait que si, ça me dérange un peu beaucoup. Que, justement, je voulais être tranquille.

Je ne sais pas si c'est à moi ou bien à mon assiette de poulet frit qu'il en veut mais, soyons honnêtes, il y a de fortes chances que je sois l'objet d'un pari stupide ou un truc du genre. Je suis sûre que ses potes Ken et Barbie sont en ce moment même en train de filmer la scène avec leurs téléphones, planqués derrière un plat de brocolis.

Mais bon, d'un autre côté, on est dans un pays libre. J'imagine qu'on pourrait même se décaler, ma fourchette et moi, pour lui laisser un peu plus d'espace. Sauf que je n'ai pas la moindre envie de bouger mon postérieur de cette chaise.

– Ça va, princesse ? Je te fais peur ou quoi ? Tu as perdu ta langue ?

Je grimace malgré moi.

Pardon ?

Prin-quoi ?

Il rit en me dévoilant soigneusement toutes ses dents blanches, d'un petit rire de tombeur qui n'a de sincère que la lueur de surprise dans ses yeux clairs.

Je secoue négativement la tête en essayant de ne pas paraître trop désagréable. Me mettre quelqu'un à dos dès le deuxième jour, non merci !

– J'essaie juste de déjeuner, comme tu peux le voir.

Mister Beau-gosse-prétentieux tripote la visière de sa casquette aux couleurs des Tigers posée sur la table et passe une main dans ses longues mèches blondes, le coude calé sur le dossier de son trône.

Et, quand il desserre à nouveau les lèvres, je repousse ma chaise, décidant de prendre la tangente avec mon plateau.

– Attends, tu vas où ?

Il se redresse d'un coup.

– Désolée, j'ai un exposé sur les ours polaires à terminer. Salut !

Un faux sourire placardé sur les lèvres, je tourne les talons, le dos léché par un regard bleu comme la glace.

5

Aya

Je suis heureuse de pouvoir affirmer que mes premiers jours à Princeton se sont bien mieux déroulés que ce que pensait Johnny. Bon, je ne connais encore personne, d'accord.

Ah si, il y a eu ce mec à la cafétéria qui a bien failli me gâcher mon mardi après-midi. Mais il n'est pas revenu à la charge. Ouf. Affaire réglée.

Pourtant, je veux croire que je finirai par me faire de vrais amis.

Des gens à qui je pourrais faire confiance.

Mes pensées s'effritent et mon ventre se noue lorsque mes phares éclairent un panneau vert et blanc dans la nuit. Celui de Camden fait définitivement partie de mon top 5 des panneaux que je déteste le plus dans tout l'Univers.

Je prends la sortie en direction de la banlieue où j'ai passé la moitié de ma vie. Dans mon dos s'endort le quartier historique de Princeton, ses grands portails blancs et ses villas de millionnaires. Et de l'autre côté du fleuve Delaware, dans lequel se reflètent les buildings de la ville, je retrouve les vieux trottoirs défoncés, les kilomètres de vieilles lignes téléphoniques qui ploient et s'entrecroisent sous le ciel noir, les terrains grillagés et les bâtiments vides aux portes condamnées.

Je déteste revenir ici.

Un peu nerveuse, je me gare devant le numéro 127 quelques minutes plus tard. La maison tient toujours debout sous son crépi fatigué et jaunâtre, comme une bonne grosse couche de tartre sur une vieille dent.

En même temps, je vivais ici il y a encore trois jours, donc je ne sais pas pourquoi je me fais la réflexion.

Je termine la barre de céréales que j'avais entamée au volant et froisse l'emballage avant de le jeter dans la portière, puis je sors. La lumière de la cuisine filtre par la fenêtre entrouverte, donc ça veut dire qu'*il* est là. Enfin, à cette heure-ci, c'est logique, il est forcément devant sa télé.

Je m'avance sous l'auvent aux tuiles décollées et frappe deux petits coups sur la porte en bois. Je pourrais rentrer, j'ai toujours les clés. Mais Johnny est quelqu'un qui n'aime pas être pris au dépourvu. Et moi, j'ai déjà bien trop mal au crâne, je préfère donc la jouer *secure* et faire profil bas, même si, techniquement, j'ai toujours la possibilité d'entrer.

Un frisson me picote les bras en même temps que l'air du soir, et ce n'est pas seulement parce qu'en ce moment les nuits sont fraîches.

J'ose un regard sur la gauche, comme si, encore une fois, quelque chose avait pu changer depuis trois jours, mais la maison mitoyenne à la nôtre a encore ses grosses planches de bois qui barricadent ses fenêtres et ses tags plein les murs. J'ai toujours trouvé triste qu'elle soit à l'abandon depuis toutes ces années alors que des dizaines de personnes vivent dans des cartons juste là, dehors.

Tout à coup, un flot de lumière blafarde m'inonde les pieds. Puis cette odeur familière de cigarette froide, d'alcool fort et de transpiration.

– Tiens donc, raille une voix crispée.

– Salut, Johnny.

Je me mords la lèvre, anxieuse malgré ma détermination.

Fais profil bas, Aya. Va dans son sens et il te laissera entrer.

– Tu veux quoi ?

Les deux petites fentes de ses yeux noirs me jaugent méchamment. Il croise les bras sur son vieux tee-shirt des ZZ Top pour joindre l'acte à la parole.

Oui, bon ben, si j'avais besoin qu'on me rappelle que je ne suis plus la bienvenue, c'est chose faite.

Merci, Johnny.

– Je voulais juste récupérer ma deuxième couverture, je l'ai laissée dans ma chambre.

– Et comment ça se passe dans ton truc de petits bourges ?

Qu'est-ce qui lui prend de s'intéresser à mes études, tout à coup ?

– Ça va. Merci, je réponds, stupéfaite.

– Ils sont au courant que chaque mot qui sort de ta bouche est une saleté de mensonge ?

Ah, je retire. Tout est normal.

– Johnny, je veux juste récupérer ma couverture, je souffle, fatiguée.

Je n'ai clairement pas envie de me prendre la tête avec lui ce soir. Je voudrais juste qu'il bouge son cul et qu'il me laisse passer. J'en aurais pour deux minutes top chrono à aller jusqu'à ma chambre, prendre mon vieux plaid *Les 101 Dalmatiens*, ressortir, et tout le monde serait content.

Mais il y a bien longtemps que j'ai perdu le courage de m'opposer à lui de vive voix.

Johnny referme ses doigts autour de sa bouteille au cas où elle s'échapperait pendant qu'on discute. Il a l'index pointé vers moi.

– Et moi, je veux mes trois cents balles.

– Mais où tu crois que je vais les trouver ?! je m'écrie en réponse.

Vlan.

Même pas le temps de m'énerver. La porte me claque au nez dans un courant d'air.

Sur le palier plongé dans le noir, je sens des larmes de colère s'amonceler sous mes cils.

Johnny ne bosse pas, Johnny est un con, mais Johnny reste mon oncle.

Et ma seule famille.

Je sais qu'il est inutile d'insister. Alors, je fais demi-tour sans rien dire, mes ongles enfoncés dans mes paumes de main, et je remonte dans ma voiture. Je ne m'attendais pas à un accueil chaleureux. Johnny a toujours été contre le fait de me voir étudier à Princeton. Il estime que c'est une perte de temps et d'argent. Que ce n'est pas pour moi.

C'était le deal : si je faisais mon jour de rentrée, ce n'était plus la peine de revenir.

Ce que j'ai respecté jusqu'à ce soir, sachant bien qu'il ne me laisserait plus passer la nuit ici.

Ah, Johnny a des tas de défauts, mais c'est un homme de parole !

Et puis, moi aussi je les voudrais bien, ces trois cents dollars mensuels. Mais c'est comme ça : en tant que tuteur légal, mon oncle avait le droit à cette allocation exceptionnelle tant que j'étais mineure. Depuis presque un an, il y a donc un trou dans le budget, et il me les réclame continuellement comme si je les lui avais volés. Quand je trouvais un petit boulot, je participais bien volontiers aux frais, je payais une bonne partie des factures et j'allais même faire la plupart des courses. Mais depuis que j'ai été prise à Princeton, le peu d'argent que j'ai de côté va me servir à payer mes repas. Je n'ai même pas de quoi me prendre un logement ou une nuit d'hôtel, tout va partir dans l'essence et la nourriture.

D'ailleurs, si je ne trouve pas rapidement un travail sur le campus, je vais bientôt devoir manger la moquette de ma Ford.

Je me secoue mentalement en réalisant que je suis en train de loucher sur cette fameuse moquette et je redémarre le moteur de ma voiture.

– J'y arriverai, je prononce à voix haute en serrant mon pendentif porte-bonheur entre mes doigts.

L'alarme de mon portable m'interrompt lorsqu'elle se met à sonner sur mon siège passager. J'ai la manie de mettre des alarmes pour tout et n'importe quoi, mais de toutes, c'est bien celle-là la plus importante. C'est l'alarme « Aya, t'as une demi-heure pour te pointer à Chambers Street ».

À partir de vingt-trois heures trente, la barrière automatique du parking se ferme et si je ne suis pas déjà derrière mon buisson préféré, je vais me retrouver comme une godiche à errer en ville sans savoir où me garer pour passer la nuit. J'ai mis une demi-journée à me dégoter l'endroit qui me sert actuellement d'hôtel et je tiens à ma place. Si on met de côté le fait qu'il s'agit d'un bête carré d'asphalte, je lui mettrais bien trois ou quatre étoiles sur Tripadvisor.

Plus d'éclairage public à partir de minuit – croyez-moi, c'est dur de fermer les yeux sous la lumière aveuglante d'un lampadaire –, bien situé, et pourvu de toilettes, s'il vous plaît ! Enfin sur le chantier d'à côté, mais c'est mieux que de faire pipi dans le caniveau, tout le monde en conviendra.

C’est le *must* des parkings pour une SDF fraîchement débarquée.

Ouais, voilà.

J’ai de la chance.

Alors, j’enclenche la première en abandonnant ma frustration et ma colère sur le trottoir de Camden. De toute façon, quand on vit au jour le jour, tous les petits tracas du quotidien deviennent vite secondaires.

J’ai au moins cet avantage supplémentaire d’avoir une voiture équipée d’une super banquette arrière.

6

Connor

Je gare ma moto sur le parking du campus, revigoré par ce petit trajet improvisé. J'ai vraiment bien fait de laisser ma caisse au chaud ce matin. Je ne connais rien de mieux que d'arriver à la fac en bécane pour commencer une journée du bon pied. Ça me permet de chasser les pensées négatives qui m'encombrent l'esprit, et c'est un truc qui attire vraiment les meufs, contrairement au moule-burnes de ce psychopathe de Jasper.

C'est du poisson qu'il va finir par choper avec son asticot apparent, oui !

– Salut, Connor !

La voix qui vient de susurrer ces quelques mots appartient à une fille que je ne connais pas, pas encore du moins, et qui vient de se mettre littéralement en travers de mon chemin en me stoppant dans mon élan.

Mes lèvres s'étirent avec délectation.

– Salut.

Je la détaille d'un petit coup d'œil expert pendant qu'elle se mordille le coin de la lèvre. Elle est assez mignonne dans son crop top blanc.

– Voilà, je voulais savoir si tu avais envie de passer un petit moment avec moi un de ces jours. Histoire de… faire connaissance ?

Son prénom n'est même pas évoqué dans la conversation. Une proposition de baise, ni plus ni moins.

– Ce sera pour une autre fois, beauté, je lui promets avec un clin d'œil avant de reprendre mon chemin.

En temps normal, je ne suis pas du genre à refuser un plan cul. Sauf qu'au vu de ce qu'il s'est passé hier au réfectoire, j'ai bien capté que ma nouvelle proie va me donner du fil à retordre et que je vais avoir besoin de toute mon énergie pour la faire céder. Flash info spécial : je me suis fait rembarrer pour la première fois de ma vie.

Je comptais la jouer tranquille en lui proposant directement de sortir avec moi un de ces quatre, mais je n'ai même pas eu le temps d'en placer une.

C'est un comble.

Depuis, je ne cesse de réfléchir à une tactique que je pourrais facilement mettre en œuvre pour la faire céder. À croire que cette fille a su directement sur quel bouton appuyer pour captiver mon attention.

Quoi qu'il en soit, j'en suis arrivé à la conclusion que l'attaque frontale reste encore la meilleure façon de m'y prendre. Mon insaisissable petite brune n'est pas du genre à tergiverser, c'est clair. Je vais donc y aller franco, lui montrer clairement que j'ai envie de la mettre dans mon lit. Mais il me faudrait un mytho pour entamer la discussion, sinon, elle risque encore de se barrer avant que je ne puisse ouvrir la bouche.

Mon téléphone sonne, je décroche tout en continuant de marcher sereinement vers les escaliers du bâtiment principal.

– Ouaip, bro.

– T'es où, p'tit cul ?

Je m'arrête et lève les yeux pour observer les alentours.

– Je te manque déjà ? me moqué-je, le sourire aux lèvres.

– Ben ouais, *baby*. Ramène ton boule, on t'attend devant la bibliothèque.

Je raccroche, puis pivote pour prendre la direction de la Firestone Library. On ne se pose jamais là-bas, d'habitude, je me demande ce que mes potes y foutent aujourd'hui.

Quand je les rejoins, ils sont tous les trois installés sur le gazon du campus. Je cogne mon poing contre les leurs avant de me laisser tomber à côté de Jasp', allongé en plein soleil, sachant pertinemment quel sujet est à l'ordre du jour. Bien sûr, je leur ai raconté la façon dont la petite brune à lunettes s'est barrée hier à la cafèt'.

Il faut dire que c'est la première fois que j'ai à me demander comment me taper une nana qui joue les indifférentes. Et pour ne rien arranger, entre nous, son genre intello ne me fait pas franchement bander. Mais bizarrement, c'est aussi précisément ce qui me donne envie de persévérer.

Je suis un mec qui aime le challenge.

– Alors, tu vas faire quoi ? me hameçonne Jasp', comme prévu.

– Je vais la traquer, j'indique sereinement.

La main de Jasper s'abat sur ma cuisse alors qu'il garde les yeux fermés pour peaufiner son bronzage facial.

– Excellent, ça ! Faut lui mettre un max de pression, qu'elle ait pas le temps de souffler.

Allongé à côté de lui, Dylan se redresse sur ses coudes, un œil ouvert et l'autre fermé.

– Et si elle s'était taillée en vitesse parce qu'elle venait de mouiller sa culotte ?

– Tu veux dire, comme quand Jasp' s'était renversé une bouteille d'eau sur les couilles en cours de management ?

– Plaît-il ?

– Faut qu'on en sache plus, intervient Nate, pensif.

– Ouais, du style son prénom, pour commencer, réponds-je. Et quel cursus elle suit, ça m'aidera à la croiser par inadvertance.

Dylan se rallonge, les mains derrière la tête.

– Faut fouiller dans son passé.

Je fronce les sourcils.

– Qu'est-ce que son passé vient faire là-dedans ?

– C'est comme ça, les nanas mystérieuses ont toujours un truc à cacher.

– N'importe quoi, se moque Nate.

– Elle est pas mystérieuse, je contre. C'est juste une fille paumée qui ne connaît personne et qui n'est jamais sortie de chez elle. Je l'ai espionnée toute la journée d'hier et elle avait constamment des bouquins de cours dans les mains. Je suis sûr qu'elle se réfugie dans les études pour ne pas avoir à affronter le monde extérieur.

– Ou alors, elle est juste complètement hermétique à ton charme, déclare Jasp' d'une voix railleuse.

– D'ailleurs, qu'est-ce qu'on fout là ? je relance en me rappelant que ce n'est pas notre coin habituel.

– On a vu ta meuf entrer dans la bibliothèque, m'indique tranquillement Dylan. Donc on s'est posés ici en t'attendant pour être sûrs qu'elle ne s'échappe pas une nouvelle fois.

L'expression me fait sourire. Dire d'une de mes cibles qu'elle est « ma meuf », alors que j'exècre tout ce qui touche de près ou de loin au couple… Je tiens trop à mon célibat et à tout ce qu'il m'apporte pour ne serait-ce qu'envisager de me mettre un jour avec quelqu'un. C'est trop de concessions, trop de soucis et, surtout, d'un ennui mortel. Renoncer à toutes ces filles qui n'attendent que de me refiler leur numéro de téléphone ?

Non merci !

Et c'est parfait comme ça, parce que qui dit couple, dit fin de nos activités. Les deux ensemble sont ingérables. Impensables. Impossibles. Si l'un de nous déroge à cette règle, tous les autres tombent.

– Elle n'est pas ressortie ? je m'enquiers en me relevant.

– Ça fait mille ans que je mate cette porte pour toi, bro.

Dylan siffle à ces mots.

– Tu fileras ton élixir de jeunesse !

Je dépose un baiser sur le bout de mes doigts et avance ma main vers la bouche de Jasper pour le remercier comme il se doit, mais il ouvre les yeux d'un coup à l'approche de mon ombre et se met à gigoter dans tous les sens dans l'espoir de fuir son destin.

– Laisse-toi faire, j'insiste en riant.

– Mais me touche pas, avec ta salive de sale pervers !

Il crie de sa voix la plus stridente, et je me vois contraint d'abandonner le combat.

– T'as de la chance, petite gourgandine, j'ai plus important à faire que m'occuper de toi pour le moment !

Il paraît que ma nouvelle proie m'attend sagement à la bibliothèque.

7

Aya

La Firestone Library a de quoi impressionner avec son carrelage rouge et noir, ses vitraux et ses lustres suspendus sur toute la longueur du plafond en bois décoré. On dirait une immense cathédrale de briques rouges. De grandes tables surmontées de lampes anciennes et des alcôves individuelles en bois sont installées au centre et sur les côtés de la salle. Entre chaque espace, des centaines d'ouvrages sont classés dans de hautes étagères. L'éclairage tamisé, le lieu d'un calme impénétrable… tout est propice au travail studieux.

Un temple de l'étude.

J'adore cet endroit.

Et autant dire que, depuis que j'y ai mis les pieds, je passe le plus clair de mon temps libre ici. Entre chaque cours, tôt le matin comme aujourd'hui, jusqu'à la fermeture le soir… Contrairement à certains, je n'ai aucune raison de quitter la fac à la fin de la journée. Je suis mille fois mieux ici que dans ma voiture pour étudier.

Donc j'en profite au maximum. Je crois qu'à force de voir mon postérieur cinq heures par jour, ce fauteuil est même en train de devenir mon meilleur ami.

Mon premier cours de la journée ne commence que dans deux heures et ça fait déjà trois quarts d'heure que je suis là. Malgré moi, la fatigue alourdit mes paupières.

Je suis à deux doigts de me mettre en boule pour faire un somme.

Je bâille à m'en décrocher la mâchoire, frotte mes yeux sous mes lunettes et reprends ma lecture tant bien que mal, affalée sur mon bras.

« Lorsque Rê devint vieux, les divinités tentèrent de tirer parti de sa sénilité. Même les humains complotèrent contre lui, ce qui les déchut de la grâce divine. Pour contrer cette rébellion, Rê envoya son œil massacrer les rebelles, ce qu'il accomplit en se transformant en Sekhmet[1]*, une déesse puissante et furieuse. »*

– Je me demande quel genre de secrets peuvent bien se cacher dans cette jolie petite tête.

Je sursaute quand cette voix chargée d'arrogance m'extirpe brusquement de ma bulle.

– Quoi ? m'entends-je bafouiller en ramassant mon livre intitulé *Les Secrets des dieux oubliés* sur la table.

Je me suis réellement endormie et je suis en train de rêver, là, hein ?

Parce que le blond de la cafétéria ne peut pas vraiment être en train de s'installer face à moi pour me rejouer la scène de la veille !

Un début de migraine me laboure le crâne.

Merci, monsieur le psychopathe !

– Je plaisantais, rit-il en s'asseyant sur l'autre fauteuil. Faut pas que t'aies peur comme ça. Je vais pas te manger, tu sais.

Je remonte mes lunettes du bout du doigt en essayant de me recomposer.

– Merci, j'ironise d'une voix d'outre-tombe. Arrête-moi si je me trompe, tu me suis ?

---

1. Fille de Rê, cette déesse à tête de lionne bien énervée a été créée par lui dans le seul but de taper sur les humains.

Il me répond d'un air mystérieux, les yeux plissés et le sourire aguicheur.

– Peut-être.

– Eh bien, tu vois toute cette énergie que tu as déployée pour me retrouver ? Utilise-la pour repartir, je lui suggère en me composant un air faussement amical.

Il se met à rire, la jambe sur l'accoudoir.

Mais qu'est-ce qu'il me veut, à la fin ?

Et surtout, comment peut-il être à l'aise dans cette position ?

– T'es partie vite, hier. J'ai même pas eu le temps de t'expliquer pourquoi je me suis incrusté à ta table.

Enfin, on touche au but.

– Avec des potes, on gère un groupe de soutien pour les premières années. On aide les nouveaux à s'intégrer, en quelque sorte, m'informe-t-il en croisant nonchalamment ses mains derrière sa tête.

Je fronce les sourcils devant tant d'aplomb.

– Comment tu sais que je suis en première année ?

– Ça se voit, miss.

– Tant que ça ?

Qu'est-ce qu'il voit d'autre ? Qu'est-ce que les autres voient si facilement de moi ?

Une bulle de chewing-gum éclate entre ses dents. Ses yeux d'un bleu étourdissant brillent tandis qu'il m'observe fixement, sans détacher son attention de mes prunelles.

– Ben tu sais, t'es toute seule, un peu perdue, j'ai vite capté que tu connaissais personne. Je voulais juste te proposer mon aide. Mais t'as filé comme si t'avais le feu aux fesses.

OK.

C'est plutôt rare qu'un mec que je ne connais pas me parle de mes fesses au bout de deux minutes. Je n'ai pas de temps à perdre et je me dis que, vu comme c'est parti, dans cinq secondes, il me parlera épilation de la foufoune.

J'ouvre la bouche, mais il s'empresse d'ajouter :

– On a justement une petite réunion ce soir. Le but est que les premières années aient l'occasion de rencontrer d'autres étudiants de la fac dans une ambiance un peu plus cool qu'ici.

– C'est super, je lâche en rassemblant mes affaires, l'air de rien, mais ça va. Je m'en sors très bien toute seule.

Son sourire s'étiole un peu.

– Je vais devoir insister, princesse.

Je tique, pas préparée à cette réponse.

Je crie tout de suite ou j'attends un peu ?

– Non, non, n'insiste pas, finis-je en me levant.

Le petit prince arrogant m'oblige à abandonner mon endroit préféré du campus avant l'heure et, rien que pour ça, je décide que je l'aime encore moins que la première fois.

– OK, cède-t-il en se penchant sur la table.

Il s'empare de mon stylo, tire ma feuille de notes jusqu'à lui et griffonne quelque chose au coin de celle-ci.

Je me mords la joue. Je suis une maniaque des notes parfaitement tenues et stabilotées avec un code couleur. Il vient de me ruiner une page complète.

– Je te laisse mon numéro au cas où, comme ça, t'auras juste à m'envoyer un texto si tu as besoin de quoi que ce soit, annonce-t-il en replaçant la feuille face à moi.

Je baisse les yeux sur mon cours profané pour y découvrir son nom, que je n'utiliserai de toute façon jamais, puisque j'ai prévu de ne jamais le recroiser.

Connor McDougall…

Ainsi que son numéro de téléphone.

Et son adresse.

Il ne me manque plus que l'analyse ADN de ses poils pubiens et j'ai le dossier complet.

– C'est noté, merci.

Le « merci » m'étrangle un peu, mais il me permet de mettre un terme à la conversation et de fuir sans demander mon reste.

– Et j'ai le droit de connaître ton prénom ?

– Aya, je m'entends prononcer alors que je suis déjà debout. Adieu.

Je balance le reste de mes feuilles volantes dans mon sac sans me soucier de les froisser ou non, me livrant ainsi au pire sacrilège jamais commis et, pour la seconde fois en vingt-quatre heures, je déguerpis aussi vite que possible.

J'avais beaucoup de choses en tête quand je suis arrivée à Princeton et je savais très bien que ce ne serait pas de tout repos.

Mais qu'un blondinet arrogant vienne jouer les princes de l'amour en m'empêchant de travailler et en bousculant tous mes plans dès la première semaine, ça, clairement pas !

8

Aya

Qui aurait cru que j'abandonnerais mon fief à la Firestone Library quatre jours à peine après ma rentrée à la fac ?

Pourtant, ce jeudi matin, c'est là que j'en suis. Je renonce définitivement à mon petit cocon en apercevant le fameux Connor – oui, malgré toute ma bonne volonté, mon cerveau a retenu son prénom – avec un groupe de mecs juste à côté du bâtiment. Et, comme la fuite est mon arme secrète en cas de situation périlleuse, je décide de déclencher immédiatement le plan « disparition ».

Avec lui dans les parages, impossible de me concentrer sur mes cours. Attention, je ne suis pas en train de dire que son charisme extraordinairement transcendant me trouble, à l'image de toutes ces nanas que je vois baver à son bras.

Rê m'en garde !

D'ailleurs, je suis très heureuse de ne pas ressembler à ce genre de filles qui meurent sur place quand elles voient le beau gosse autoproclamé du campus respirer le même oxygène qu'elles.

D'autant qu'avec lui, on est carrément dans le génocide.

Enfin bref, c'est fatiguée, mais heureuse d'avoir la culotte immunisée à la Connormania que je franchis la porte de ce que je considère d'ores et déjà comme mon second refuge : le Starbucks du campus. Je ne m'y étais encore jamais rendue, mais je me sens déjà incroyablement bien grâce à cette merveilleuse odeur de café chaud qui m'enveloppe les narines et l'esprit de coton tout doux.

Il y a quelques tables à gauche, des prises un peu partout pour recharger mon téléphone et, même s'il y règne carrément plus d'agitation qu'à la bibliothèque, je me dis que l'endroit pourrait être parfait pour étudier. J'ai ma vieille paire d'écouteurs, ça couvrira les bruits ambiants.

Le seul souci, en fait, c'est qu'il faut consommer pour s'installer. Je plonge la main dans la poche arrière de mon short en espérant de tout cœur que deux ou trois pièces s'y soient égarées quelques années auparavant et que je les aie oubliées, histoire de ne pas utiliser le peu d'argent qu'il reste sur mon compte.

Grrr, c'est vide.

Mais c'est trop tard, je me trouve dans l'antre du diable, et maintenant, tout mon corps réclame sa dose de caféine. Je commande donc l'expresso le moins cher de la carte, et lorsque j'indique mon prénom à la fille qui marque les gobelets, elle a soudain le regard qui s'allume.

– Aya comme Aya, la reine égyptienne de la treizième dynastie ?!

– Mais oui ! je réponds sur le même ton exalté.

C'est la première fois qu'on devine l'origine de mon prénom, c'est fou ! Je suis tellement contente de pouvoir partager ça avec quelqu'un que j'ai envie de m'installer directement au comptoir et de siroter mon café avec elle.

– Waouh, j'adore, quelle chance ! J'ai toujours rêvé d'avoir un prénom d'origine égyptienne, j'ai même pensé au moins dix fois à changer de patronyme, mais j'ai fini par en avoir assez de me battre avec mes parents à ce sujet, rit-elle en roulant des yeux.

– Tu aurais choisi quoi ? je questionne avec entrain. Moi, j'aurais pris Hatshepsout juste pour faire chier tous ceux qui ne savent pas bien le prononcer.

Elle rit à ma blague que seule une passionnée peut comprendre.

– J'aurais choisi Arsinoé, à cent pour cent.

– La dynastie des Ptolémées, carrément, m'émerveillé-je. C'est un bon choix. Ça lui rendrait justice.

– Oui, pour une fois, ça changerait ! (Elle se penche vers moi et continue sur le ton de la confidence.) Quand je pense à tous les éloges qu'on fait depuis des siècles à sainte Cléopâtre alors que c'est juste une connasse manipulatrice qui a fait assassiner sa petite sœur !

– Dans le temple d'Artémis ! j'enchéris d'une voix aiguë.

Le type qui attend sa boisson à côté de moi me jette un petit regard dubitatif et condescendant à la fois, sa carte bleue à la main.

Je comprends que je me suis un peu laissé emporter et qu'on est en train de passer pour deux grosses fanatiques un peu déglingo, à s'insurger à propos d'une histoire de meurtre vieille de plus de deux mille ans.

– Enfin, c'est vrai que c'est fou, reprends-je un peu moins fort.

– On est d'accord, acquiesce la serveuse en me tendant mon gobelet fumant. Tu es dans le cours de Mme Richert, c'est ça ? Je me disais bien que je t'avais croisée quelque part !

– Oh, on est dans le même cursus ? m'étonné-je.

J'ai un peu honte de ne pas pouvoir confirmer. Je suis la pire des physionomistes.

– Oui ! Je dois m'occuper des autres clients, on continue

de cracher sur cette vieille carne pendant ma pause si t'es toujours là ?

Je lui réponds que ce sera avec grand plaisir et on s'échange rapidement nos numéros au cas où elle n'ait pas le temps de me retrouver, puis je tourne les talons après avoir réglé ma consommation pour aller m'installer bien confortablement avec mon café, mes feuilles de cours et mon téléphone portable.

Cette fille a l'air vraiment super sympa. Ça fait tellement longtemps que je ne me suis pas fait d'amie que je me demande pendant une seconde si je n'ai pas paru un peu désespérée. Depuis que j'ai dû quitter l'Oregon et mon groupe de copines en première année de lycée, je n'ai jamais vraiment eu le courage ou l'envie de renouer une amitié.

Et, même si j'ai appris à aimer la solitude, je crois que ça commençait à me manquer.

Je déballe mes affaires avec légèreté, les dispose soigneusement sur ma table et enfonce mes écouteurs dans mes oreilles avant de me lancer dans la réorganisation minutieuse de mes notes, le cœur un peu plus léger et le sourire au coin des lèvres.

***

Une bonne heure de travail plus tard, deux mochas à la délicate odeur chocolatée font leur apparition sur la table.

Et même pas sur mes feuilles de cours.

Je l'aime.

La serveuse, qui s'appelle Cécilia, me sourit gentiment.

– Cadeau de la maison !

– C'est trop gentil, il ne fallait pas !

Rassurez-moi, je ne suis pas la seule à utiliser cette formule de politesse alors que toutes mes cellules hurlent « si, il fallait » ? Je n'aurais pas pu me payer le luxe de commander un second café, et je mourais secrètement d'envie qu'elle m'en ramène un en douce.

L'odeur qui me monte aux narines est divine. Je remercie une nouvelle fois Cécilia, touchée et heureuse de pouvoir déguster ce petit plaisir sucré. Les journées sont épuisantes, mes repas du soir souvent résumés à une box de pâtes froides, alors je compte bien prendre mon temps pour apprécier ma boisson.

Les mains entre mes cuisses, je me penche pour respirer à pleins poumons l'odeur du chocolat mélangé au café au lait.

Cécilia cale son dos dans le dossier de sa chaise, échevelée.

– Ça me fait plaisir. Et on en a besoin toutes les deux, je crois ! ajoute-t-elle en lorgnant d'un œil fatigué les nombreuses fiches éparpillées devant moi. Comment ça se passe pour toi, tu t'en sors avec les cours ?

– C'est intensif, mais je fais de mon mieux, je lui réponds sans préciser qu'un certain parasite dénommé Connor semble s'être donné pour mission de me pourrir la vie.

– Ouais, c'est vraiment… hard, parfois. Les profs ne nous épargnent pas. Pas de cadeau ! Ça peut vraiment être décourageant même quand on aime la matière qu'on étudie. À croire qu'ils nous prennent pour des robots, pouffe Cécilia en levant les yeux.

Je la comprends, j'ai beau être une bosseuse depuis toujours, c'est vrai qu'il faut s'accrocher pour étudier à Princeton. En quelques jours, j'ai déjà pu voir que certains profs se fichent de nous mettre une pression monstre sur les épaules.

– C'est pour me faire craquer que t'as mis mon petit haut préféré, *mi vida* ?

Cécilia jure tandis que je lève les yeux vers le mec au fort accent hispanique qui vient de lui sauter dessus par-derrière.

Je ne saisis pas trop ce qu'il y a entre eux vu la réaction de Cécilia qui dégage son bras manu militari mais, en tout cas, ils n'ont pas l'air hyper raccord sur le sujet.

– Je ne suis plus ta *vida* ni quoi que ce soit d'autre, Esteban. Pourquoi tu refuses d'imprimer ça ?

Elle le fusille du regard, imperturbable et droite dans ses bottes, et je me dis que j'aurais bien aimé avoir sa force de caractère la première fois que Johnny m'a accusée de mentir.

Je l'aurais envoyé chier au lieu de baisser la tête.

– Redonne-moi une chance et tu verras que tu as tort, contre l'intrus d'un air déterminé.

Cécilia tend la main dans un geste menaçant et, tout en le maintenant à distance, tapote sur l'écran de son téléphone portable avant de brandir l'écran affichant un appel en cours.

La tonalité n'a même pas le temps de résonner que quelqu'un décroche.

– Il te fait chier ? s'enquiert directement une voix masculine à l'autre bout du fil.

– Grave chier, répond Cécilia, sans cesser de fixer dangereusement le mec à la peau caramel.

– Mets le haut-parleur.

– C'est fait.

– Bouge pas, Pépito, j'arrive. J'ai tellement hâte de caresser tes petites fesses toutes bronzées… hmm ! Allô ? Aaaallô ?

Pépito (je suppose) tape du plat de la main sur la table

et disparaît de notre champ de vision, comme ça, sans rien ajouter d'autre qu'un grognement agacé.

Cécilia pouffe, une main devant la bouche.

– Il est parti !

– Ben c'est malin, qu'est-ce que je fais avec ma trique, moi, maintenant ?

Je fais les gros yeux au-dessus de mon café, un peu mal à l'aise.

Il est au courant qu'il est toujours en haut-parleur ?

– Je vais te laisser y réfléchir tout seul, je crois, rit Cécilia. On se voit plus tard. Et merci de l'avoir dégagé !

– À votre service, madame !

Elle raccroche, amusée.

– Désolée pour tout ça.

– Je crois que tout le monde a un con dans sa vie. Moi, c'est mon oncle, et toi, ton ex. C'était bien ton ex ?

Elle opine.

– Un sacré couillon ! Heureusement, j'ai un cousin en or. Il est toujours là si besoin, et pas que pour moi. Pour n'importe qui. Par contre, je te le déconseille en tant que mec, ajoute-t-elle en plongeant ses lèvres dans son mocha tiède. C'est un insatiable queutard. Tu l'as peut-être déjà croisé sur le campus, d'ailleurs.

– Il est à Princeton ? je m'étonne.

Elle ferme les paupières pour acquiescer.

– En troisième année.

À l'évocation d'un mec qui tire tout ce qui bouge, une image mentale de Connor se tisse dans mon esprit. Ce n'était pas sa voix – encore heureux, ça voudrait dire que j'ai une guigne de l'espace – et j'oublie bien vite le grand blond et ses airs de pseudo-prince du campus.

– Je suis à bout, j'ai vraiment passé une matinée de merde avec ces erreurs de caisse à répétition !

Surprise, je regarde la sublime Asiatique qui vient de s'échouer sur une chaise à côté de Cécilia. Je devine rapidement que c'est une autre employée du Starbucks.

– Aya, je te présente Kelly. Kelly, voici Aya, elle suit le même cursus que moi, annonce gaiement Cécilia.

Je souris chaleureusement à Kelly, dont les fines lèvres s'étirent immédiatement en retour.

– Salut ! Excuse-moi pour ce petit craquage, j'avoue que je ne me montre pas sous mon meilleur jour.

– Je te rassure, je crois que je comprends tout à fait ce genre de pétage de plombs, ris-je face à sa mine contrite.

– Ça c'est cool ! C'est chiant les gens qui font des manières pour tout et pour rien. Qui n'a jamais eu envie de frapper un bon coup dans un meuble, hein ?

Le doigt de Cécilia se lève timidement.

– Euh… Moi ?

– Je t'en prie, Aya, dis-moi que tu me soutiens…

Je laisse échapper un petit rire face au regard implorant de Kelly. Sa façon de m'impliquer dans la conversation comme si on se connaissait depuis toujours me fait tellement chaud au cœur que je n'hésite pas une seule seconde à lui apporter ma voix.

– Je me fais au moins deux commodes par jour, j'abonde après avoir avalé une nouvelle gorgée de café. C'est pire quand je suis en colère. Là, il me faut du costaud, au moins de la table en pin massif.

– Waouh, je crois que j'ai trouvé mon sensei[1] ! s'extasie Kelly.

Cécilia lève les yeux au plafond en souriant. Je lui pose la question qui me brûle les lèvres avant qu'elle ne puisse répliquer :

---

1. Dans les arts martiaux japonais, le sensei est celui qui transmet le savoir. Le maître admiré par l'élève, en quelque sorte.

– Vous vous connaissez depuis longtemps, toutes les deux ?

– Pas tant que ça, en fait. On s'est rencontrées au début de l'été quand on a toutes les deux commencé à travailler ici.

– Et quelle plaie ! râle aussitôt Kelly.

Une seconde plus tard, elle se rend compte de ce qu'elle vient de dire et entoure fermement les épaules de Cécilia.

– Je veux dire, le boulot, hein ! Pas ma Cécilia, ce n'est pas du tout une plaie. Elle est géniale.

– Ouais, ouais, rattrape-toi aux branches, méchante ! D'ailleurs, on avait prévu de sortir déjeuner en ville, ce midi. Ça te dit de te joindre à nous, Aya ? Ce serait vraiment cool !

– Oh oui, excellente idée ! Plus on est de fous, plus on rit ! abonde Kelly.

Je me mords fortement la joue pour retenir le « oui » qui ne demande qu'à exploser spontanément sur mes lèvres. Les filles doivent croire que je suis en train de réfléchir à leur proposition, mais en réalité, je suis seulement en train de me demander de quelle façon décliner l'invitation alors que je meurs littéralement d'envie de passer ce moment avec elles.

Justement le jour où j'avais prévu de sauter le repas du midi pour faire des économies…

Bordel !

Je prie rapidement les dieux de faire tomber miraculeusement un billet de vingt dollars dans mon café, mais ils s'obstinent à faire la sourde oreille.

Et puis, tout à coup, l'idée parfaite me vient. Je jette un coup d'œil par la fenêtre avant de déclarer avec enthousiasme :

– Et si on se faisait un pique-nique ? Je n'ai pas vraiment

faim, pour tout vous avouer, mais ça nous permettra au moins d'être ensemble ?

Kelly et Cécilia échangent un regard surpris, et si j'ai peur qu'elles refusent l'espace d'une seconde, je suis rapidement soulagée par l'air enjoué qui prend place sur leur visage.

– Pourquoi pas, ça peut être marrant.

– Je dis oui ! J'adore l'idée !

C'est parti, mon kiki !

9

Aya

Le campus s'étend sur tellement de kilomètres qu'en réalité, c'est carrément une petite ville à lui tout seul. Il y a tout ce qu'il faut sur place, même une supérette, mais les filles ont préféré prendre un fast-food à emporter plutôt qu'un simple sandwich – ce que je conçois à mille pour cent. Et en matière de chaînes de burgers, il y a de la diversité !

Le choix a été rude, mais Cécilia a fini par obtenir gain de cause : c'est Taco Bell qui a remporté cette bataille. Il est près de midi, et lorsqu'on arrive devant l'enseigne, il y a déjà une queue longue comme… euh, longue.

– Je pense que je vais me laisser tenter par la quésadilla au fromage. Vous savez déjà ce que vous voulez, les filles ? questionne Cécilia tout en naviguant entre les différents menus sur l'application de son téléphone.

Mince, elle a l'air d'avoir oublié ce que je leur ai dit un peu plus tôt au Starbucks, quand j'ai précisé que je n'avais pas faim. Mais de toute façon, vu les prix, la question ne se pose même pas. Kelly semble indécise, alors je prends les devants et annonce :

– Je crois que je vais juste prendre un Pepsi !

Je me réconforte en me répétant que ce truc bourré de sucre remplira un minimum le gouffre qui fait gronder mon estomac et, surtout, que le plus important n'est pas ce qu'il y aura – ou non, du coup – dans mon assiette.

– C'est vrai ? Tu es sûre de toi ?

Je souris aussi sereinement que possible à Kelly qui vient de se tourner vers moi en haussant les sourcils, un peu déçue.

– Ouais, j'ai un peu abusé des fast-foods cet été, je suis en désintox, fais-je semblant de rire.

– On peut aller ailleurs, sinon, intervient gentiment Cécilia. Je crois même qu'il y a un bar à salades pas très loin !

– Oh, mais non, ne vous en faites pas, c'est cool, j'ai vraiment pas faim, ce midi. Je suis surtout assoiffée, j'ajoute en m'éventant comme si j'étais littéralement morte de chaud.

– Prends au moins un petit truc juste au cas où, non ? s'inquiète Kelly.

– Au pire, si tu commences à baver, je te filerai un bout de ma quésadilla.

Je m'empresse d'acquiescer pour mettre fin à cette conversation gênante.

– Adjugé !

Les filles passent leur commande et je paie mon Pepsi, puis nous gagnons un petit coin de verdure un peu plus tranquille situé à l'autre bout du campus. Nous nous installons toutes les trois dans l'herbe, sous l'ombre rafraîchissante d'un grand saule.

Il fait chaud, mais c'est une chaleur plutôt agréable. Quelques oiseaux gazouillent au-dessus de nos têtes, et la brise qui passe à travers mes poumons sent agréablement bon la fin de l'été.

L'été et le poulet frit, pour être tout à fait honnête, mais je préfère me concentrer sur le parfum des fleurs et le sucre de mon soda qui commence sa fiesta dans mes artères.

– Alors, comme ça, tu étudies aussi l'égyptologie ? me demande Kelly en abandonnant la paille de son thé glacé entre ses lèvres.

J'opine en lui renvoyant le même sourire qui éclaire continuellement son visage. Kelly a vraiment l'air aussi sympa que Cécilia. Je trouve qu'elles se ressemblent, toutes les deux, elles sont aussi lumineuses l'une que l'autre. Je comprends pourquoi elles ont tant d'atomes crochus.

Au fond, je crois que je les envie un peu, et je me dis que j'aimerais beaucoup les avoir dans ma vie.

– Exact. On a plusieurs cours en commun avec Cécilia.

– Ça doit être vachement intéressant.

– C'est carrément dingue, en fait, répond Cécilia, assise en tailleur à côté de moi. Ces gens étaient tellement plus intelligents que nous, quand on y pense !

– Mille fois plus intelligents, j'appuie. Et puis, c'est important de connaître les civilisations qui ont construit l'humanité d'aujourd'hui.

– Vous allez finir par me faire regretter mon choix de cursus avec vos têtes de fanatiques ! se moque Kelly en mâchant son repas, une main devant la bouche.

– Tu es dans quel domaine, toi ?

– Le septième art, devance Cécilia.

Kelly rejette ses cheveux raides derrière son épaule. Je vois dans son regard la même lueur d'excitation que celle qui fait briller le nôtre quand on parle des dynasties anciennes.

– Je veux devenir réalisatrice. J'ai déjà écrit un scénario sur l'histoire d'un ancien flic devenu gangster. Tu veux le titre ?

– Carrément !

Kelly pose sa barquette de frites au sol. Elle place ses deux mains à quelques centimètres de son visage et les écarte comme si elle déroulait une banderole.

– *Bad Burn*, annonce-t-elle fièrement. Le mec aurait une super bagnole comme *K 2000*, tu vois ? Et sur l'affiche du film, on verrait une voiture en train de cramer, et le type au premier plan qui tient une mitraillette. Et un clair-obscur avec des flammes.

– La vache, c'est déjà bien abouti ! je m'exclame, impressionnée.

– Dès que j'ai mon diplôme, je lance le projet !

– Je te souhaite de tout cœur que ça fonctionne, en tout cas.

– Et ça va fonctionner ! clame Cécilia. Je lui prédis au moins autant d'entrées que *Titanic* le jour de sa sortie.

– Putain, quel navet ! s'écrie tout à coup Kelly.

J'avale ma gorgée de Pepsi de travers.

– Ah bon ? T'aimes pas *Titanic* ?

Titanic, quoi ! Je ne suis pas cinéphile, mais c'est quand même un des plus beaux films au monde, non ?

– Attendez, les filles, on peut parler deux minutes de la scène où Jack sombre au fond de l'eau ? Non, mais franchement, à chaque fois je me dis « monte sur cette foutue planche de daube, Jack, il y a assez de place pour y loger une famille de baleines à bosse » ! Mais non, monsieur préfère se la jouer Croustibat oublié au fond du congélo ! Cette scène a été écrite uniquement pour faire pleurer dans les chaumières, c'est du grand n'importe quoi !

– T'as les boules qu'il soit mort ? demande platement Cécilia.

Kelly boit sèchement une rasade de sa boisson avant de répondre sur le même ton :

– Ouais. J'ai les boules qu'il soit mort.

– Elle m'en parle tous les jours au Starbucks, souffle Cécilia en roulant des yeux.

– Au fait, vous travaillez là-bas depuis longtemps toutes les deux ? je rebondis.

Kelly est la première à me répondre.

– Seulement depuis la rentrée. Mes parents m'ont fait la morale tout l'été pour que je me responsabilise et que j'apprenne la valeur de l'argent, elle appuie en formant des guillemets avec ses doigts. Et comme ma mère fait partie du comité de direction de Starbucks, elle s'est débrouillée pour me faire embaucher sur le campus. J'y vais surtout pour leur faire plaisir.

Sa réponse me surprend, mais je trouve que ses parents ont plutôt la tête sur les épaules. Rien ne s'obtient sans contrepartie dans la vie, et même si je doute que Kelly et Cécilia soient un jour confrontées à des problèmes financiers, mieux vaut l'apprendre le plus tôt possible. Je ne souhaite à personne de se coucher le ventre vide…

– Et pour ma part, enchaîne Cécilia, j'y travaille de temps en temps depuis quelques années. Riley, le responsable, est un très bon ami. Je l'aide dès qu'il y a besoin. Et puis, il est aussi très craquant…

Les joues de Cécilia s'empourprent légèrement et Kelly lui donne un coup d'épaule.

– Oui, sauf que tu oublies qu'il a quinze piges de plus que toi !

Elles pouffent et on se met à rire toutes les trois de bon cœur. Je crois que ce moment avec Kelly et Cécilia, à manger tranquillement dehors et à parler des choses qu'on déteste, est l'un des meilleurs que j'ai passés depuis très longtemps. Je ne vois pas le temps défiler, et ce n'est que lorsque Kelly le remarque que je réalise qu'il commence à être tard.

– Houlà, ça file ! Je vais devoir y aller, mais on se refait une petite bouffe dès qu'on peut toutes les trois, d'accord ?

– Mince, c'est vrai que j'ai un tas de boulot, moi aussi, ronchonne Cécilia en ramassant le papier de son repas. Aya, tu penses que tu arriveras à nous supporter pour un autre pique-nique ?

Je roule des yeux en prenant un air faussement contraint.

– Je vais prendre sur moi.

– Quelle vilaine !

Les filles rient, mais elles n'imaginent pas à quel point je suis triste de les quitter. Et à quel point j'ai hâte de remettre ça.

10

Connor

On est samedi matin et, au lieu d'organiser la première soirée de l'année avec mes potes ou bien de m'amuser avec ma cible à lunettes, voilà que je me retrouve le cul vissé dans le siège première classe d'un avion en approche de l'aéroport de Tulsa. Je serai bientôt de retour à Bristow, le bled paumé que j'étais si content de quitter il y a une semaine à peine.

J'atterris après trois heures de vol passées à cogiter sur ce qui a bien pu me faire accepter la proposition de mon père. En même temps, c'était déjà un exploit de recevoir un coup de fil de sa part hier soir. Ben ouais, entre le boulot et les dîners d'affaires, difficile de caser un appel pour prendre des nouvelles de son fiston.

Mais je crois que j'ai cédé quand il m'a annoncé qu'il avait envie d'un vrai week-end père-fils. C'est le genre de truc qui soulève forcément un petit vent d'espoir dans mon cœur de gosse. Même si j'ai du mal à imaginer, tout comme pour ma mère qui préfère sillonner les États-Unis en prétextant que c'est essentiel pour son âme d'artiste peintre, qu'il ait l'envie et la patience de s'intéresser réellement à ce que je suis.

Tout ce qui n'apporte rien à la carrière de James McDougall est une perte de temps.

Bizarrement, j'ai quand même envie de croire que ce

coup de fil est le premier pas vers le changement. Qu'il s'est peut-être rendu compte que j'ai toujours eu besoin de lui avant d'avoir besoin de son blé. Qui sait, il a peut-être eu un déclic ?

Je secoue la tête à cette dernière pensée. J'ai tellement cru à ce genre de prise de conscience et j'ai été déçu un si grand nombre de fois que je me sens ridicule. C'est simple, j'ai arrêté de compter les rendez-vous que je prenais bêtement pour de l'attention et qui s'avéraient toujours professionnels. Il a fini par me faire vomir notre pseudo « relation ».

Et pourtant, je suis là, comme un con qui rêve toujours de sentir qu'il existe aux yeux de son père, et qui espère ne pas se tromper une nouvelle fois.

En sortant de l'aéroport, je repère tout de suite le chauffeur de mon paternel, Sean, qui m'attend devant sa Bentley. Il me traîne partout depuis que je suis ado comme si j'avais des moignons à la place des mains et que je ne pouvais pas conduire ma propre caisse. Mais bon, le pauvre n'y est pour rien, il fait seulement ce qu'on lui demande. Et puis, c'est un mec cool avec qui j'ai souvent eu de bons délires.

Guilleret, il me fait signe lorsque nos regards se croisent.

– Quoi de neuf, mon pote ? je lui lance.

– La routine, malheureusement ! Qu'est-ce qu'il peut bien y avoir d'excitant à Bristow, hein ? plaisante-t-il en m'ouvrant la portière de la voiture.

– Amen, putain !

On partage un soupir blasé qui se mue en un rire dépité. Sean aussi déteste ce coin complètement mort. On adore cracher sur ce patelin merdique, je crois même que c'est l'un de nos sujets de conversation préférés.

J'entre aussitôt dans la voiture, puisque je n'ai pas voulu

m'encombrer avec un sac vu que les placards de ma chambre débordent de fringues. Pendant le trajet qui nous sépare de Bristow, je passe le temps en répondant aux messages des gars sur notre groupe WhatsApp. Depuis que je les ai prévenus de mon changement de planning de dernière minute, ils m'envoient des tonnes de gifs débiles et de photos de leurs tronches pour me donner de la force.

Ce sont de petits anges.

Je coupe mon portable lorsque Sean arrête le moteur et je jette un œil curieux par la fenêtre, conscient qu'on n'a pas fait dix minutes de route alors qu'on est à une demi-heure de chez moi.

On est encore à Tulsa, en pleine ville, et je découvre qu'on est garés devant le restaurant de luxe français où mon père a ses habitudes. J'avise un instant le bâtiment à la façade noire ultra chic et design, avant de me tourner de nouveau vers Sean :

– Il t'a demandé de me déposer ici ?

– Oui, il a réservé une table pour vous ce matin.

Je me retiens de râler sur le fait que mon père aurait pu me prévenir, parce qu'après tout, c'est le genre de moment en tête à tête qui nous permettrait peut-être de discuter enfin tous les deux.

– OK. Merci, Sean.

Je tire plusieurs billets de cinquante dollars de ma poche arrière et les tends à mon chauffeur. J'ai toujours laissé de généreux pourboires à Sean. C'est ma façon de l'aider en sachant qu'il trime pour élever seul sa gamine de 12 ans. Au début, il refusait de prendre autant d'argent pour une simple course. Mais à force de retrouver des billets sur sa banquette arrière, il a fini par accepter que je lui donne en mains propres.

Sean me remercie et je lui tapote amicalement l'épaule,

puis j'entre dans le restaurant où tout le monde est sapé comme s'ils se croyaient à la soirée des Golden Globes. Je détonne clairement avec ma veste en jean et ma casquette à l'envers, mais je m'en contrefous comme de ma première dent de lait.

À l'entrée, j'indique à l'employée en tailleur cintré et en chignon que je suis attendu par M. McDougall, et elle m'invite aussitôt à la suivre. Nous traversons une première salle à l'ambiance feutrée et intimiste où résonnent quelques bruits de couverts. Je serais capable de rejoindre la table de mon père les yeux fermés tant j'ai partagé de foutus dîners professionnels avec ses collègues et lui ici.

Putain, est-ce que, pour une fois dans sa vie, il serait capable de ne pas en faire des caisses et d'aller bouffer un simple hamburger avec son fils ?

J'arrive enfin devant la table de mon père. Là, j'ai un brusque mouvement d'arrêt.

Et je prends conscience qu'une fois de plus, je me suis fait avoir comme un bleu.

– Voilà notre futur champion de la finance !

L'homme en costard avec qui mon paternel était en train de discuter se lève, la main tendue dans ma direction. Je la lui serre sèchement, peut-être un peu trop fort, avant de foudroyer mon géniteur du regard.

– Assieds-toi, fiston, vas-y, me lance-t-il d'un ton… professionnel.

Il fait ce qu'il sait faire de mieux : ignorer. Ignorer à quel point je me sens blessé et à quel point cette énième déception me fait mal.

Malgré tout, je pose mon cul sur le fauteuil que l'employée du restaurant me désigne et je ravale mon amertume. J'ai envie de me tirer, oui, mais pas au point de l'humilier devant tout le monde.

– Connor, voici M. Carrigan, le DRH de Wells Fargo. Il avait hâte de te rencontrer, n'est-ce pas, monsieur Carrigan?

De rage, je serre le poing sur ma cuisse. Wells Fargo est l'une des plus grosses banques des États-Unis, mais c'est surtout celle pour laquelle mon père bosse en tant que trader. Et, évidemment, il fait tout pour que je suive fidèlement ses traces. Ce dîner – ce week-end en fait –, c'était juste pour m'exhiber devant son boss et me cloisonner dans un avenir dont je ne veux pas.

– Tout à fait, sachez que j'ai beaucoup entendu parler de vous, jeune homme!

Je passe une main sur le bas de mon visage tendu sans répondre quoi que ce soit, blasé.

Un malaise s'installe. Mon paternel se gratte la gorge, avant de s'empresser d'ajouter:

– Tu aurais pu t'habiller un minimum, fils.

Je lève les yeux sur lui, j'observe sa barbe rasée de près, ses cheveux aussi clairs que les miens, parfaitement coiffés, son costume de couturier et son petit sourire fabriqué de toutes pièces.

– Je dois dire que je m'attendais à partager un moment avec mon père, pas avec M. James McDougall, lâché-je en calant mes bras sur les accoudoirs du fauteuil en satin.

Mon ton sarcastique déclenche un petit rire nerveux de la part de mon paternel. Les traits de son visage se tendent nettement, trahissant son mécontentement.

– Ah ah, sacré Connor! C'est vrai que j'ai oublié de lui préciser dans quel endroit nous devions nous retrouver, ajoute-t-il à l'intention de son employeur, qui ne sait visiblement pas quoi penser de notre échange. Bref, on t'attendait pour commander, alors je t'en prie.

Il désigne le menu, je m'en empare d'un geste détaché et choisis la crème safranée aux Saint-Jacques et aux langoustines sans avoir envie de bouffer quoi que ce soit. Ce putain de déjeuner m'écœure.

Lorsque les plats arrivent, James et M. Carrigan sont en train de parler fonds d'investissement alors que je zone sur mon téléphone pour me changer les idées.

Un nouveau message s'affiche sur le groupe WhatsApp. J'ouvre tout de suite l'application.

JaspR_ Devine qui on vient de voir dans le parc, bro ?

Je commence à taper une réponse, mais Dylan enchaîne.

SugarDaddy_ Avec des livres de cours :)

Pour la première fois depuis que j'ai mis le pied dans ce foutu resto, le coin de mes lèvres se retrousse en un léger sourire.

Aya.

Je n'ai même pas besoin de poser la question, je sais qu'il s'agit d'elle. Ma cible passe vraiment tout son temps à réviser. Ça me fout un peu les jetons de devoir me faire une intello mais, en même temps, le simple fait de repenser au petit jeu auquel je m'amuse avec elle m'ôte une partie du poids que j'avais sur la poitrine et relance l'excitation dans mes veines.

C'est décidé, je rentre à Princeton après ce repas de merde.

Je verrouille mon téléphone, puis le range dans ma poche pour faire semblant de manger un peu et mettre rapidement un terme à ce dîner, et la voix du patron de mon père traverse le brouillard de mes pensées.

– … mais les crypto-monnaies ont le vent en poupe, et un bon trader comme Connor se doit de s'y intéresser.

Mon regard se déporte sur lui.

– Sauf votre respect, monsieur, qui vous a dit que j'étais un bon trader ?

– Eh bien, votre père ne tarit pas d'éloges à votre sujet ! s'exclame-t-il en se fourrant un toast dans le gosier. Vous savez, personne ne doute du talent des McDougall, c'est un don qui se transmet de génération en génération.

– Qui ne voudrait pas d'une vie de rêve comme la nôtre, hein ? enchérit mon père juste derrière.

Qui ?

Moi.

Putain, moi.

J'ai envie de tout, sauf d'une vie qui ressemble à celle d'un type englué dans un couple factice et qui ne s'aime plus depuis des années, qui ne voit les murs de son immense baraque qu'un samedi dans le mois parce qu'il a commencé à bosser douze heures par jour pour se l'offrir. Je n'ai pas envie d'avoir un gamin que je ne connais pas et pour qui j'ai toujours tout prévu et cadré à l'avance : les heures de cours, les heures de poney, les heures du goûter, les études, les copines, l'avenir et même la retraite.

Je ne voudrais pas d'une vie dans laquelle mon fils se sente seul et délaissé. Je n'ai pas envie d'être ce mec plein aux as qui ne vit que par intérêt et qui ne sait même plus apprécier autre chose que la satisfaction d'avoir un compte en banque qui déborde.

J'ai conscience que c'est grâce à lui si je n'ai pas à m'inquiéter de la moindre dépense et si j'ai la chance de pouvoir étudier dans une université dans laquelle je me sens vraiment bien. Mais je n'ai jamais eu mon mot à dire dans tout ça. Mon père a payé mes études parce qu'il s'agissait du meilleur cursus pour prendre sa succession sans me demander si c'était ce que je voulais. C'est une chance d'étudier à Princeton, c'est vrai, j'adore l'ambiance de la fac et j'aime plus que tout y retrouver mes potes.

Seulement, j'ai l'impression d'appartenir à mon paternel.

Je lui suis reconnaissant et, en même temps, je suis amer et en colère de ne pas avoir le droit de décider de ce que je veux faire de ma propre vie.

James croit qu'il est heureux parce qu'il a réussi à se forger une carrière prestigieuse et qu'il se sent en sécurité mais, en réalité, il est passé à côté de tout ce qui est important. Il voudrait que je l'envie, mais j'ai peur. J'ai même tellement peur de lui ressembler plus tard que le besoin de ressentir quelque chose d'extrêmement fort rue tout le temps dans mes veines.

Pour me rappeler que je ne suis pas James McDougall.

Pour ne pas oublier ce que ça fait d'être vivant.

Et je ne sais pas comment ressentir tout ça autrement qu'avec ce jeu illégal qu'on a instauré avec les gars. C'est le seul truc qui me donne le sentiment de ne pas être, justement, tout ce qu'est mon géniteur.

Je me lève sans préambule sous son regard lourd de reproches.

– Je finirai mes études, mais tu ne me verras jamais mettre les pieds dans une place boursière. Je rentre à Princeton. Merci pour ce merveilleux week-end.

Mon géniteur est incapable de répondre quoi que ce soit, et son boss ouvre la bouche sans un mot. Ça ferait presque un joli portrait de famille, alors je les plante là, sans le moindre regret.

Lorsque je hèle un taxi devant le restaurant quelques minutes plus tard, je suis déjà en train d'échanger mon billet retour sur le site de la compagnie aérienne.

11

Aya

Je suis plutôt contente d'arriver en avance sur le campus, ce matin. La semaine qui vient de s'écouler ayant été un peu catastrophique niveau ponctualité – j'étais en retard presque tous les jours –, j'ai mis mon week-end à profit pour bosser un peu au soleil et, surtout, réorganiser mon planning. Je crois que j'avais mal calculé le temps qu'il me faudrait pour faire ma toilette de chat et me préparer dans ma voiture, donc j'ai avancé mon réveil d'une demi-heure, histoire d'être à peu près présentable.

En revanche, je commence à pas mal me repérer dans les bâtiments et les couloirs de la fac, et ça, c'est cool. Honnêtement, vu mon sens de l'orientation, je partais de loin.

Je grimpe les marches en pierre qui donnent sur le hall principal quand j'aperçois Kelly à quelques mètres de moi, appuyée contre le mur, en train de taper un message sur son téléphone.

– Salut, Kelly !

– Oh, salut Aya ! J'envoyais un SMS à mon petit frère, je ne t'ai même pas vue arriver.

– Tu as un frère ? Je ne savais pas, c'est mignon.

– Mignon, ouais, c'est le mot qui le caractérise, rit-elle.

Kelly navigue brièvement dans le dossier d'images de son téléphone et me montre une photo d'elle avec un petit garçon en train de s'appuyer sur une béquille.

– Tiens, c'est lui. Il s'appelle Néoh. Il a 13 ans.

– Mince, il s'est cassé quelque chose ?

Elle fait la moue.

– Oui, la cheville. C'est un vrai casse-cou, toujours à se péter un truc ! Et il sait aussi jouer les emmerdeurs, crois-moi ! Mais ça reste quand même mon petit trésor. Et toi, tu as des frères et sœurs ?

– Non, je suis fille unique.

Même si j'ai toujours rêvé d'avoir un grand frère à qui je pourrais me confier. Dont je me sentirais proche et avec qui j'aurais bravé toutes les tempêtes de la vie. Mais c'est comme ça. Dans un sens, le fait de grandir seule m'a aussi permis de devenir plus forte.

– C'est pas plus mal, plaisante Kelly. Hé, mais tu sais quoi ? T'as qu'à venir à la maison le week-end prochain, comme ça tu verrais le phénomène de tes propres yeux ! Je vais envoyer un message à Cécilia. Mes parents ont un sauna, on pourrait carrément se faire tout un week-end détente entre filles, pizzas, maquillage, massages et épilation ! Ça te branche ?

Pardon ? Est-ce que cette fille génialissime vient bien de me proposer un week-end cinq étoiles entre copines ?

Ma conscience tente de s'interposer en me rappelant que j'ai des cours à réviser, mais la proposition de Kelly me fait tellement envie qu'aucun argument sur terre ne pourrait s'y opposer.

– J'adorerais !

Je travaillerai deux fois plus cette semaine pour compenser, mais j'ai la meilleure motivation du monde !

Cette journée est carrément parfaite.

– C'est trop cool ! On en profitera pour planifier nos

prochaines vacances ensemble, OK ? Je sens qu'on va s'éclater, toutes les trois !

Plutôt que de m'attarder sur le fait que je ne pourrai jamais me payer des vacances, je préfère sautiller d'excitation avec elle. C'est déjà presque comme si j'y allais.

Le réveil de mon téléphone sonne, et je me reprends brusquement. Il ne s'agirait pas d'arriver à la bourre alors que j'étais si bien partie !

– Je dois te laisser, désolée.

– D'accord, tu pars dans quelle direction ? s'enquiert la belle Asiatique.

Je pointe l'aile est du bâtiment.

– Je crois que c'est par là-bas. J'ai cours avec M. Brooks.

Une lueur de surprise se met à briller dans le regard de Kelly. Elle a l'air de trouver ça dingue et, maintenant que j'y repense, c'est vrai que les places pour ce cours d'archéologie étaient ultra limitées. J'ai réussi à avoir la dernière in extremis.

– Attends, tu sais que les gens sont prêts à se mettre sur la gueule pour avoir la chance d'assister à un cours de Brooks ?

– Euh, j'ai cru comprendre qu'il ne fallait pas traîner pour s'inscrire, en tout cas.

– Tu verras, il est absolument génial. Allez, fonce ! On se retrouve à midi !

Kelly me pousse gentiment et je ne m'attarde pas plus, au risque de vraiment finir par arriver en retard et perdre mon précieux privilège.

Heureusement, j'arrive près de l'amphi sans m'être perdue en chemin. Des groupes d'étudiants entrent dans la salle, et je m'apprête à faire de même quand une main chaude s'enroule autour de mon poignet.

Je me retourne en sursautant.

Et, lorsque mon regard croise celui de l'enfoiré de la bibliothèque, le fameux Connor, c'est la confusion qui m'envahit. J'étais tranquille depuis plusieurs jours, et voilà qu'il refait son apparition devant ma salle de cours avec son éternel petit sourire d'emmerdeur.

Je retire vivement ma main, mais je sens encore le contact de sa foutue peau toute douce contre la mienne, et je ne sais même pas pourquoi ça me perturbe autant.

Quelques regards curieux se tournent vers nous.

Je m'apprête à lui demander ce qui l'autorise à me tripoter le radius sans mon autorisation quand j'aperçois la pièce de monnaie qu'il fait tranquillement jongler entre ses doigts libres.

– Tu joues les petits poucets, miss ?

Je fronce les sourcils sans parvenir à comprendre et puis, soudain, je plaque ma paume de main sur ma fesse gauche.

C'est pas vrai, quand est-ce que j'ai troué ma salopette ?!

– Tu veux bien me la rendre ? Je dois aller en cours, maugréé-je.

Je trépigne en sentant les secondes s'écouler et en entendant les élèves entrer dans l'amphithéâtre derrière moi mais, en même temps, je suis au centime près. Je dois absolument récupérer ma monnaie.

Un air de défi s'inscrit sur les traits de Connor tandis qu'il me détaille d'un regard ouvertement provocateur. Un frisson incontrôlable s'empare de moi, mais je me force à cacher toute forme de réponse corporelle.

Si je veux me donner les meilleures chances de réussir dans la vie et fuir définitivement Camden, je ne dois pas me laisser distraire par ce mec.

Mais bon, allez expliquer ça à mes cellules qui pétillent

comme si elles se faisaient une *pool party* dans une piscine de champagne !

Le roi des enfoirés sait parfaitement user de ses atouts avec les filles.

J'enrage.

Je jure que si j'arrive en retard à cause de ce Ken en carton, je lui fais rôtir le…

– J'ai comme l'impression que tu sèmes de petites miettes derrière toi pour être certaine que je te retrouve, non ? se targue-t-il en me tendant ma pièce.

– Ton imagination est sans limite, sifflé-je.

J'attrape immédiatement mon dû du bout des doigts, mais Connor ne me rend pas ma pièce et continue de la tenir fermement entre les siens. Aucun d'entre nous ne veut céder face à l'autre, alors on reste là, même si la sensation de nos doigts qui se touchent me déstabilise et m'électrise à la fois.

– On se revoit bientôt, princesse.

Puis il lâche enfin.

Un clin d'œil.

Un petit sourire.

Et il tourne les talons.

– Psychopathe, je murmure entre mes dents.

Je ne perds pas une seconde de plus et gagne l'amphi juste derrière moi en m'efforçant d'oublier l'échange qui vient d'avoir lieu.

Effectivement, Kelly avait raison. J'ai du mal à trouver un siège inoccupé et, à première vue, je me dis que je vais devoir poser mes fesses sur une marche de l'escalier. Tout ça à cause de ce satané blondinet qui s'arrange toujours pour venir me piquer mon oxygène.

– Psst ! Aya !

J'aperçois Cécilia, tel un phare dans les ténèbres,

quelques rangs devant moi. Elle me fait signe de la rejoindre. Je ne savais pas qu'elle était aussi inscrite au cours du professeur Brooks ! Il n'y a aucune place dans sa rangée, mais dès que j'arrive, le mec à côté d'elle râle et se lève, libérant miraculeusement son siège.

– Il a décidé de s'asseoir ailleurs, m'indique-t-elle comme si je n'avais pas compris qu'elle venait de le virer comme un malpropre.

– Le pauvre, je glousse, trop contente de m'asseoir à côté de ma nouvelle amie.

– Roh, il survivra !

Je sors tout de suite mes feuilles et mes stylos devant Cécilia en lui précisant que j'ai simplement cassé mon iPad – on ne change pas les bonnes habitudes –, et me mets à observer la salle du regard, puis je vérifie l'heure.

Le prof devrait déjà être là.

Quelqu'un se gratte soudain la gorge en bas des escaliers pour réclamer le silence, et je réalise que M. Brooks était présent depuis le début.

Merde, il a l'air si jeune qu'on dirait simplement un étudiant parmi d'autres !

– C'est lui, M. Brooks ? je chuchote à l'attention de Cécilia, étonnée.

– Ouiii ! Il fait super jeune, hein ? Mais il a au moins l'âge de nos parents. Il a une fille en troisième année ici. Je crois qu'elle s'appelle Stacie ou Stella. Ou peut-être Sandra, un truc comme ça. C'est une amie de Kelly. Ce type a un physique incroyable pour son âge, ajoute-t-elle dans un soupir admiratif.

J'observe un peu plus attentivement notre professeur d'archéologie, et je suis bien obligée d'avouer que Cécilia a raison. Il doit être du genre sportif vu sa carrure, et sa tenue est loin de refléter celle des autres profs de la fac.

En jean et en tee-shirt décontracté, il porte une simple paire de sneakers et une petite gourmette au poignet. Sa fine barbe brune est taillée pour laisser apparaître une ombre virile sur sa mâchoire, ses cheveux sont gominés et, de ma place, j'aperçois même une petite croix en argent pendre à l'une de ses oreilles.

– Tu sais que, quand il était jeune diplômé, il a carrément été membre du National Geographic ? Son équipe et lui ont creusé un tunnel sous les ruines d'une ancienne ville maya au Honduras et ils sont tombés sur le tombeau d'un roi encore jamais découvert jusque-là. Et il s'avère que ce roi vénéré comme un dieu vivant était le fondateur d'une dynastie qui a régné pendant près de quatre cents ans !

– Sérieusement ?!

Et dire que je ne savais même pas qui était ce type !

Cécilia acquiesce et continue sur le ton de la confidence :

– Crois-moi, depuis cette découverte, le nom de Brooks a fait le tour de la planète. Princeton a dû se battre avec les meilleures universités du monde pour l'avoir.

Bon, je comprends mieux la *hype* autour de M. Brooks !

– Bonjour à tous. Vous savez très certainement qui je suis, n'est-ce pas ? commence-t-il en montant tranquillement les marches pour se placer au milieu des gradins.

Quelques filles gloussent et des voix masculines répondent par l'affirmative.

– Mon but est de vous donner les meilleures cartes en main pour réussir. J'aimerais que vous vous impliquiez réellement et que vous me montriez à quel point vous avez envie d'apprendre. C'est pour cette raison que mon cours, qui n'est pas le plus facile à appréhender, se déroulera un peu différemment de ce que vous avez l'habitude de voir. Nous allons beaucoup échanger tous ensemble au cours de cette année. Sentez-vous libres de vous exprimer ouvertement. Vous verrez que nous serons presque intimes d'ici deux semaines. Et sachez que je ne mords personne, même si je suis un carnivore assumé dans la vie. Un bon steak, il n'y a que ça de vrai, n'est-ce pas ?

Un rire commun emplit timidement la salle.

– Je l'adore, murmure Cécilia sans quitter notre professeur des yeux.

Il est hyper cool, c'est vrai.

Je me surprends à sourire à tout bout de champ pendant l'heure qui suit, charmée comme le reste de l'amphi par son éloquence et sa décontraction imperturbables.

12

Aya

Cette nouvelle journée de cours s'achève et, malgré la fatigue et une douleur lancinante sous le crâne, je me sens heureuse et sereine. J'ai mangé avec les filles ce midi, mais hormis ce petit laps de temps durant lequel on a réussi à accorder toutes les trois nos plannings, on ne s'est pas vues de tout l'après-midi. Je les retrouve en haut des escaliers menant à la cour, en m'efforçant de ne pas penser au moment où je me retrouverai seule dans ma voiture.

Comme il fait encore jour, je prétexte vouloir profiter un peu du parc du campus avant de prendre le chemin du retour. Décidément, depuis que je suis à Princeton, je mens chaque jour un peu plus. Mais Kelly et Cécilia ont beau être adorables, je n'ose toujours pas leur avouer que je dors sur un parking. J'ai trop peur qu'elles me tournent le dos si elles venaient à connaître ma vraie situation. Peur que ça s'ébruite, que tout le monde finisse par le savoir et par me pointer du doigt.

Johnny me traite déjà comme une paria, je ne suis pas sûre de supporter que tout le campus s'y mette aussi.

– On se voit demain ? je lance.

Cécilia acquiesce en terminant de rassembler ses cheveux bruns en queue-de-cheval.

– Tu commences à quelle heure, Aya ?

– Dix heures, j'ai cours d'histoire et de civilisation.

– Moi, j'attaque à neuf. Et toi, Kelly ?

– J'ai ma matinée. J'avais prévu de travailler un peu sur le script de *Bad Burn* après mon service au Starbucks, mais ensuite, je suis complètement libre !

– Et si on se retrouvait toutes les trois là-bas avant le début de la journée ?

Oups, j'ai parlé un peu vite. Comment vais-je pouvoir régler mes consommations alors que le réservoir de ma voiture est presque à sec et que je n'ai pas encore payé mon forfait de téléphone pour ce mois-ci ? Je pourrais peut-être m'offrir mon café demain matin, mais après ça, plus aucune excentricité, fini !

– Très bonne idée, approuve aussitôt Cécilia.

– Parfait, on fait comme ça, alors. À demain, passez une bonne soirée, les filles ! Et pas de folies !

Kelly s'éloigne et Cécilia en fait de même.

Je les salue toutes les deux en souriant, puis traverse le carré d'herbe du campus en songeant à cette amitié qui me fait le plus grand bien, quand une voix que je reconnais me hèle.

– Hey, Aya !

Je me tourne et aperçois un grand brun en train de trottiner dans ma direction.

– Trent ?

Je me remémore tout de suite le prénom de ce mec qui voulait me faire entrer dans sa confrérie mixte. Difficile d'oublier quelqu'un quand on lui rentre dedans en plein élan !

– Tu rentres chez toi ? s'enquiert-il, essoufflé.

– Je ne vais pas tarder.

Pas de bibliothèque pour moi ce soir, elle a été réquisitionnée pour le travail de groupe d'une classe de deuxième année.

Donc, par la force des choses…

– On fait un bout de chemin ensemble ?

À ces trois petits mots innocents, mon sourire disparaît comme par magie. Hors de question de prendre le risque qu'il découvre que je vis dans ma voiture !

– Euh, non merci, j'habite juste à côté et j'aime bien marcher.

Trent effectue deux pas pour me doubler et se met à marcher à reculons face à moi en agitant ses clés de voiture.

– Sûre ? On aurait fait un peu mieux connaissance ! Y a pas de petite amie jalouse, j'suis clean !

– S… Non, mais c'est une blague ? m'étranglé-je soudain.

Le mouvement de mes pieds s'est stoppé tout net et Trent, qui le remarque, s'arrête à son tour. Il se retourne, interloqué, constatant lui aussi qu'un blond arrogant accompagné de ses potes est en train de nous fixer sur le parking, quelques mètres plus loin.

13

Connor

– Mate le type qui essaie de gérer ta cible, mec !

Avant même que Dylan ne m'enfonce son coude entre les côtes, j'ai déjà le nez relevé de mon téléphone et le dos décollé de la voiture.

– C'est qui, ce guignol ? Je croyais qu'elle ne connaissait personne ? intervient Jasper.

Moi aussi, je croyais.

Et je n'aime pas que quelqu'un d'autre fricote avec ma cible. En plus, elle ne s'enfuit même pas comme elle l'a fait avec moi.

Je lorgne dans sa direction, profondément agacé. Mon regard possessif détaille plus précisément Aya, sa petite taille qui doit exacerber l'instinct de protection de ce type sorti d'on ne sait où, son chignon négligé, sa salopette dont une bretelle est détachée, et je réalise qu'elle plaît forcément à d'autres gars que moi sur le campus.

Non, elle ne me plaît pas. Qu'est-ce que je raconte ?

Mais putain, c'est vrai, c'est qui ce mec ?

– On devrait lui péter un genou.

Dylan a raison.

Je dois faire passer le message. Parce que, même si Miss Je-suis-une-pro-de-la-fugue ne le sait pas encore, elle est déjà à moi.

Je me mets en mouvement, les mains dans les poches,

suivi de Nate, Dylan et Jasper. Et, comme prévu, le type en question baragouine un ou deux mots et change de direction.

Bizarre, ma proie ne bouge pas. Elle se contente de serrer les poings en nous fusillant du regard derrière les verres de ses lunettes.

– Salut, princesse.

– Bonjour, madame ! embraye joyeusement Dylan.

Silence.

Je commence à me demander ce que je lui ai fait pour ne même pas avoir le droit à un sourire alors qu'elle en tapait plein à l'autre grand débile.

– Elle parle pas ? Elle est handicapée ?

– T'es con, Dylan. Tu vois bien que non, soupire Nate.

– Mec, un handicap peut tout à fait être invisible. Regarde-toi, tout le monde pense qu'on t'appelle « la praline » à cause de ton penchant pour le sucre. Personne ne peut deviner que c'est parce que t'as qu'une seule couille.

– Tu fais chier, on avait dit que ça restait entre nous !

Soudain, Aya éructe en plantant son regard noir dans le mien :

– Tu ne veux pas me lâcher la grappe, à la fin ?

Les gars se taisent, et moi, je souris en la fixant.

Première fois que je la vois vraiment s'énerver.

Première fois que je lui trouve un truc mignon.

– C'est des gros boulets, les écoute pas, essaie de tempérer Nate. Moi, c'est Nate. Bon, tu connais déjà Connor. Le petit con, là, c'est Dylan, et lui, c'est Jasper.

Quatre-vingt-dix pour cent du temps, Nate préfère économiser sa salive. Mais c'est un petit génie des relations humaines quand il le veut vraiment.

– C'était qui, le type avec qui t'étais ? je m'entends la questionner.

Jasp' me glisse un regard désapprobateur. Je comprends que je suis un peu trop franc du collier avec ma question.

Aya pince furieusement les lèvres.

– C'était Bruce Willis, on baise à chaque fois qu'il sauve le monde.

Putain !

Ça, c'est inattendu.

J'ai beau entendre les gars siffler et sentir leurs regards moqueurs tomber sur moi, ça me fait un truc d'entendre un mot salace dans sa bouche pendant qu'elle me fixe droit dans les yeux.

Merde, ça me fait quelque chose.

Ma queue se prend un coup de sang.

Malheureusement, je vois mal comment je pourrais la mettre dans mon pieu alors qu'elle est en colère contre moi, tout ça me paraît plutôt illégal et je baise toujours dans le consentement mutuel.

– Qu'est-ce que tu veux, Connor ? s'agace-t-elle.

Elle a prononcé mon prénom, c'est déjà un bon début. Et puis, j'aime bien cette petite note grave qui l'accompagne lorsqu'il glisse entre ses lèvres. Je m'approche jusqu'à ce que nos joues se frôlent, elle ne recule pas, mais je la sens se tendre d'un bloc, le souffle saccadé. Je peux ressentir la chaleur qui se dégage de sa peau, presque entendre son cœur battre le tempo de son courroux.

Il est temps de mettre la première partie de mon plan à exécution.

– Toi, reine d'Égypte.

Sa respiration s'arrête.

Puis s'emballe.

– C'est toi que je veux.

14

Aya

Je décerne sans conteste la Palme d'or à Connor pour ce qui est de me mettre les nerfs en pelote pendant toute une nuit.

Connard, ouais !

« C'est toi que je veux, reine d'Égypte » ? Sérieusement, mais qui parle comme ça ?

QUI ?

Comment il est au courant pour mon prénom, d'abord ?

Et puis, c'était quoi son délire, là, de me souffler dans l'oreille ? J'ai une tête de flûte ou quoi ?

Le pire, c'est que je suis certaine de l'avoir senti sourire comme s'il pensait que j'étais sensible à son sex-appeal légendaire, alors que pas du tout ! C'est même tout le contraire, et plus je le vois, moins je me maîtrise.

Même Johnny ne parvient pas à me faire sortir de mes gonds alors qu'il en tient déjà une sacrée couche. Mais il faut dire que monsieur Je-me-la-pète a fait fort hier. J'ai cru que j'allais me décomposer sur place quand je les ai tous vus fondre sur nous, et pire encore lorsque Trent m'a subitement laissée tomber en prétextant prendre un appel. Je n'ai même pas eu le courage de déguerpir, j'étais tétanisée, d'autant que tout le monde nous regardait.

Du coup, hier soir, je me suis cloîtrée dans ma voiture,

j'ai vidé tout mon stock de barres de céréales à la noix de cajou et au raisin en pestant pendant trente bonnes minutes sur le manque de sucre dans ces trucs infâmes, puis je me suis enveloppée dans mon manteau avant de fermer les yeux pour espérer trouver le sommeil.

Je l'aurais certainement trouvé si Connor ne me l'avait pas volé, d'ailleurs.

Du coup, ce matin, je me suis réveillée dans le même état de nerfs.

Je ne comprends rien à son plan foireux. Pourquoi il me colle comme ça ? Qu'est-ce que ça veut dire, « c'est moi qu'il veut » ? Il a besoin que j'aille promener son ficus, arroser son chat ?

En tout cas, moi, ce que je veux surtout, c'est qu'il me fiche la paix pour que je puisse à nouveau me concentrer à cent pour cent sur mes cours et dormir un minimum !

Je termine de me brosser les dents devant mon rétroviseur extérieur en continuant de ruminer, ce qui n'aide en rien mes douleurs habituelles. Après m'être rincé la bouche avec la bouteille d'eau que je réserve à ma toilette, je rassemble ma tignasse folle dans un gros chignon loin d'être droit, et je remonte dans ma voiture pour ôter mon short de pyjama et me tortiller dans un jean boyfriend.

Heureusement que je me gare toujours à l'autre bout du parking, parce qu'il y aurait de quoi se rincer l'œil…

Une fois habillée, le ventre vide parce que j'ai avalé tout ce qu'il me restait hier soir, je réitère mon petit manège habituel et laisse ma voiture à quelques centaines de mètres du campus avant de me rendre au rendez-vous fixé avec Cécilia.

Même si la journée ne commence pas de la meilleure

des façons, j'ai espoir que les dieux inversent la tendance et qu'ils éloignent Connor de ma route.

En tout cas, je suis prête à tout pour le sortir de mon périmètre de sécurité et qu'il me fiche enfin la paix.

J'arrive enfin devant le Starbucks, et à peine ai-je poussé la porte qu'une furie me tombe dessus :

– Elle est là !

– Euh...

Cécilia m'agrippe les épaules, l'air un peu dépassé. Je sens tout de suite que quelque chose cloche. Malgré tout, j'ai besoin de poser la question qui me trotte dans la tête depuis la veille.

– Cécilia, est-ce que tu as parlé de la signification de mon prénom à quelqu'un ?

– Quoi ? Non, pourquoi est-ce que j'aurais fait ça ? Écoute, on a vraiment besoin de toi, enchaîne-t-elle directement. Kelly est injoignable depuis ce matin alors qu'elle devait passer un peu plus tôt pour régler un problème de papiers avec Riley. Je pense qu'elle est malade et qu'elle a dû éteindre son téléphone, mais c'est la première fois qu'elle ne m'envoie pas de message pour me prévenir. Je vais quand même aller jeter un œil chez elle pour être sûre que tout va bien. Du coup, Riley va se retrouver tout seul. Tu veux bien lui sauver la vie, s'il te plaît ?

C'est bizarre. On s'était pourtant donné rendez-vous. J'espère qu'elle va bien...

En même temps que je m'interroge sur l'absence de Kelly, mes yeux voguent entre le visage implorant de Cécilia et le fameux Riley, qui court dans tous les sens derrière le comptoir. Comme tous les matins avant les cours, c'est le rush. Il me faut une petite seconde pour réaliser que ma nouvelle amie vient de me proposer une heure de travail, et que, sans s'en douter, c'est peut-être à moi qu'elle sauve la vie.

D'un hochement de tête rapide, je lui indique que je suis carrément partante. Même si le seul job que j'ai connu consistait à vider des poissons dans une usine de conditionnement, je suis plus que prête à me donner à mille pour cent.

– Bien sûr que oui, tu peux compter sur moi.

Cécilia me dépose un baiser sur la joue, ce qui me met encore plus de baume au cœur.

– Merci, Aya ! T'es géniale ! Je te laisse voir avec Riley, il va tout t'expliquer. Je t'enverrai un message dès que j'aurai vu Kelly !

Elle a déjà un pied dehors quand elle m'adresse un dernier signe de la main avant de filer.

De mon côté, je ne perds pas de temps et rejoins mon patron pour la prochaine heure. Riley me colle aussitôt un tablier entre les mains tout en se présentant comme le responsable de la boutique. C'est effectivement le coup de feu, il est seul et, à cette heure-ci, les étudiants sont en train de faire la queue par dizaines.

Je me donne vraiment à fond pendant l'heure qui suit, je fais de mon mieux pour retenir la composition des différentes boissons, apprivoiser la caisse enregistreuse et me faire la main sur toutes les machines à utiliser.

Évidemment, j'enchaîne les erreurs de débutante et je me confonds en excuses un nombre incalculable de fois mais, à nous deux, on parvient à survivre et à gérer la barque.

C'est seulement lorsqu'un nouveau collègue vient prendre le relais que je m'autorise à souffler un peu pour avaler un antidouleur. Je dénoue mon tablier et m'affale à une table avec mon verre, dans lequel fond mon cachet effervescent.

Le moins qu'on puisse dire, c'est que j'ai balancé tout ce qu'il me restait d'énergie pendant cette heure de folie. Mais ça m'a plu, et je me plais même à rêver qu'avec de la chance, je pourrais peut-être travailler ici pour de bon. Juste quelques heures par-ci par-là pour me permettre de manger enfin trois vrais repas par jour sans trop grignoter sur mes cours.

Riley est plutôt cool, marrant. Je ne pense pas trop m'avancer en affirmant que Kelly et Cécilia deviennent de vraies amies, et je me sens capable de faire du bon travail dans des conditions normales.

Ce serait génial.

Parfaitement génial.

Je ressens même un peu de fierté lorsque Riley vient chaleureusement me remercier. Il me remet un billet de dix dollars avant de retourner vers son comptoir.

À mes yeux, c'est juste énorme. Je fais un rapide tour de ce que je pourrais m'acheter avec cet argent : médicaments, nourriture, fournitures, plaid, sous-vêtements… Je peux même me faire un ciné avec dix dollars !

Je dois encore réfléchir aux priorités, mais une chose est sûre : depuis hier soir, c'est la première fois que Connor sort réellement de ma tête. *Et mince, je viens d'y penser…*

Fatiguée, mais dans un état de quasi-béatitude, je vais me servir la boisson que Riley m'a offerte et je retourne m'asseoir à ma place pour la déguster. Je me suis fait un frappuccino pour étancher ma soif et me rafraîchir un peu ; je sue comme un phoque.

Au moment où mes lèvres entrent en contact avec mon café glacé, la porte du Starbucks s'ouvre. Je reconnais tout de suite l'une des rares personnes avec qui j'ai eu une interaction sociale depuis la rentrée et, quand nos regards se croisent et qu'il me salue, j'avoue que j'ai un sentiment mitigé.

– T'es toute seule ? m'interroge Trent en s'avançant vers moi.

J'acquiesce.

– Je viens d'aider au service, j'explique pour faire la conversation.

– Super, je peux m'asseoir ?

Ils se sont passé le mot ou quoi ?

J'ai l'impression que les mecs s'intéressent subitement à moi depuis que je suis à Princeton, alors que je compte sur les doigts d'une main les fois où je me suis fait draguer avant ça. Bon, je ne vais pas me plaindre, c'est loin d'être désagréable !

Quand ça ne vire pas au harcèlement…

Mais mon rapprochement avec les filles me donne aussi très envie de m'ouvrir un peu plus aux autres, alors je me décide à lui répondre par un sourire et l'invite à me rejoindre.

Même s'il m'a laissée en plan avec mon pire ennemi hier…

15

Connor

Je sors de mon premier cours de la journée, blasé à mort. J'adore la fac, mais les heures que je passe assis à écouter le plus soporifique des profs parler de géopolitique me fatiguent. Même si ça ne m'empêche pas de bosser sérieusement les autres matières, je crois bien que la finance reste le seul cours dans lequel je m'éclate vraiment.

Allez comprendre…

D'ailleurs, je ne sais toujours pas ce que je ferai une fois mon diplôme en poche. Une chose est certaine, ça n'aura aucun rapport avec le métier de trader. Peut-être que j'irai faire un tour à Atlanta, on m'a dit que plein de start-up s'ouvraient là-bas. C'est une idée qui me trotte dans la tête depuis un petit moment. Je voudrais faire quelque chose qui me plaît vraiment. Et, comme je suis major de ma promo depuis ma première année, je sais que toutes les portes me sont ouvertes.

Si je tiens tant que ça à ce que mon dossier reste parmi les meilleurs, c'est justement parce que je veux me donner les moyens d'y parvenir par moi-même, sans avoir à toucher à l'argent de mon géniteur.

Je ne plaisantais pas quand je lui ai dit que je ne me pointerais jamais sur une place boursière. Sauf que j'ai encore moins envie de me dire que, si je réussis à monter quelque chose de stable, c'est parce que James McDougall allonge les billets.

Mais, pour l'instant, j'ai d'autres projets en tête. Je suis lessivé, et vu le peu de cours qu'il me reste jusqu'à ce soir, je décide de prendre exceptionnellement congé. Je dévale l'escalier du hall tout en tapant le numéro de mon meilleur pote sur l'écran tactile de mon téléphone.

– T'es où, bro ? demandé-je dès qu'il décroche.

– Juste là, bébé.

Je m'arrête dans mon élan et me retourne d'un coup, surpris d'entendre sa voix de *stalker* professionnel à quelques centimètres de mon épaule.

– Tu me suivais depuis quand, comme ça ? je me marre en raccrochant.

– Je serai toujours dans ton ombre, petit cul d'amour, rétorque-t-il en tentant de me pincer les fesses.

J'évite l'agression en lui fouettant le visage avec ma casquette des Tigers.

– Pas touche. Je fais sauter le reste de la journée, ça te dit ?

– Grave ! J'envoie un message sur le groupe. Qu'est-ce que tu veux faire à la place ?

Je hausse les épaules.

– Je sais pas, vois si Nate et Dylan ont une idée.

Je n'ai pas le moindre doute quant au fait qu'ils seront enchantés de me suivre, j'espère juste qu'ils sauront comment passer le temps.

Si seulement on avait de quoi faire pour ce soir…

– Ah ! lâche Jasper tout en continuant à marcher. Dylan répond qu'il se materait bien *Harry peloteur à l'école des sorcières*. Il dit qu'il a pas vraiment compris l'histoire du film et que ça l'aiderait de le regarder une deuxième fois.

Je ne peux m'empêcher de lever les yeux au ciel. Je

n'avais pas envie de passer ma journée ici, mais si c'est ça ou un film porno, franchement, j'hésite.

– Et la praline ?

Tous mes espoirs reposent sur lui.

– Il vote contre.

Bon, c'est mort pour Harry peloteur, au moins !

– Attends, attends ! s'exclame soudain Jasper, le regard rivé sur son téléphone.

Je m'arrête tout net juste au moment où on sort du bâtiment.

– Qu'est-ce qu'il se passe ? je m'enquiers, curieux.

Jasper se contente de me montrer son écran avec un sourire béat. En dessous d'un message de Dylan avec un émoji aubergine et un autre représentant une baguette magique, il y a une photo un peu floue qui vient d'être envoyée par Nate. Il a l'air de l'avoir prise derrière une vitrine. Je détaille rapidement les premiers éléments sans trop comprendre et, finalement, je la reconnais.

Aya, de profil. A priori, parce que vu la qualité de la photo, Nate a dû la prendre avec ses pieds !

Mes veines se gorgent d'excitation. Je n'ai pas réussi à revoir ma petite brunette depuis que je lui ai avoué mes intentions. Elle se planque littéralement et ça commençait à devenir problématique.

Je ne vais pas laisser passer cette occasion !

– Je l'appelle, me signifie Jasper qui lance l'appel en haut-parleur.

Aussitôt, la voix de Nate résonne entre nous.

– Starbucks du campus, nous informe-t-il avant même que j'aie le temps de lui poser la question.

– J'ai tellement envie d'un petit roulé à la cannelle, ma gueule… fait la voix de Dylan derrière lui.

Tout à coup, il hausse le ton.

– Putain, y a encore un type qui drague la future meuf de Connor à l'aise !

– Qui ça ? j'interviens.

Un bref silence suit ma question, puis Nate s'exclame :

– Ah, ben c'est le mec de la dernière fois ! Il lui colle au cul, c'est incroyable !

– On aura tout vu !

Mon sang tourne aussitôt. Ce con commence vraiment à me faire chier. Sans réfléchir, je fais signe à Jasp' de me suivre et informe Nate et Dylan qu'on est en route pour les retrouver au Starbucks. Jasper me suit au pas de course, le téléphone toujours sur haut-parleur, et j'entends Nate qui s'agace au bout du fil.

– Sa tronche me dit vraiment quelque chose…

Depuis hier, il soutient qu'il connaît le type, sans vraiment savoir d'où.

Soudain, un bruit de claquement de doigts nous parvient.

– Ah, Queen ! Il vient d'être recruté dans l'équipe de basket, je savais bien que j'avais déjà vu sa tronche de cake !

– Queen comme *Docteur Quinn, femme médecin* ? charrie Dylan.

– Version gynécologue, oui ! Quel enculé !

Je reprends le téléphone en main.

– Pourquoi gynécologue, qu'est-ce que tu racontes ?

– Ce con se fait des fricassées de minous alors qu'il est casé, les gars.

– C'est mal, grince Dylan.

Au moment où Nate balance l'information, Jasp' et moi échangeons un long regard de connivence.

Il va prendre cher.

***

J'arrive enfin devant le café où je trouve Nate, qui nous attend tranquillement. Dylan, lui, sourit derrière la vitre en agitant les doigts d'une manière un peu flippante.

Je checke le poing de Nate et frappe l'épaule de mon autre pote.

– Mec, de loin, on dirait juste un pédophile qui essaie de faire coucou à un petit enfant, je grimace.

Nate et Jasper se marrent et on entre tous les quatre dans le Starbucks pour coincer ce petit con de Trent Queen. Je m'avance d'un pas décidé vers la table où se trouve Aya pendant que Nate fait mine de commander un café. Elle est dos à moi, mais Trent, lui, nous a bien captés.

Dès que j'aperçois ma petite brune, un picotement inhabituel se manifeste dans ma poitrine. Je profite du fait qu'elle ne me remarque pas pour l'observer à la dérobée et, clairement, je me mets à mater sa silhouette que je trouve parfaitement mise en valeur dans ce jean clair.

Je tire une chaise en même temps que Jasp' et Dylan, et on s'incruste tous les trois comme des gros connards à la table déjà occupée.

Aya ouvre sa jolie bouche aux contours délicats, choquée. J'aime bien l'idée, mais je me retiens de lui dire qu'elle peut attendre encore un peu. Au lieu de ça, je pose ma casquette devant moi, fourrage un peu dans mes cheveux en bataille et allonge négligemment mes jambes sous la table. Sans gêne, je plonge mon doigt dans le café du mec qui a un prénom aussi dégueu que l'odeur de son eau de Cologne, puis je remue lentement sa boisson avant de l'en ressortir.

Et je le fixe droit dans les yeux.

Le simple fait de le voir là me fout en rogne. Je ne supporte pas ceux qui font le choix de se mettre en couple et qui décident de devenir les pires enfoirés de la terre en trompant leur meuf sans aucun scrupule.

Si t'es pas capable d'assumer le fait de rester avec une seule fille, fais comme moi et ne te case pas, trou du cul !

– Salut, Trentouneeeeeet ! démarre Dylan, que je sens aussi remonté que moi.

– Je peux vous aider, peut-être ?

Trent se rebiffe.

Il soutient mon regard. Un peu, pour faire le mec qui en a devant Aya.

Mais il sait parfaitement qui nous sommes, donc il ne joue pas trop au con non plus. Je me dis que, s'il n'a pas les neurones trop constipés, il va peut-être comprendre de lui-même et s'épargner des problèmes.

J'essuie mon doigt dans une serviette et passe simplement ma langue sur mes lèvres, puisque l'ignorance est le plus puissant des mépris. Et puis, je sens qu'Aya est à deux doigts de planter la branche de ses lunettes dans l'un de mes globes oculaires.

Sauf que Dylan a une approche toute différente.

– Ah ! Ça, c'est gentil, mon poto ! Je vais prendre deux petits roulés à la cannelle, s'il te plaît. Connor, Jasper, qu'est-ce que vous prenez ? C'est Trentichou qui invite.

– Vous vous prenez pour qui, putain ?

Oh, Trentichou s'est acheté des couilles ?

– Moi, c'est Joe. Lui, c'est William, là-bas, t'as Averell et puis Jack, indique calmement Dylan en nous désignant un par un. On est les Dalton.

Je couve Aya d'un rapide coup d'œil, et comme je m'y

attendais, la petite brune est en train de me fixer avec toute la rage du monde. Je crois même qu'elle essaie de faire un trou dans ma cervelle avec sa petite cuillère imaginaire.

– Te fais pas de bile, mec. On passait juste prendre quelques douceurs et faire un coucou, je coupe.

Il me lance un regard noir en réponse.

– On nous a parlé de toi, tu sais, relance Jasper d'un ton mesquin.

– T'es dans l'équipe de basket, c'est ça ? je continue calmement alors que je n'ai qu'une envie : lui fermer son claque merde.

– J'ai été sélectionné, ouais, répond Trent en mimant finalement un semblant de sourire.

– Félicitations, c'est cool. Tiens, on a un pote dans l'équipe. Tu le rencontreras peut-être. Il est sympa. Et puis, ils forment un joli couple avec sa copine. Dommage que ce con la trompe dès qu'il en a l'occasion. Ce sera chaud pour son cul le jour où elle le découvrira. Pas vrai, Dylan ?

Dylan ne répond pas. Il fixe Trent avec un air de sociopathe, les yeux mi-clos.

– Pas vrai, Dylan ? je répète, plus lentement.

Finalement, Dylan lâche d'une voix grave :

– C'est pratique quand on veut faire gynécologue.

Je me retiens de rire en me mordant la lèvre.

– C'est quoi, cette histoire ? s'étonne Trent au même moment.

– Tu veux pas être gynécologue ?

– Ben, non !

– Hmm. T'aimes pas les femmes, c'est ça ?

– Bien sûr que si, j'adore les femmes !

– Alors comme ça, t'adores les femmes, hein ? susurre mon pote.

– T'as un souci ou quoi ? s'énerve de nouveau Trent.

– T'es le seul à avoir un souci, ici, Ducon, je réplique d'une voix acide. Alors saute sur tes grandes jambes de guignol et va le régler avec ta meuf.

Ça y est, Trent a enfin une réaction normale. Son teint vire un peu au rouge et ses lèvres tremblotent comme s'il voulait dire quelque chose, mais il se ressaisit avant de faire une autre boulette et recule bruyamment sa chaise pour se lever.

Tandis qu'il suit mon conseil sans un regard pour Aya, je lis la stupeur sur le visage de la brunette. Elle est passée par toutes les émotions depuis qu'on est arrivés.

Je me dis qu'il serait peut-être préférable de ne pas insister pour aujourd'hui. Trent a débarrassé le plancher, et je pense que c'est définitif. C'est déjà ça.

Je me lève à mon tour et pose un billet de cinquante dollars sur la table pour payer les consommations de tout le monde.

– À charge de revanche, princesse.

16

Aya

– À charge de revanche ?! je m'écrie, furibonde, sur le trottoir.

Oui, j'ai poursuivi Connor à l'extérieur. Il voudrait peut-être que je le remercie, mais bizarrement, mon corps a choisi de se rebeller.

Si j'ai réussi à prendre sur moi tout le temps où le roi des parasites et ses potes ont squatté la table que j'occupais, c'était uniquement parce que je voulais éviter de me donner en spectacle et ruiner mes futures chances de travailler au Starbucks. Mais au dernier moment, la pulsion que je retenais a pris le dessus et je me suis levée sans réfléchir pour harponner le dos de ce Royal Connard.

Le grand blond se retourne.

Et, quand ses billes bleues reviennent se figer dans les miennes, je me mets à trembler, à bout de nerfs.

– Ton but, c'est de me pourrir la vie ? je continue sur la même lancée alors qu'il revient tranquillement sur ses pas.

Ses pieds s'arrêtent lorsqu'il est si près que je suis obligée de me tordre le cou pour le regarder dans les yeux. Mais je ne me démonte pas et, comme je refuse de le laisser gagner du terrain, je plante mes pieds dans le sol.

– Au contraire, affirme-t-il avec un aplomb incroyable.

Il avance d'un pas.

Je recule.

OK, j'ai dit que je ne lui cédais pas de terrain, mais je n'ai pas signé pour me manger son torse – très musclé, ceci dit.

Un autre pas.

Je recule encore.

Un troisième.

Mon dos cogne le mur.

Bon, tu danses le tango ou tu mets les points sur les i, Aya ?

– Je veux te rendre heureuse, princesse.

Ma bouche se tord en une mimique écœurée.

– Est-ce que c'est une demande en mariage ?

Il rit. Un rire sonore, éclatant. Un rire qui vibre dans sa poitrine et qui propage sa voix jusqu'à moi comme une caresse fantôme.

J'avale ma salive avec difficulté.

– Non, mais c'est bien une demande.

– Laquelle ?

Connor appuie son avant-bras à côté de ma tête. Je lève les yeux au ciel. Il est en train de me jouer une fichue scène de film à l'eau de rose.

Je comprends pourquoi ça marche dans les films, d'accord !

Je m'énerve en pensée. C'est vrai que le mur, la proximité, tout ça, ça peut rendre un connard sexy.

Le soleil me tape sur le crâne, j'ai chaud. En plus, on est en plein cagnard.

– Une soirée avec moi. C'est tout ce que je veux.

J'inspire longuement pour garder les idées claires tandis qu'il cheville son regard au mien.

– Pour quoi faire ? Me dire qu'il y a trop d'attirance entre nous et qu'il faut qu'on passe la nuit ensemble ? raillé-je.

Un sourire fleurit sur son visage qui s'éclaire malicieusement. Presque au même moment, je prends conscience du lapsus qui vient de m'échapper et je blêmis.

– Tu reconnais enfin l'évidence.

– Attends… Non ! T'es en train de te faire de gros films ! je baragouine en pointant mon doigt vers lui.

– Si tu le dis, concède-t-il, moqueur. Alors, c'est oui ?

Je me renfrogne…

– Non !

– C'est ton mot préféré ?

… croise les bras…

– Non.

– Sors avec moi.

… et plante mes ongles dans ma chair.

– OK. En fait, t'as raison. C'est mon mot préféré.

Connor passe l'index derrière mon pendentif scarabée, frôlant la peau fine de mon cou qui se couvre d'un frisson brûlant. Il observe un instant mon bijou, puis lâche sur le ton de la confidence, ses yeux brillants plantés dans les miens :

– Je vais t'en faire aimer un autre, princesse. Mais tu le crieras, celui-là.

Mon souffle a un raté.

Ça dégringole dans ma poitrine.

J'admets qu'il est fort, mais je viens de me découvrir un soupçon d'orgueil que je ne me connaissais pas. Et, avant même d'avoir réfléchi à la portée de mes mots, je m'entends répliquer :

– Tu veux parier ?

Oups ?

***

Connor

Mes lèvres se retroussent de surprise. Si on m'avait dit que la petite brune à lunettes du campus cachait ce genre de pugnacité, je crois que je n'y aurais pas cru ! Je dois bien dire que plus je la connais, plus elle titille ma curiosité.

– D'accord, on parie, je prononce en me reculant d'un pas pour mieux soutenir son regard.

Ce qu'Aya ne sait pas, c'est que je suis né dans une famille de parieurs. Malgré moi, j'ai toujours baigné dans cette ambiance. Mon paternel joue tous les jours avec des milliers de dollars et ne perd que très rarement. Et aujourd'hui, ça va m'être utile d'avoir ça dans le sang.

Elle est mal barrée.

– Super, lance Aya en reprenant brusquement sa respiration.

Elle plaque ses paumes sur mes épaules, me décale vers un sac d'ordures attendant d'être ramassé et me lance un signe de la main comme si elle allait me planter là.

– Je peux savoir ce que tu fais ? je l'interroge, un sourcil arqué.

– Je suis écolo. Je trie mes déchets.

La garce !

– Attends, tu ne crois quand même pas que tu vas t'en tirer comme ça ?

– Ben si, s'obstine-t-elle.

– Il faut oser jouer si tu veux gagner, je rétorque, amusé.

Elle soupire, et c'est comme si je l'observais vraiment pour la première fois. Le petit grain de beauté qui danse au coin de sa bouche à chaque mot qu'elle formule, son nez droit, ses pommettes remontées, ses fringues démodées, la masse de cheveux informe toujours hissée en chignon au sommet de son crâne, ses grands yeux en amande toujours fatigués.

Comme si elle venait de déposer son masque.

J'en suis presque à me demander si j'ai vraiment envie de jouer au con avec une fille qui a l'air de subir sa vie.

Arrête de déconner, t'es pas à la S.P.A.

– J'ai pas le temps de m'amuser.

– Trop tard. T'as signé, princesse.

Elle lève les yeux au ciel.

– On fête l'anniversaire d'un de mes potes, ce soir. T'es officiellement invitée.

– Sans rire, je ne peux vraiment pas. Je dois bosser mes cours.

Je coule un regard assassin sur le sac à dos qu'elle porte à l'épaule.

– T'auras toute l'année pour bosser tes cours. Moi, je crois plutôt que… je commence en laissant exprès s'étirer un silence entre nous.

Son front se plisse avec impatience.

– Que quoi ?

J'enfonce mes mains dans mes poches et laisse flotter un air de fausse indifférence sur mon visage.

– … t'as peur de te faire manger toute crue.

Inspiration brutale.

Regard orageux.

Poings serrés.

Elle est fichue.

– Donne-moi l'heure et le lieu.

17

Connor

Je retrouve les gars quelques mètres plus loin. Ils patientaient derrière le bâtiment des dortoirs situé non loin du Starbucks, adossés au mur en attendant que je termine ma petite discussion avec Aya.

– Félicitations, bro, ce soir, c'est ton anniversaire ! j'annonce d'une voix chantante en balançant mon bras sur les épaules de Jasper.

– Quoi ? Et pourquoi ce serait pas le mien ? râle Dylan alors que mon meilleur pote roule des yeux.

– Je sais pas pourquoi, bro, mais dans mon esprit dérangé, j'étais persuadé d'être né en avril.

– Quel faux plan tu nous as encore concocté, McDougall ? s'inquiète Nate.

Je lui réponds en haussant les sourcils avec malice :

– Une petite soirée improvisée tout ce qu'il y a de plus normal. Nous quatre et… Aya.

– Tu comptes lui bourrer la gueule ? s'écrie Dylan, qui freine des quatre fers.

– Mais non, t'es con ! C'est juste pour qu'on puisse faire connaissance. Je te rappelle que je cherche un moyen de la choper !

– C'est de ça que vous avez parlé pendant tout ce temps ? m'interroge Nate avec un mouvement du menton en direction du café.

– À peu près, ouais.
– Et t'es sûr qu'elle viendra ?
– À peu près aussi.
– Bon ! coupe Jasper en tapant dans ses mains. C'est pas tout ça, mais c'est quand même mon anniversaire, aujourd'hui ! Donc bougez vos petites miches, vous avez jusqu'à… quelle heure, du coup ?
Il met sa tirade en pause pour m'interroger du regard.
– Vingt heures.
– Vingt heures pour me trouver le cadeau parfait !
– Tu soûles, rit Nate en lui jetant un gravier du bout de la semelle. Et on fait ça où, alors ?
– Jasp', ça te va si on se cale dans ton penthouse ?
– Parfait. En attendant, je vais me prendre un petit rendez-vous chez le coiffeur et me faire tout beau pour ce soir.
On se met d'accord pour gérer la bouffe et l'alcool ; même si on ne sera que cinq, c'est primordial pour passer une bonne soirée.
Il n'y a plus qu'à attendre ce soir. Je sens que la journée va être particulièrement longue, et plus les minutes passent, plus je me demande si ma petite brune ne va pas me faire faux bond au dernier moment.
Ça me ferait bien chier.

***

Il est vingt heures et une minute précises, et je me dirige joyeusement vers la Firestone Library. Le campus est en train de se vider peu à peu. Je ne sais même pas pourquoi je me pointe ici pour voir Aya au lieu de l'attendre à l'adresse que je lui ai indiquée.
L'ennui mortel qui a plombé ma journée, sûrement. Ça

me fait mal de l'admettre, mais j'aime bien la taquiner.

Je passe la tête derrière la porte en bois de la bibliothèque avec espoir.

La salle est vide.

J'arrive trop tard, ma proie a déjà dû partir.

– Tu me suis aussi quand je suis aux toilettes ? résonne soudain une voix dans mon dos.

Je me retourne en prenant une posture tragique, mais au fond, je suis soulagé de constater que je n'aurai pas à la traquer dans les couloirs pour l'obliger à tenir parole.

– Merde, je suis démasqué ! je m'écrie en découvrant avec surprise qu'elle est un peu plus apprêtée que d'habitude.

C'est peut-être mon imagination débordante qui me joue des tours, mais j'ai l'impression qu'elle a changé quelque chose dans son look. Peut-être qu'elle s'est légèrement maquillée pour la soirée ?

En tout cas, c'est définitif, j'aime cette salopette.

– Passons directement aux choses sérieuses. Qu'est-ce que tu fais là ?

– Et toi, qu'est-ce que tu fais là ? je renvoie. Il est déjà vingt heures deux. Tu comptais quand même pas te défiler ?

Un reflet affolé parcourt ses iris bruns.

J'en étais sûr ! La lâche...

– Mais pas du tout ! C'est ce que tu aimerais, hein ? reprend-elle avec plus d'assurance. Eh bien, malheureusement pour toi, sache que je tiens toujours parole !

Le bout de son doigt bute sévèrement contre mon torse.

Je marque un temps d'arrêt avant de passer ma langue sur ma lèvre inférieure.

– Faut que t'arrêtes, princesse.

– Que j'arrête quoi ?

– De t'énerver contre moi, je réponds en dégageant doucement son poignet sur le côté. Ça m'excite beaucoup trop.

Elle tressaille et, en réponse, fourre sèchement sa main dans la poche de sa veste.

– Ah oui ? Alors compte sur moi pour devenir ta supportrice numéro un !

Eh, mais j'aime bien cette idée !

Je croise les bras sur ma poitrine en souriant de toutes mes dents.

– Fais voir ce que ça donnerait ?

– Je ne crois pas que ce soit nécessaire.

– Allez, je suis sûr que t'es plus courageuse que ça.

J'ai dû utiliser le mot magique. Les traits de son visage se détendent, passent de l'irritation à l'adulation en un claquement de doigts, et Aya se jette littéralement sur mon torse, les deux mains plaquées contre mes pecs, un pied en arrière et la bouche en cœur.

– Ouh là là, Connor, si tu savais comme je rêve de caresser ton grand corps musclé, tu me rends complètement folle de désir…

Elle ose pousser le vice jusqu'à gémir lascivement, et je me retrouve sans crier gare avec une barre dure comme l'acier entre les jambes.

Forcément, la bougresse s'accroche à moi comme un caniche qui cherche à se taper le mollet de son proprio ! Il ne m'en faut pas plus pour réveiller la mécanique !

Quand Aya se rend compte de l'effet que son petit numéro de cirque a sur moi, ses grands yeux cessent immédiatement de papillonner derrière ses lunettes. Je la vois déglutir avant de s'animer à nouveau.

Elle a réussi à me donner chaud en se payant ma

tronche ! Je devrais peut-être penser à décharger un peu les munitions, moi...

– T'es vachement observatrice, c'est exactement ce que font toutes mes admiratrices, je raille pour donner le change tandis qu'elle fait mine de lisser ses fringues pour masquer sa gêne.

– C'est pas vrai, quelle surprise… répond-elle avec un sourire hypocrite.

Je ris à sa remarque avant de voir que Jasp' est en train de m'appeler sur WhatsApp.

– L'appartement de Jasper est juste de l'autre côté du campus. Essaie de ne pas me sauter dessus pendant qu'on marche, OK ?

– Je vais faire de mon mieux, mais je ne te promets rien, ironise-t-elle d'une voix moqueuse.

J'observe un peu trop longtemps son profil alors qu'on se met en route, à la fois stupéfait et fier de moi. Je ne rêve pas, c'est bien un petit sourire que je vois poindre à l'orée de ses lèvres.

Et je comprends.

Je comprends qu'Aya n'est pas une fille comme les autres. Le fric et le rang social ne l'intéressent pas. Encore moins les mecs qui agitent la queue devant elle.

À la différence de la plupart des meufs que je connais, elle n'a pas l'air de vouloir se servir des autres pour gratter des points sur l'échelle de la popularité.

Cette conclusion me force à revoir tout le scénario que j'avais en tête. Je ne peux pas seulement lui promettre le meilleur plan cul de sa vie pour espérer coucher avec elle.

Je vais devoir la séduire comme si c'était la seule fille avec qui je rêve de me réveiller tous les matins.

Autant dire que c'est la merde.

18

Aya

Je sens que chacune de mes cellules est en train de se détacher de mon corps et de m'abandonner.

Pas parce que le penthouse dans lequel j'atterris à vingt heures dix ce mardi soir compte à peu près la même superficie que le territoire du Gabon, ni parce que Connor vient – bien malgré moi – de stimuler mes hormones, mais parce que je comprends que je suis la seule à être présente à cette fameuse soirée « d'anniversaire ».

Je préférerais me faire désintégrer par Seth[1] en personne plutôt que de passer la soirée seule avec Connor, cet horripilant attrait qu'il dégage et ses trois amis bizarres, mais ça lui ferait bien trop plaisir.

Grrr, mais d'où me sort cet ego, tout à coup ? Depuis quand je me laisse prendre à ce genre de jeu ?

– Tu t'es bien fichu de moi, je grommelle en m'asseyant sur l'un des transats en tissu de la terrasse.

J'ai beau râler, j'avoue que je me sens plus à l'aise que si l'endroit avait été blindé d'inconnus qui transpirent, boivent comme des trous et fument clope sur clope. En fait, je me sens étrangement bien, ici. Et j'avoue que ça tombe à pic pour me changer les idées. Ce matin, Cécilia m'a rappelée comme convenu pour me donner des

1. Dans la mythologie égyptienne, Seth est le dieu de la confusion, du désordre, de la cruauté… Bref, personne n'a envie de l'avoir dans son groupe de potes.

nouvelles de Kelly. Mais alors que je m'attendais à ce qu'elle soit clouée au lit avec de la fièvre, il s'avère que la maison était vide. Depuis, Kelly ne nous a toujours donné aucun signe de vie. J'ai eu le ventre noué toute la journée et, tout comme Cécilia, je me pose mille questions. J'espère qu'on la verra demain sur le campus, comme d'habitude, et qu'elle a juste eu une urgence de dernière minute à gérer. C'est le genre de chose qui peut arriver.

Je lève les yeux au ciel en soupirant pour chasser ces pensées. Il fait doux malgré l'heure, le ciel est complètement dégagé et nous offre le tableau splendide d'une toile noire parsemée d'étoiles. Et je ne parle même pas de ce qui m'entoure. Je n'avais jamais vu autant de luxe sur le toit d'un immeuble.

Je n'avais jamais vu autant de luxe tout court, en fait.

Je laisse un instant mon regard vagabonder derrière le garde-corps vitré qui nous sépare du vide, subjuguée par la vue qui m'entoure, le campus juste à côté et la ville de Princeton aux allures de déesse dans sa robe de lumière.

– Tout le monde a décommandé au dernier moment, s'élève la voix de Dylan en réponse à ma remarque.

Il est sympa, il essaie de sauver son ami. Mais en observant les garçons rire autour de moi, je suspecte Connor d'avoir créé une soirée de toutes pièces juste pour remporter cette histoire de pari stupide.

Si c'est le cas, il a un orgueil plus gros que cet énorme jacuzzi dans le coin de la terrasse.

Et j'ai encore moins envie de le laisser gagner !

– Alors, qu'est-ce que tu as eu comme cadeau ? je demande à son ami dont c'est censé être l'anniversaire.

– Mais rien, en plus ! s'écrie-t-il.

– Rien du tout ?

Comme c'est étrange…

– Que. Dalle. C'est pas de vrais amis. Je devrais les larguer, t'es pas d'accord avec moi ?

– C'est parce qu'on te prépare une vraie surprise, bro !

– D'ailleurs, c'est quand ton anniversaire, à toi ?

Si mes souvenirs sont bons, celui qui vient de me poser cette question s'appelle Nate.

Lui, je l'aime bien.

– C'est vrai, ça, princesse. On sait rien du tout sur toi.

– Ben on a qu'à se faire le petit jeu habituel pour apprendre à la connaître ! intervient Dylan en mâchant un mini saucisson.

C'est un anniversaire ou une prise d'otage ?

– Je suis née en juin. Voilà, vous savez tout ! je balance, en panique.

– Roh, joue avec nous, allez ! Tu vas voir, c'est cool. Tiens, Dylan. (Jasper se penche sur le côté et sort un bout de papier de sa poche arrière.) Si c'est chaud, c'est parce que j'ai pété.

Dylan lui adresse son plus beau *fuck* en retour.

Je prends sur moi pour ne pas noter l'échange ultra mature qui vient d'avoir lieu et l'observe découper méthodiquement la feuille en plusieurs petits morceaux.

Pendant ce temps-là, Nate et Jasper se lèvent et reviennent avec plusieurs shooters ainsi que deux bouteilles de vodka. Lorsqu'ils commencent à distribuer un verre rempli à ras bord à chacun, je me dis que tout est réuni pour que cette soirée devienne officiellement un vrai désastre.

Alors que j'ai une tonne de travail qui m'attend dans ma voiture.

– Je t'explique les règles du jeu, princesse, entame Connor, qui était allé chercher un stylo. On écrit tous les quatre un mot sur un bout de papier, n'importe lequel. Ensuite, on te fait passer le pot, tu lis le mot que tu découvres à voix haute et tu dois nous raconter quelque chose sur toi à partir de ça. Nous, on va devoir deviner si ce que tu viens de dire est vrai ou complètement inventé. Si on se trompe, on a perdu et on doit boire notre shooter. Ensuite, on passe à quelqu'un d'autre. T'as besoin que je répète ou ça ira ?

– Non, ça va, je pense que j'ai saisi.

S'il y a un moment dans ma vie où je devrais remercier Johnny, je crois bien que c'est ce soir. C'est grâce à lui si je tiens aussi bien l'alcool et si je suis à peu près sûre de ne pas finir cette soirée complètement torchée.

Malgré tout, j'ai la pétoche. Parler de moi, c'est vraiment un exercice avec lequel je ne suis pas à l'aise. J'essaie pourtant de ne rien laisser paraître, sans savoir pourquoi j'ai subitement envie d'être cool à leurs yeux.

– On peut mettre un groupe de mots, hein ? demande Dylan, le nez penché sur son papier.

– Ouais, ce que tu veux.

Les garçons me font passer tous les bouts de papier et je commence à déplier le premier d'entre eux.

– Sexualité.

Je lève instinctivement un regard noir vers Connor, qui garde une posture détachée, allongé avec nonchalance sur son transat. Une lueur de satisfaction brûle dans ses iris, alors que ce sont les flammes de l'enfer qui tournoient dans les miens.

D'accord, Royal Connard.

Je prends mon air le plus indifférent et me lance, en le fixant bien droit dans les yeux :

– Je suis très à l'aise avec ma sexualité. J'ai déjà couché avec deux mecs dans la même soirée simplement parce qu'ils me plaisaient tous les deux.

Les garçons sifflent tous à la fin de ma phrase.

Tous, sauf Connor, qui a les sourcils froncés et qui me scrute en silence. Mais, comme les autres, il soutient que je mens. Alors c'est avec un plaisir non feint que je lâche d'une voix forte :

– C'était vrai, vous avez tous perdu !

– Quoi ?! s'écrient en même temps Nate et Jasper, morts de rire.

– Mais quelle petite coquine !

– Ouais, c'est vrai, je réponds sans réfléchir à Dylan, à la fois gênée par ma révélation et très contente d'avoir retourné le mot de Connor contre lui.

D'ailleurs, le grand blond s'est muré dans le silence, le visage fermé. Ses yeux verrouillés aux miens alors qu'il boit son shooter comme tout le monde, il semble presque vexé.

Après cette révélation, c'est comme s'il m'en voulait silencieusement de ne pas lui céder.

Je lui réponds de la même façon : « Surpris qu'une fille soit capable de te remballer ? »

Les deux autres mots que je déplie sont nettement plus habituels. Je trouve sans difficulté quelque chose à dire sur « école » et « dauphin », mais quand je découvre le dernier, l'affolement obstrue ma voix.

« Famille. »

Je ne me dévoilerai jamais à ce sujet, et surtout pas devant eux. Parfois, mieux vaut garder certaines choses enfouies.

– Une partie de ma famille vit en Alaska, dis-je en esquivant.

Nate et Jasper pensent que je dis la vérité, ils sont condamnés à boire un nouveau shooter.

Les verres s'entassent rapidement devant nous, mais au bout du deuxième tour, je commence à me prendre au jeu.

C'est à Jasper, assis juste à droite de Connor, de découvrir les mots avec lesquels il doit raconter son anecdote. Grâce à un gros coup de chance, je ne perds que deux fois, avec « sillon interfessier », quand il dit qu'il s'est fait épiler le sillon interfessier en Islande, et avec « balai », le mot que j'ai moi-même écrit. Il a prétendu avoir déjà cassé un balai en s'asseyant dessus et, bien évidemment, c'était vrai.

– C'est quand même pas très fair-play, je lâche quand vient le tour de Dylan.

– Qu'est-ce que tu ne trouves pas fair-play, princesse ?

Je lève les yeux sur Connor, qui me fixe comme s'il allait me sauter dessus à n'importe quel moment pour m'arracher mes fringues. Le blondinet est un brasier sur pattes. Ou alors, il fait tout pour qu'on le croie, mais quoi qu'il en soit, je maudis mon satané corps de répondre de plus en plus à ses petits coups d'œil suggestifs. Je me remémore notre pari débile pour tenter de reprendre contenance. Ce mec a besoin qu'on lui prouve qu'il peut perdre.

– Vous vous connaissez par cœur tous les quatre, alors que je commence à peine à retenir vos prénoms. Je vais forcément boire plus que vous.

– C'est pas faux, soulève Nate. Elle est quand même désavantagée.

– Dans ce cas, je veux bien boire tes shooters à chaque fois que tu te tromperas.

C'est Connor qui vient de parler, et je ne suis pas la seule à en être étonnée.

– Là, c'est nous qui nous faisons baiser, bro !

– C'est normal, elle est quand même invitée. La prochaine fois, on inversera, intervient Nate de sa place.

– La prochaine fois, c'est moi qui déciderai des règles, je corrige avec une aisance qui m'étonne moi-même.

– Tu veux déjà qu'on se refasse une soirée tous les cinq ? Comme c'est mignooon !

– Et la première règle est qu'il n'y aura pas de prochaine fois, ris-je nerveusement en réponse à Jasper.

Dylan fait la moue en haussant les épaules.

– Dommage. Je trouve qu'on passe un bon moment.

C'est moi ou il est vraiment déçu ?

– Allez, à ton tour, Dylan.

– Faites péter les p'tits mots, mes biquets, claironne celui-ci en réponse.

J'écris la première chose qui me vient sur un nouveau morceau de feuille vierge : « paléontologue ». Puis je plie précautionneusement mon papier, curieuse et presque fière de me dire qu'il aura du mal à trouver quelque chose de vrai à raconter avec ça.

Dylan fait le tour pour récupérer tous les papiers, puis se carre dans son transat et lit le premier d'entre eux à voix haute :

– Mickey.

Il réfléchit un instant, les yeux tournés vers le ciel.

– OK, j'ai regardé *Mickey, il était une fois Noël* tous les jours pendant une semaine.

– C'est quoi, ce film ? je demande, intriguée.

– C'est un truc merdique pour les gosses, m'explique Nate d'un ton moqueur.

– Ça a bercé mon enfance, mec ! rétorque Dylan.

La voix de Connor s'élève face à moi et, comme à chaque fois qu'il ouvre la bouche, je n'arrive pas à empêcher mes yeux de se tourner dans sa direction.

– Je pense que c'est vrai.

– Moi aussi, j'affirme. Même si c'est très bizarre.

Jasper et Nate soutiennent quant à eux que l'anecdote est fausse. Le jeu commence à prendre une tournure différente lorsque le duo Nate-Jasper s'élève d'une même voix contre Connor et moi. Je me retrouve obligée de faire front commun avec mon ennemi pour sauver l'honneur.

Même si l'esprit reste bon enfant, les arguments se confrontent et s'échauffent.

Je me découvre plus battante que ce que je pensais, et il semblerait surtout que, ce soir, j'ai la gagne dans le sang.

En résumé, oui, je suis mauvaise perdante.

Dylan tapote l'accoudoir du transat de ses doigts pour imiter un roulement de tambour. Il laisse le suspense s'étirer à la limite du supportable et je me vois même me lever, fébrile, comme si la réponse à cette question m'était devenue vitale.

– Et c'est… VRAI ! Mes parents me calaient tout le temps devant la télé quand j'étais môme, et à un moment donné, on avait prêté toutes nos cassettes à…

– Ouiii ! je le coupe, folle de joie.

Connor n'exulte pas autant que moi, mais il m'adresse un clin d'œil complice qui est loin de me laisser de marbre. Je détourne le regard en retrouvant ma place et avale ma salive tant bien que mal.

Te laisse pas aller, Aya. Sois forte.

– Et merde, ronchonne Jasper en avalant son shooter d'une traite.

– Vous en avez rien à foutre, en fait, de ce que je vous dis ?

Je me mords la lèvre, le cœur serré en voyant que Dylan affiche un air dépité.

– Mais si, mon pote, je t'ai écouté, intervient Connor.

– Si, si, tu disais que ta maman te faisait mater la cassette, enchérit Jasper après s'être essuyé la bouche.

– Hmm. Bon, le mot suivant.

Dylan fronce le nez, approche le mot de son visage, puis finit par s'exclamer :

– Paléontologue ?!

Les quatre garçons tournent spontanément les yeux dans ma direction.

OK, pas de mystère. Tout le monde sait que ça vient de moi.

– Je vous préviens, c'est deux shooters pour celle-là, annonce Dylan.

– T'es dur, mec !

Il ignore les jérémiades de Jasper et se lance, à ma grande surprise, quelques secondes à peine après avoir découvert le mot :

– Je connais un paléontologue renommé. Vous avez dix secondes.

Merde. Là, j'avoue que je sèche. En soi, ce n'est pas impossible. Mais est-ce que c'est vrai pour autant ?

– Cinq secondes !

Je me ronge l'ongle du pouce, incapable de savoir si son affirmation est vraie ou fausse.

– Deux secondes !

– Je dis que c'est faux ! m'exclamé-je enfin.

Statistiquement, il y a plus de chances que ce soit faux, hein ?

– Vrai, déclarent alors en chœur Nate, Jasper et Connor.

Je sens que je viens de me faire rouler en beauté, et j'en deviens totalement convaincue quand Dylan tourne la tête vers moi en haussant deux fois les sourcils.

– C'est vrai !

Grrr !

Je cogne mon poing sur ma cuisse. Évidemment, personne n'a l'air étonné de savoir que Dylan connaît un paléontologue !

– Et il s'appelle comment ? je tente en pensant que c'est peut-être juste un gros mensonge.

– Nizar Ibrahim, argue fièrement Dylan. C'est sa découverte du squelette de spinosaure qui l'a rendu célèbre. Et c'est aussi mon parrain !

Merde, bien sûr que je connais le nom de Nizar Ibrahim ! C'est incroyable, quelle chance il a d'avoir un si grand chercheur comme parrain !

– Allez, deux shooters pour la dame ! s'exclame Jasper, qui ne perd pas le nord.

Je me penche en grommelant pour récupérer le premier verre encore plein, mais une main ornée d'une chevalière en or apparaît dans mon champ de vision et le saisit avant moi.

Je me redresse lorsque Connor avale mon shooter d'un trait. Il se tient debout devant moi alors que je ne l'ai même pas vu ni entendu se lever. Connor enchaîne directement avec le deuxième et passe sa langue au coin de ses lèvres pour lécher les dernières gouttes d'alcool, puis il presse sa bouche contre son poignet.

Les sourires de ses amis qui nous observent sans rien dire ne m'atteignent pas autant que le désir tangible qui brille dans les yeux de Connor. Je continue de fixer ses lèvres sans parvenir à m'en détacher, comme hypnotisée. Je me surprends à mourir d'envie, juste pour ce soir, qu'on abandonne tous les deux cette histoire de pari et qu'il fasse disparaître ces quelques centimètres qui nous séparent. Je meurs d'envie qu'il n'existe plus rien entre nous, ni cet air qui fait vibrer ma peau à chacun de ses mouvements ni cette saleté d'électricité insoutenable qui laisse mon corps affamé et aux abois.

J'en rêve.

Juste pour ce soir.

Juste pour calmer cette envie irrationnelle.

– Je sens que je vais vite finir bourré avec toi, princesse, me lance Connor en retrouvant sa place face à moi.

Je fais semblant de rire brièvement et me frotte le bras, troublée par ce qui vient de s'imprimer avec une telle évidence dans mon esprit. Je ne comprends pas ce que Connor peut bien créer en moi et ça ne fait que renforcer ma volonté de tenir bon.

Il me perturbe avec tellement de facilité que, pendant tout le reste du jeu, je suis obligée de me rabâcher que coucher avec lui serait la pire des erreurs.

***

J'aurais aimé affirmer le contraire, mais j'ai passé une bonne soirée avec les garçons. Incroyable, mais vrai, je n'ai presque pas eu mal à la tête.

Je me suis un peu vidé l'esprit et j'ai surtout réussi à reprendre le contrôle en me convainquant que Connor me laisse complètement de marbre.

– Alors, tu t'es fait deux mecs dans la même soirée, hein ? s'élève sa voix quand il me raccompagne sur le campus.

– Tu restes bloqué là-dessus, sérieusement ? je raille.

– Et pourquoi pas moi, alors ?

Sa question criante de sincérité me cueille. Et le fait qu'il a tenu parole en buvant tous mes shooters, et autant dire que j'ai donné beaucoup de mauvaises réponses.

– Justement parce que tu penses que tout t'est dû et qu'il était temps que quelqu'un te dise non.

– Tu dis non, mais t'es en train de tomber amoureuse de moi.

– Je crois que tu prends tes rêves pour des réalités.

– Toi, tu crois. Moi, je sais.

On s'arrête de marcher. Il a toujours les mains dans les poches et cette attitude arrogante comme si tout lui était égal ou le blasait. Et malgré tout, à la lueur de la lune, je le trouve vraiment beau.

Il va vraiment falloir se ressaisir, là.

– T'es vraiment le mec le plus orgueilleux que j'aie jamais rencontré.

– OK.

– Et un gros con.

– Si tu veux.

– Et tu te la pètes trop !

– Pourquoi pas, finit-il par sourire.

– Mais c'était une bonne soirée, j'admets.

– Tu peux prévenir, la prochaine fois que tu changeras de personnalité ?

Je ris devant sa mimique hébétée et mon alarme se met justement à sonner pour me signaler que le parking ferme dans trente minutes.

– Oh merde, je dois me dépêcher !

– Quoi ? Mais pourquoi ?

– Trop long à expliquer. Salut !

Le grand blond fronce les sourcils.

– Attends, je t'accompagne jusqu'à chez toi.

– Non !

Je ne perds pas plus de temps et me dirige vers le passage piéton, mais Connor me rattrape.

– Je te raccompagne, insiste-t-il.

Il est vraiment bourré, en fait ! Depuis quand il est aussi prévenant ?

La peur qu'il puisse découvrir la vérité se combine à l'angoisse d'arriver trop tard et fait battre mes tempes avec urgence.

– Écoute, je ne préfère vraiment pas.

Connor me scrute un instant, un peu déconcerté, avant de céder face à mon ton lapidaire.

– Comme tu veux, princesse.

Je tourne les talons, soulagée, et me dépêche de grimper dans ma voiture garée un peu plus loin.

Cette nuit-là, quand j'arrive à Chambers Street, le parking est encore ouvert. Mais comme souvent depuis une semaine, je passe une partie de la nuit à bosser mes cours parce que je n'ai pas été capable de dire non à Connor McDougall.

19

Connor

Il est midi trente et, comme je n'avais pas cours ce matin, je suis en chemin pour récupérer Jasper devant chez lui. Ça fait environ trois ans qu'on a commencé à sortir régulièrement au resto ensemble, quand on était en première année, et qu'il a eu l'idée de tester toute la bouffe de Princeton. Au début, on se tapait juste tout ce qu'on trouvait, du fast-food au restaurant étoilé. Sauf les sushis. C'était pas faute d'avoir tenté de le motiver, mais Jasper détestait le principe.

J'ai dû lui faire la cour pendant trois mois avant qu'il laisse enfin sa chance au poisson cru.

Et, comme je l'avais deviné depuis longtemps, cette grande perche a adoré. Il fallait juste qu'il surpasse ses craintes. J'aurais pas été un véritable ami si je l'avais laissé mourir sans jamais avoir testé un bon sushi.

Depuis ce jour, tous les mercredis sans exception, on va se casser le bide dans le meilleur japonais de la ville. D'ailleurs, Eiki, le gérant, a fini par devenir un très bon pote.

C'est notre petit rendez-vous en amoureux de la semaine.

Je profite d'un feu rouge pour voir si Nate et Dylan ont envoyé un message sur le groupe WhatsApp, mais rien. J'imagine que c'est parce qu'il n'y a rien d'intéressant à dire. Ils sont censés chercher des infos sur Aya, parce qu'à part la signification de son prénom – qui avait fait son petit effet –, le cursus qu'elle suit et les quelques questions auxquelles elle a bien voulu répondre hier, je suis à poil.

Je regarde à nouveau mon téléphone et je me demande si elle est bien rentrée hier. Elle est partie à pied à onze heures du soir, sans m'envoyer aucun message dans la nuit. Je sais qu'on se connaît à peine, qu'on est loin d'être amis et que je joue au con avec elle, mais je ne peux pas m'empêcher de penser que ce serait de ma faute s'il lui arrivait quelque chose.

D'ailleurs, c'était quoi ce flip qu'elle s'est fait quand je lui ai proposé de la raccompagner ? Décidément, cette fille, c'est du chinois pour moi.

Et comme si c'était pas assez perturbant comme ça, elle a beau être aussi avenante qu'un pitbull qui ferait la sécu en boîte de nuit, j'ai quand même l'impression d'être un peu plus léger à chaque fois que je lui parle. Comme si, pendant ce laps de temps, j'étais soulagé d'un truc.

Pas des couilles, en tout cas.

Pourtant, c'est le but. Si Aya réussit l'exploit d'éveiller mon intérêt, c'est juste parce qu'elle change un peu des autres meufs.

Je devrais quand même la remercier pour ça.

Je m'extrais de mes pensées en arrivant devant le grand portail électrique de la propriété de Jasper. L'immeuble est à son nom, puisque son paternel possède de nombreux biens immobiliers disséminés un peu partout dans l'État.

Je repère immédiatement mon meilleur pote sur le parking.

Il utilise la vitre d'une voiture pour dompter sa tignasse dorée d'un dernier coup de peigne. Ce con est tellement occupé à mater son reflet qu'il ne m'a même pas vu.

Un bref coup de klaxon le surprend.

– Hé, beau Suédois, tu fais quoi pour cinquante billets ? l'aguiché-je, le bras sur ma portière.

Jasper se redresse et rengaine son peigne.

– Pour cinquante jolis billets, je t'autorise à me faire l'amour dans les fesses et je te chante même du Madonna, ronronne-t-il.

Je pouffe et lui jette une pièce qui traînait sur mon tableau de bord.

– Je vais rester loin de ton cul dégueulasse, mais je veux bien que tu chantes pour moi, troubadour !

Il commence aussitôt à brailler en se caressant lascivement le torse, et moi je croise les bras sur ma portière, observant avec un sourire presque ému ce mec que je connais depuis le berceau se trémousser en pleine rue.

– *Like a virgin, touched for the very first tiiiiiiime !*

Quand il commence à se frotter lascivement les tétons, mes lèvres tressautent toutes seules.

– *Like a viiiiiiirgin, when your heart beats next to mine !* Oh, bonjour, madame Brown !

Je ris dans mon poing. Heureusement qu'il a une gentille voisine de palier.

– Satisfait, monseigneur ? peine-t-il à formuler une seconde plus tard en s'affalant contre ma carrosserie.

– Monte, grande folle.

Jasper s'exécute et contourne le véhicule, puis on se met en route. Je secoue la tête en revoyant le numéro de scène de mon pote, sourire aux lèvres.

– Toi et Dylan, il aurait fallu vous euthanasier à la naissance. Je te jure.

– C'est mort, j'étais trop beau.

– Dylan, ouais, je pouffe. Toi, t'avais juste un bon pedigree.

– Primo, j'espère qu'un jour, tu mourras étouffé dans ton vomi. Secondo, tu crois que j'aurais réussi à choper la conductrice de la Mercedes si vite avec « juste un bon pedigree » ?

La blonde qu'on avait vue sur le parking le jour de la rentrée m'était complètement sortie de la tête.

– Continue, tu m'intéresses !

– Après mon faux anniversaire. Elle m'a appelé quand vous étiez tous partis et on est allés boire un coup ensemble au Murphy. Et j'ai bien fait mes devoirs, argue-t-il soudain avec assurance.

Je détourne le regard de la route une seconde et tourne la tête dans sa direction. Je n'y croyais pas, mais c'est bien une clé que Jasper brandit fièrement sous mes yeux.

– T'as fait ça ce matin, beau gosse ?! je m'exclame. Tu gères, mec. Tu gères grave.

Depuis le début, c'est Jasp' qui a la charge de fabriquer les doubles des clés. Il a acheté tout le matos nécessaire sur Internet pour le moulage, il gère ça comme un pro.

Mon poto est devenu serrurier.

Il cale son genou contre la portière, un sourire audible dans la voix :

– Tu retrouves enfin la raison, bro.

Moins de deux semaines après la rentrée, on a déjà de quoi se mettre sous la dent. Rien ne pouvait me faire plus plaisir.

– Faut qu'on s'organise pour demain, elle vient à l'appart à vingt heures.

– Donc c'est demain soir qu'on le fait, je m'enthousiasme.

– *Yes, baby*.

– T'as son adresse, tout ce qu'il faut ? T'as acheté de quoi remplacer les passe-montagnes de l'année dernière ?

– Qu'ouïe-je ? Remettrais-tu en doute mon professionnalisme ?

– Que nenni !

– N'empêche, j'aurais bien aimé venir avec vous, vous allez bien vous marrer sans moi.

– Je rêve ou t'oses te plaindre ? je renvoie.

– J'ose, ronchonne-t-il contre la vitre.

– Mec, t'inquiète pas, quand j'aurai coincé Aya, ce sera à ton tour de te faire plaisir. Et crois-moi, à mon avis, y aura moyen de trouver des dingueries dans sa baraque. En plus, on a pas le choix, il faut bien que l'un d'entre nous s'occupe de la proie pour être sûrs que la voie est libre.

On arrive sur le parking du resto, je lève le pied et remonte les vitres pour garder notre conversation privée.

– Et puis, tu passeras pas non plus une soirée dégueulasse, ça va, j'ironise.

– Je crois qu'on a trop de talent pour ça, bro.

– Pour sauter des meufs ou pour les cambrioler ?

– Sauter des meufs, les cambrioler et jamais se faire choper, il corrige en jouant des sourcils.

– C'est pas pour rien qu'on est insoupçonnables.

20

Aya

Une douche.

Cinq minutes ou même pas : une minute trente.

Ça se gère en une minute trente.

Il faudrait faire l'essai pour être sûre, genre tout de suite, c'est quand même une question importante. Je me déshabillerais, j'entrerais à l'intérieur, je ferais couler l'eau, je me mouillerais les cheveux, je me savonnerais, je me ferais un shampooing, et puis…

Oh par tous les dieux, un shampooing !

Je ne me suis pas lavé les cheveux depuis presque deux semaines et, entre nous, j'atteins un seuil critique. Même si j'ai pris l'habitude de ramasser mon énorme masse brune en un gros chignon informe, c'est dégueulasse, et ça a beau cacher la misère aux yeux des autres, là, je rêêêêêve de me les laver.

Je pourrais demander à Cécilia d'emprunter sa salle de bains, mais je refuse de profiter d'elle de quelque façon que ce soit.

Bon, où est-ce que les gens qui n'ont pas de douche prennent leur douche ?

– Elle te plaît tant que ça ?

Le menton de Cécilia se cale sur mon épaule alors que je suis toujours debout dans la salle de bains de sa chambre universitaire. Je me secoue mentalement, elle va finir par me prendre pour une cinglée à rester plantée devant son rideau aux motifs canard.

– T'as pas idée ! fais-je semblant de me moquer.

– Oui, bon, c'est pas la plus spacieuse des chambres et ma salle de bains est moche, je te l'accorde, mais j'y suis très bien quand même, se défend-elle en faisant un tour sur elle-même. (Elle va s'asseoir sur son lit et balance ses jambes dans le vide.) Enfin voilà, la visite est terminée. T'as tout vu de mon petit chez-moi. Tu me feras voir le tien, un de ces quatre ?

– À l'occasion, oui. C'est un peu compliqué en ce moment… j'élude en revenant vers elle.

Une moue préoccupée se dessine sur les traits de mon amie. Elle sait que je pense à Kelly, dont on est toujours sans la moindre nouvelle depuis hier matin. Et c'est vrai, même si on évite de s'étaler sur sa disparition soudaine toutes les deux, ce silence radio nous ronge d'angoisse. Contrairement à ce qu'on espérait, elle n'est pas venue en cours ce matin. À nous deux, on a essayé de l'appeler au moins cent cinquante fois en vingt-quatre heures. Mais on tombe toujours sur sa messagerie. Plus le temps passe et plus j'ai la gorge serrée. Cécilia a même contacté les parents de Kelly, qui sont tout aussi inquiets d'être sans nouvelles. Et moi, je repense à la conversation qu'on a eue à propos de son petit frère et je suis persuadée qu'elle ne l'aurait jamais laissé s'inquiéter comme ça. Kelly adore sa vie à la fac, elle est proche de sa famille, elle a plein d'amis, alors pourquoi ne plus donner signe de vie du jour au lendemain ?

Je m'assois en tailleur sur le tapis moelleux qui habille quasiment toute la pièce, soucieuse. Je crois que Cécilia et moi sommes trop inquiètes pour oser aborder le sujet en face. Pour le moment, on a les mains liées. Je donnerais tout pour savoir où elle se trouve, ce qu'il se passe et pourquoi son téléphone est éteint. Mais on n'a pas les moyens nécessaires pour mener une enquête et, comme nous l'ont signifié ses parents, il est malheureusement trop tôt pour déclarer sa disparition à la police. En attendant que le délai légal soit passé, on ne peut rien faire d'autre qu'attendre et espérer.

– Tu ne la trouves pas trop petite ? me questionne Cécilia à propos de sa chambre pour, comme moi, j'imagine, se concentrer sur autre chose.

Je scrute rapidement la pièce dans laquelle je me trouve.

Trop petite ?

Je crois que je serais capable d'abandonner un organe en échange d'une chambre comme celle-là. Elle est juste immense, super chaleureuse et confortable, il y a tout ce qu'il faut, même un radiateur qui a l'air flambant neuf, là, dans le coin. Ce qui sera bien pratique quand il fera moins deux dehors. J'avoue que je n'avais pas pensé aux changements de température. L'hiver arrivera dans quelques mois seulement et, à ce moment-là, la question de la douche deviendra vite secondaire…

J'essaie toujours de voir le côté positif de la situation, c'est vrai, mais je me sens soudain un peu bête de ne pas avoir pensé à des choses aussi évidentes que le froid ou l'hygiène.

Vivre dans ma voiture, c'était marrant au début. Dans un sens, c'était même un peu excitant, parce que je me lançais un défi que je me sentais capable de surmonter tout en suivant assidûment mes cours.

En fait, je crois que j'envie Cécilia et sa petite chambre sur le campus, et ça me décourage. Je ne regretterai jamais d'être entrée à Princeton, c'est mon rêve, et je le suivrai jusqu'au bout.

Mais sans toit et sans argent, tout est bien plus compliqué que ce que j'imaginais. Et malgré tout, jamais je n'aurais pensé que Johnny serait capable de me foutre à la rue quelques jours avant mon entrée à la fac.

Cécilia est en train de me fixer, et je me rends compte à son air interrogateur qu'elle vient de me poser une question.

– Désolée, tu me disais quoi ?

– Je te demandais si tu comptais aussi passer l'audition pour intégrer l'équipe des cheerleaders cette année, ce serait génial qu'on le fasse ensemble.

– Oh, tu te présentes ?

– Oui, regarde, j'ai acheté une tenue dans la boutique du campus ! C'est pas celle de l'équipe, mais je la mets de temps en temps pour m'entraîner en conditions réelles, m'explique-t-elle tout en fouinant dans un tiroir sous son lit. TA-DAM ! Go, Tigers !

Cécilia fait volte-face d'un coup sec, une jupette et un tee-shirt à manches longues orange et noir tendus devant elle.

– Elle est superbe, ça doit t'aller à merveille !

– Oui, je l'adore, j'espère que ça me portera chance. Alors, tu le fais avec moi ?

Est-ce que je veux me rajouter deux heures d'entraînement tous les soirs après les cours et perdre dix ans d'espérance de vie ?

– Le sport et moi, tu sais… je grimace avant de rire.

Mais je me reprends très vite, parce que je viens d'avoir une illumination.

Où est-ce qu'il y a des douches libres d'accès ? Dans les salles de sport, bien évidemment !

– Et justement, j'enchaîne un peu précipitamment, j'aimerais bien m'y mettre un peu, faire deux ou trois petits exercices de temps en temps pour muscler tout ça, tu vois ?

Je fais claquer la graisse de ma cuisse en espérant de tout cœur être convaincante.

– Ah oui, c'est vrai que c'est une bonne idée !

Euh… un peu *trop* convaincante ?

Dubitative, je me tâtonne le gigot pendant qu'elle range sa tenue.

– Tu vas t'inscrire dans une salle de sport, alors ?

Mes lèvres s'entrouvrent. Je déchante.

C'est vrai, je n'aurai jamais les moyens.

– Je crois que certaines d'entre elles proposent même des périodes d'essai, continue Cécilia, dos à moi.

Rê[1] *bénisse cette fille.*

– Tu sais lesquelles ? je m'empresse de l'interroger.

– Pas du tout ! Mais tu devrais poser la question à Sharky, il fait de la muscu en ville. (Elle se redresse un instant et pose son index sur son menton.) Je me demande même s'il ne faut pas passer par un adhérent dans sa salle, justement. Il m'en avait parlé il y a quelque temps de ça.

– Sharky ?

– Oui, mon cousin.

C'est un prénom, comment dire… original.

– Tu peux lui envoyer un message ? Je serais vraiment intéressée. Il est grand temps que je me prenne en main.

Je fais mine de prendre la question à la légère alors que je suis secrètement en train d'invoquer le dieu créateur de l'Univers[2] de m'accorder cette chance. Ce sera une

1. Rê, ou Râ, est le Dieu-Soleil, il est représenté par un homme à tête de faucon. Il est à l'origine de la création de l'Univers, et ça c'est cool.

2. Le dieu à tête de faucon qui est dans l'équipe des gentils.

solution plus que temporaire, certes, mais une solution quand même. Pour l'instant, c'est ça ou montrer mon postérieur à tous les poissons-chats du Delaware.

– J'ai encore mieux, me répond Cécilia, tout sourire. Je dois passer chez lui pour qu'il mette mon nouvel ordinateur portable en route. J'ai bousillé l'ancien en renversant mon soda sur le clavier. Il m'en a commandé un nouveau sur Internet, mais j'y connais rien, à ces trucs-là, moi. Enfin, bref, t'as qu'à venir avec moi, comme ça tu pourras lui en toucher un mot, il habite à dix minutes !

Bon, j'aurais préféré qu'elle lui en parle directement. Mais Cécilia et moi avons toutes les deux besoin de nous soutenir moralement, alors j'accepte quand même de l'accompagner pour rester plus longtemps avec elle. Je me rassure en me disant que je m'éclipserai après avoir obtenu les informations dont j'ai besoin.

– OK, je te suis.

21

Aya

L'appartement de Sharky se situe au dernier étage d'un immeuble qui semble flambant neuf, avec d'immenses terrasses et de jolis parterres de fleurs. Tout est parfaitement agencé, les baies vitrées du rez-de-chaussée sont tellement propres qu'on pourrait passer à travers, bref, on est bien dans le quartier nord de Princeton, là où les villas se cachent derrière des kilomètres de haies végétales.

Lorsque je sors de l'ascenseur avec Cécilia, je me sens bizarre, j'ai le cœur qui bat fort. Je ne sais pas qui est son cousin et j'ai toujours cette peur au ventre qui me rappelle que je ne suis pas à ma place.

Différente.

La seule fois où j'ai eu le courage de me faire remarquer, ça m'a valu de perdre tous mes amis et de me retrouver sous la tutelle de Johnny, alors merci bien.

J'ai peur que mon malaise se lise sur mon visage, j'inspire donc un grand coup pour me décrisper un peu.

Cécilia passe son bras sous le mien et sonne à la porte.

– Bien le bonjour, cousine… euh, les filles !

Un brun en tenue de sport apparaît et, lorsqu'il hausse brusquement la voix, un silence étrange plombe les bruits dans l'appartement derrière lui.

Je reconnais tout de suite Dylan et j'ai la mâchoire

qui se décroche. Je venais justement de me faire la promesse, après avoir passé la soirée d'hier à m'amuser au lieu de réviser, de ne plus jamais recroiser la route de Connor ou d'un de ses amis.

On m'a lancé une malédiction, c'est sûr.

Cécilia me glisse une œillade surprise.

– Ben… vous vous connaissez ?

– Tu t'appelles Sharky ? je m'entends bafouiller pour toute réponse.

Dylan s'appuie contre le chambranle de la porte, un petit sourire fier en coin.

– Eh oui, madame ! Sharky ou Shark Attack, c'est selon !

Sans préambule, il soulève l'ourlet de son maillot et pose le doigt sur une longue cicatrice qui lui barre le flanc.

– Ablation de la rate.

Je ne peux retenir une petite grimace de douleur. Il se décale pour nous inviter à entrer, tout en expliquant à Cécilia qu'on s'est déjà croisés sur le campus.

Ouais. « Croisés. »

Mais je finis par ne plus les écouter en pénétrant dans le logement.

Bon, on ne va pas se mentir, c'est aussi beau que le penthouse dans lequel je me trouvais hier soir. C'est propre, c'est lumineux, c'est spacieux, immense, et c'est…

Actuellement occupé par Connor et les autres.

Ils ont tous les yeux braqués sur moi et des sourires flippants sur le visage.

– Aya ? Depuis quand vous êtes amies, toutes les deux ? m'interroge Connor, visiblement surpris.

Il a posé un coude sur le dossier du canapé et mis son jeu en pause pour se tourner vers moi.

La télé fait trois fois la taille de la chambre de

Johnny, c'est bon pour tout le monde ?

– On a fait connaissance au Starbucks, intervient Cécilia en posant son sac à main sur une chaise.

– Il vient toujours te casser les noix pendant tes heures de boulot, l'autre ?

J'observe Dylan enrouler son bras autour du cou de Cécilia dans un geste protecteur, encore sous le choc que ce soit lui, son fameux « cousin super gentil ».

– La dernière fois, c'était quand je t'ai appelé. Il était hyper vénère, explique Cécilia.

– S'il faut le détendre, je suis tout disposé à lui offrir une coloscopie maison, argue Jasper en indiquant un club de golf posé dans un coin de la pièce.

Nate secoue la tête.

– Comment on peut être à la fois passionné par les Actimel et par la sodomie ?

Connor se marre tandis que son ami feint d'être choqué, une main devant la bouche.

– On aura tout vu, ici ! réplique le cousin de Cécilia d'un air faussement outré. Bon, viens, que je t'explique comment marche la technologie, mamie.

Il prend mon amie par les épaules et l'entraîne dans la cuisine en me laissant seule dans l'immense salon avec Connor et les deux autres. J'ai carrément oublié de parler du sport à Sharky-Dylan, du coup, mince !

Je tripote mon pendentif en attendant qu'ils terminent de bidouiller l'ordinateur portable sans oser toucher le moindre meuble ni faire un pas sur le parquet, les tempes douloureusement battantes. Je ne sais plus vraiment quoi penser ni quoi ressentir depuis la soirée de la veille avec les garçons et, à cet instant, je me sens encore plus mal à l'aise qu'avant.

Surtout face à Connor, qui ne cesse de me pousser

dans mes retranchements depuis le début. J'ai vraiment apprécié le moment qu'on a passé ensemble, il est là le problème. Je ne sais plus comment réagir, si je dois le considérer comme un ami ou bien continuer à le fuir.

Trop de questions se bousculent en moi, alors qu'au fond, je ne devrais même pas m'interroger à ce sujet.

– Une partie, princesse ? me demande-t-il en me tendant une manette.

Je crois que je devrais refuser. Mais je suis reconnaissante à Connor de venir à mon secours en me proposant quelque chose à faire au lieu de me laisser plantée là.

– D'accord.

Il se décale sur le canapé alors que ce n'est même pas nécessaire, m'invitant à m'asseoir à côté de lui. J'avale la distance qui me sépare du fauteuil, sur lequel je prends place sans trop m'installer non plus.

Je n'ai pas oublié qu'il est capable d'anéantir toutes mes résolutions rien qu'en me frôlant.

Le grand blond se lève pour attraper une seconde manette, puis se laisse retomber avec désinvolture à côté de moi, les jambes étendues devant lui. L'une des manettes posée sur sa cuisse moulée dans un jean sombre, il entre dans le menu de la console et lance un nouveau jeu, les doigts de sa main droite tapotant sur les boutons avec une dextérité impressionnante.

– Au fait, qu'est-ce qu'on graille, ce soir ? s'écrie soudain Dylan depuis la cuisine ouverte.

– On se fait livrer des pizzas, qu'est-ce que vous en dites ? Nate ?

– Comme tu veux, Jasp'.

– Connor, mon chou ?

– J'ai bien envie d'une pizza, bro. On vous invite, les filles. Ça te va, Aya ?

Les yeux d'acier de Connor se posent sur mon visage, dans l'attente d'une réponse.

Rah, et puis merde !

Je ne peux tout simplement pas refuser un repas gratuit.

– Je veux bien. C'est gentil.

C'est vrai que c'est gentil, et son changement de comportement me laisse suspicieuse.

– C'est que dalle, réplique Connor en riant doucement.

Je me sens un peu honteuse à l'idée que dix dollars, pour moi, soient loin d'être que dalle.

– Parfait, je gère les commandes, mes lapins ! s'exclame Jasper avant de s'éclipser dans une autre pièce.

Alors qu'elle était sortie de mon esprit, la manette apparaît sous mes yeux. Connor la pose sur ma cuisse, son doigt effleurant mon genou. Un rayon de soleil se réfracte sur sa chevalière dorée. Mon corps frissonne. Comme si un froid glacial venait de m'envelopper et que ma peau appelait la chaleur de Connor sur la sienne.

Je n'aime pas cette sensation qui m'échappe totalement.

Il ne bouge pas et, en même temps, moi non plus.

– Prête à te mesurer à moi ?

22

Connor

Je suis soulagé de constater qu'Aya est en vie, mais complètement scotché de découvrir que Cécilia et elle sont amies.

Je vais finir par aller demander des conseils de drague à la cousine de Dylan, sans déc' !

Je glisse un œil sur son profil alors qu'elle s'est prise au jeu de combat que j'ai lancé et un truc bizarre me serre le ventre.

Dylan avait raison, il y a quelque chose de mignon chez elle.

Ses lunettes pas tout à fait droites. Sa manière de sortir le bout de sa langue quand elle assassine le bouton A, trop concentrée sur son combo de coups pour s'apercevoir que je quitte de temps en temps l'écran des yeux.

Elle peut paraître timide au premier abord, mais c'est une fille qui s'assume pleinement et qui n'a aucune gêne à rembarrer ceux qui la font chier.

Je me demande comment elle est quand elle se lâche complètement.

Et je me rends compte que je dépasse la ligne rouge lorsque je me surprends presque à regretter de la manipuler comme je m'apprête à le faire.

– Alors, je lance en me reconcentrant sur l'écran, tu ne savais pas que Dylan était de la famille de Cécilia ?

Elle lâche une grimace en frappant sur tous les boutons ; ça n'a strictement rien de sexy, mais ça me fait marrer intérieurement.

– Non, pas du tout ! me répond-elle sans détacher une seule seconde ses yeux du jeu.

Aya gigote dans tous les sens et pousse de petits cris aigus en sentant qu'elle se rapproche de la victoire. On dirait un petit rongeur en crise d'épilepsie.

Je lui dis que je suis en train de la laisser gagner ?

– Je… YES ! T'es mort, Connor !

J'ai un mouvement de surprise, et même Nate se met à la dévisager d'un air hébété.

– T'as besoin de te défouler, princesse, c'est pas bon de rester enfermée dans ton château à longueur de journée, je me moque.

Si elle pouvait utiliser la même énergie pour me désirer que pour me tuer, ce serait déjà plié…

Elle remonte nerveusement ses lunettes sur son nez.

– Ah oui, je compte me mettre au sport, justement. Je vais demander des conseils à Dylan.

– Dylan ? je m'esclaffe. Son chat va plus souvent à la salle que lui !

– Mais je suis de super bon conseil dans tout plein de domaines, je peux même te coacher personnellement pour travailler ton plancher pelvien ! On y va ? s'exclame l'intéressé depuis la cuisine ouverte.

Ah ah ah, c'est marrant, ça, dis donc !

Nate se marre tandis que j'envoie un coussin dans la tronche de mon pote en représailles.

– Occupe-toi de ton PC, trou du cul ! Dylan ne t'apprendra rien, je soupire exagérément en reportant mon attention sur Aya. Les seuls qui vont à la salle de sport ici, c'est Jasper et moi. Tu voulais savoir quoi, au juste ?

Et autant dire que le sujet m'intéresse. Ce serait l'idéal pour forcer un peu le destin et accélérer les choses entre nous.

Son regard fuit en direction de Cécilia, dont elle cherche l'appui, mais son amie est trop occupée à menacer Dylan de lui arracher le bras s'il envisage de toucher à Aya.

Pas de doute, ces deux-là ont les mêmes gènes de tarés.

Je jette un coup d'œil à Nate, qui feint de nous ignorer alors qu'il ne rate pas une miette de ce qu'il se passe, puis à Dylan et Cécilia dans la cuisine, et une idée me vient.

23

Aya

– Tu veux aller prendre l'air ?

Lorsque Connor me pose la question, je me surprends à penser que quand il ne joue pas aux dragueurs lourdingues, il est capable d'être sincèrement gentil. Et je crois que j'aime bien ça.

J'accepte sa proposition, j'ai la tête en feu depuis qu'on est arrivées et j'ai effectivement besoin de respirer, mais pour une raison qu'il ignore – j'espère.

Il m'invite à le suivre sur la terrasse – pardon, la piste d'atterrissage – et me fait signe d'attendre une seconde. Connor revient un instant plus tard avec un grand verre d'eau et tous mes neurones en surchauffe font la danse de la joie.

– Merci, c'est gentil.

– De rien, répond-il simplement après avoir refermé la baie vitrée derrière lui.

Je bois une longue gorgée d'eau fraîche pendant qu'il s'installe sur la balancelle placée contre le mur. L'air de cette fin d'après-midi est nettement moins chaud qu'à l'intérieur, c'était une bonne idée de sortir un moment dehors.

Ah oui, d'accord, il y a une piscine au bout de la terrasse.

D'accord, d'accord.

Je regarde un peu autour de moi, je ne sais pas quoi lui dire à part « pourquoi t'es si bizarre comme mec » et, entre nous, je ne suis pas sûre d'avoir envie d'entendre sa réponse.

– Alors, tu voulais des infos à quel sujet ?

Je sursaute.

Ça faisait quelques minutes que Connor n'avait pas prononcé le moindre mot et que je n'entendais plus que le petit marteau de ma migraine sous mon lobe frontal.

– Je cherche une salle qui me permettrait de faire un essai, j'explique rapidement. Je n'ai jamais vraiment fait de sport, donc je ne veux pas me lancer sans avoir testé le… truc.

En fait, je cherche une salle de sport dans laquelle il y a des douches pour que mes cheveux ne finissent pas en dreadlocks et surtout pas pour faire du sport, activité maléfique inventée par le dieu du mal Apophis[1] *afin de faire mourir prématurément tous les humains et semer le chaos éternel sur la terre tout entière.*

Je fuis le sport comme Johnny fuit le travail. Quand j'avais 12 ans, ma mère a essayé de me mettre à la natation. J'ai fait deux brasses, mes poumons se sont mis en grève et j'ai failli me noyer. Je perds dix pour cent de ma capacité de respiration à chaque fois que je tente une foulée, enfin bref, mon corps dit non.

Il choisit la vie.

– Ben ça tombe très bien, j'en connais justement une, m'informe Connor.

Son sourire de gamin refait son apparition en même temps que son pied lui donne de l'élan pour se balancer.

1. Apophis est clairement de la team des vilains. Dieu des forces mauvaises, du mal et du chaos, ce serpent gigantesque cherche à anéantir la création divine.

Je m'attends tout logiquement à ce que cette fameuse salle soit celle qu'il fréquente lui-même. Ça se voit qu'il fait du sport, de toute façon, c'est évident. Il est quand même vraiment bien foutu. Y a des muscles que je ne connaissais même pas et qui font leur apparition quand il bouge le bras pour remonter le col de sa veste en cuir.

C'est légal d'être aussi beau, aussi riche et aussi arrogant à la fois ?

– La tienne ? je prononce dans un petit rire nerveux.

– En plein dans le mille. T'as droit à cinq séances d'essai.

– Cinq séances d'essai ?

Cinq. Séances. D'hygiène impeccable et de cheveux lisses et soyeux…

– À condition d'avoir un parrain.

– Un parrain ?!

Je m'étrangle.

Il hoche la tête, un reflet diabolique au fond de ses iris bleus.

– Il te faut un parrain qui te montre comment fonctionne la salle et t'accompagne pour les premières séances. Sinon, tu es obligée de t'inscrire directement. Si tu veux découvrir le « truc », comme tu dis, t'as pas le choix. Et c'est la seule salle de sport de la ville qui propose cette offre.

– Et toi et Jasper, vous y allez tous les deux, c'est ça ?

– C'est ça.

– Personne d'autre sur le campus…

– Tu veux qu'on mette des petites affichettes sur les murs pour informer tout le monde que tu es à la recherche d'un parrain ? ose-t-il se moquer.

Je secoue la tête en faisant la moue.

Le fait de pouvoir me laver correctement pendant ces cinq séances pèse lourd dans la balance, mais ça signifie que je vais devoir me coltiner cette tête de mule pendant tout autant de temps…

Est-ce que le sacrifice en vaut la peine ?

– Et Jasper, il…

– … est super occupé, me coupe-t-il. Tiens, bro, Aya veut tester quelques séances à la salle, tu veux y aller avec elle ?

Je tourne la tête vers son ami qui vient de nous rejoindre sur la terrasse, un yaourt à boire à la main.

– Ah ben ouais, mais ça tombe mal, j'ai justement ma tante Pétunia qui vient de m'appeler pour me dire qu'elle me dépose Steven en début de semaine.

L'un de mes meilleurs amis s'appelait Steven quand j'étais au lycée et ça me fait tout drôle d'entendre ce prénom aujourd'hui.

– Tu as un neveu qui s'appelle Steven ?

– Hmm ? Oh, non, c'est un poisson rouge !

J'entends Connor étouffer un « putain » dans un rire qu'il essaie de camoufler derrière son poing. Son pied se plante au sol pour bloquer le mouvement de la balancelle.

Mes lèvres se pincent et mes paupières s'abaissent.

OK, j'ai saisi…

Jasper vient s'accouder à la rambarde de la terrasse à côté de moi sans vraiment me prêter attention. Il est impressionnant avec sa taille de géant vert, mais son naturel et sa bonne humeur le rendent finalement plutôt sympathique.

– Quoi, t'avais zappé que Pétunia avait adopté Steven, l'été dernier ? lance-t-il à Connor.

– Complet, ouais ! Voilà, princesse, tu vas devoir te contenter de moi, conclut le grand blond en me lançant un clin d'œil par-dessus son sourire d'éternel emmerdeur.

J'avoue qu'il gère de la paupière. Ça me saoule parce que je n'y suis jamais arrivée, je cligne toujours des deux yeux alors que je trouve ce petit geste trop… je ne sais pas, trop mignon. Presque intime.

– Et on pourrait commencer ce week-end ? Samedi, par exemple ? je demande, en me forçant à moduler chaque mot qui sort de ma bouche.

J'ai déjà bien assez sacrifié mes cours, je ne veux pas en rajouter une couche en attaquant le sport en plein milieu de semaine.

Connor penche la tête avec un air satisfait qui me donne quand même un peu envie de lui griffer le visage. Ou alors, c'est le bruit de succion qui vient briser cette seconde de silence bienvenu lorsque Jasper aspire le fond de son yaourt à côté de moi.

– Je passe te prendre à dix heures ?

– J'aime autant qu'on se retrouve devant le campus, si ça ne te dérange pas.

Le grand blond plisse les yeux. Pendant un instant, je crains qu'il me demande quel est le problème avec mon adresse mais, à mon plus grand soulagement, il semble abandonner cette idée.

– Dix heures devant le campus, princesse. C'est noté dans mon petit agenda, termine-t-il en tapotant sa tempe du bout du doigt.

J'accepte le rendez-vous, mais en réalité, j'espère secrètement pouvoir tout annuler avant samedi.

J'ai une dernière carte à jouer pour échapper au traquenard qui se profile dans le regard satisfait de Connor, et cette carte s'appelle Johnny.

24

Aya

Il est déjà plus de vingt-trois heures quand je trouve enfin le courage de faire la route jusqu'à Camden ce vendredi soir.

C'est seulement la deuxième semaine de cours et je m'apprête quand même à demander l'aumône à mon oncle ! Mais si j'arrive à le convaincre de me laisser utiliser la douche de temps en temps, je ne serais pas obligée d'attaquer le sport demain matin et de me coltiner le seul mec de la fac que je suis censée fuir à tout prix.

Je ne sais pas vraiment quel est le pire, à dire vrai : Johnny ou bien Connor ?

Comme on dit, entre la peste et le choléra…

Figée devant la porte de mon ancienne maison, je remonte mes lunettes sur mon nez avant d'inspirer longuement. Je suis à deux doigts de me dégonfler, mais je lève quand même le poing et frappe trois coups contre la surface en bois.

Les dieux décideront pour moi.

Après quelques minutes d'angoisse, la vilaine tête de Johnny, rongée par les excès d'alcool, passe derrière le battant qui s'entrouvre. Visiblement, il ne s'est pas rasé et n'a pas non plus changé de fringues depuis ma dernière visite.

Dès qu'il me voit, son visage se ferme. Je n'avais pas

la moindre envie de venir ce soir et je ne suis pas surprise de constater que le sentiment est réciproque.

– Tu veux quoi, encore ? me crache-t-il d'une voix pâteuse.

– Je peux entrer ?

Un muscle se tend sur son épaule. Je baisse les yeux sur le poing qu'il serre durement. Des flashs de mon enfance me reviennent sans que je ne m'y attende, mais au lieu du bras de Johnny, c'est celui de mon père que je revois, gainé et prêt à frapper. Sa haine.

Le dégoût et la colère me submergent. Je me force à ne pas reculer d'un pas, décidée à ne pas perdre ce nouveau bras de fer avec cet homme habité de la même rage que son frère.

– T'as quelque chose pour moi ?

– Peut-être. Johnny, laisse-moi au moins ent…

Le mot magique fonctionne avant que je n'aie le temps de terminer ma phrase et mon oncle se décale légèrement pour me laisser passer. Ses yeux pleins de rancœur sont toujours fichés dans les miens alors que j'entre avec précaution.

– Merci.

La porte se referme.

Ça me fait drôle de remettre les pieds ici. Les odeurs de moisissure, de saleté et de clope froide sont incrustées dans la tapisserie qui continue de se décoller sur les murs, la poussière est entassée sur les meubles, le sol est recouvert de taches.

Je n'ai que très peu de bons souvenirs dans cette maison, Johnny n'étant intéressé par rien d'autre que l'argent que lui rapportait ma tutelle. En fait, c'est simple : il me hait depuis le jour de mes 15 ans, lorsque son frère a été condamné. Et il essaie de lui faire justice en me le faisant payer. Du coup, j'ai beau avoir fait de mon mieux pour qu'on s'entende, entre ces murs, il n'y a eu que des cris, des reproches et des disputes.

Nos liens sont rompus.

Et en cet instant, je regrette presque de ne pas avoir choisi l'option Connor.

Johnny avise mon sac, puis il relève les yeux vers moi.

– Accouche.

– Il faut que tu me laisses accéder à la maison, je commence fermement.

Il renifle.

– Bouge pas.

– OK…

Je le regarde filer dans la cuisine, un peu nerveuse, et revenir avec une clope à moitié fumée au bec.

– Donc, tu veux revenir ici ?

– Non, je l'arrête. Je ne compte pas reprendre ma chambre, mais seulement pouvoir passer de temps en temps prendre une douche et quelques affaires si besoin. Ce serait peut-être même juste une fois par semaine.

Sa lèvre supérieure se retrousse en laissant apparaître ses dents jaunies.

– Cette maison, là ? Celle pour laquelle tu ne participes à rien ?

Je soupire, voyant bien qu'il ne fait que se moquer de moi et que sa décision est déjà prise.

– T'as abandonné ta famille, enchaîne Johnny en soufflant la fumée de sa cigarette sur mon visage, et maintenant, tu voudrais qu'elle soit là pour toi ?

Une rage sombre s'épaissit autour de lui et crépite jusqu'à moi. Je sais qu'il est en train de monter en pression et qu'il va bientôt éclater en hurlant et en tapant dans les meubles, mais je ressens le besoin de me défendre face à cette nouvelle accusation injustifiée.

– T'es vraiment injuste ! Tu sais bien que tout ce que j'ai fait, c'est dire la vérité !

Merde, je ne pensais pas que ces quelques mots me feraient monter les larmes aux yeux. Je ne veux pas que Johnny me voie comme quelqu'un de faible. Mais ça fait trop longtemps qu'il s'en prend à moi gratuitement, et j'ai mes limites, comme n'importe quel être humain.

Jamais je ne considérerai ce que j'ai fait comme de la lâcheté. Putain, c'est lui, le lâche !

Mon oncle balance son mégot à même le sol dans un geste rageur.

– Laisse tomber, je tranche en faisant volte-face pour sortir d'ici.

Mais il m'empoigne brutalement par le bras.

Je hoquette de surprise.

– Je l'avais bien dit, à ton père, que c'était une grosse connerie de faire un mioche ! Je lui ai toujours dit !

À mesure qu'il parle, les doigts sales de Johnny s'enfoncent de plus en plus fort en laissant leur empreinte sur mon avant-bras. La douleur qui irradie ma peau me fait grimacer sans que je n'ose bouger, pétrifiée.

– Si je pouvais, je te jure que je te ferais regretter d'être venue au monde ! vocifère-t-il, rouge de colère.

– Tu me fais mal, arrête !

Alors, il relâche sa prise avec un grand geste destiné à envoyer mon bras dans le mur.

– Casse-toi de chez moi, petite conne !

Je ne demande pas mon reste et quitte cette foutue maison en massant mon bras douloureux. Ce malade est aussi taré que son frère.

Merci, les dieux, putain !

25

Connor

Si le soleil a attiré une foule de gens sur les terrasses des cafés et dans les rues ce matin, le campus est quant à lui totalement désert.

J'avance un peu mon 4x4 le long du muret qui longe l'enceinte de l'université sans savoir précisément où m'attend Aya, l'humeur joyeuse, impatient de récupérer mon innocente petite proie afin de lui prodiguer les rudiments de la musculation.

Et de voir un peu ce qu'elle a dans le ventre, aussi.

J'ai l'intention de profiter de ce coup de pouce du destin pour me rapprocher d'elle, c'est sûr, mais je ne compte pas non plus l'épargner. On va à la salle pour faire du sport, alors j'espère qu'elle est motivée.

J'aperçois enfin sa silhouette, seule, assise sur un gros bloc de pierre devant le portail principal. Je relâche l'oxygène contenu dans mes poumons, réalisant que je craignais vraiment qu'elle me pose un lapin. Elle m'a habitué à fuir, du coup, j'ai toujours un petit stress quand je lui donne rendez-vous.

Ça explique que je me sente si soulagé à sa vue.

Avec elle, au moins, je ne peux pas dire que je m'ennuie ! Je suis littéralement passé par toutes les émotions depuis que je l'ai choisie pour cible.

Je checke vite fait l'heure vu qu'elle semble m'attendre

depuis un demi-siècle, mais il est pile dix heures du matin.

Ouf.

Ça m'aurait fait griller un neurone sinon, j'ai dû me lever une heure plus tôt que d'habitude pour être sûr de ne pas être à la bourre. La ponctualité et moi, on n'a jamais été très potes, mais je me console toujours en me disant que si je suis en retard à un rendez-vous, je suis en avance sur autre chose.

Je lance un guilleret « salut » à Aya en me penchant au-dessus du siège passager pour lui ouvrir la portière.

– Salut, répond-elle avec un sourire timide en ramassant son sac avant de grimper dans ma voiture.

Je remarque tout de suite qu'elle a l'air d'avoir passé une sale nuit. Elle a le teint fatigué, de gros cernes sous les yeux, son espèce de tee-shirt à manches longues qui bouloche laisse clairement à désirer et sa choucroute est encore plus en bordel que d'habitude sur le sommet de son crâne.

Pourtant, elle fait clairement un effort pour paraître tout à fait normale, comme si elle voulait éviter d'embêter les autres avec ses problèmes.

Du coup, je me demande s'il s'est passé quelque chose depuis la dernière fois. Je ne l'ai pas beaucoup vue sur le campus, d'ailleurs.

Je ne devrais pas me poser ce genre de question inutile, mais je suis bien obligé de m'intéresser un minimum à elle si je veux qu'elle tombe dans le panneau.

– T'as passé une bonne nuit ? je lâche innocemment après m'être réintroduit dans la circulation.

Elle opine.

– Ouais, super. Et toi ?

– Tout pareil.

Je pose la boisson énergétique que j'ai préparée sur

ses genoux, sans détourner les yeux de la route.

– Bois un peu, princesse. T'auras besoin d'un bon carburant pour tenir la matinée.

Je sens qu'elle tourne les yeux vers moi.

– Ça va être si dur que ça ?

– T'as vraiment jamais fait de sport ? Jamais jamais ? Même pas un petit footing avant ton petit déj' ?

– J'ai joué à *Just Dance*, une fois…

Cette fois-ci, je la dévisage carrément.

– *Just Dance* ?!

– C'est vachement plus physique que ce qu'on pense, tu sais. Mais bon, à un moment donné, je n'avais plus vraiment la tête à ça.

Nouveau tiraillement dans le ventre.

Putain, ça m'agace, cette sensation. J'ai envie de gratter pour voir ce qu'il y a en dessous de ce vernis qu'elle entretient couche après couche, et du coup, j'ai l'impression que je suis en train de me faire prendre à mon propre jeu. Je suis censé la séduire pour la ramener chez moi et la sauter pendant que les gars récupèrent un trophée chez elle.

C'est le deal.

Là, je me rends compte que je suis un peu trop transparent.

Un peu trop moi.

Un peu trop impliqué.

Et que je vais devoir miser sur une séance bien corsée pour me remettre les idées en place.

26

Aya

Mon sac à l'épaule, je suis sagement Connor tandis qu'il me fait visiter les locaux. J'ai des sueurs froides en entendant les râles de souffrance des pauvres damnés qui s'infligent d'ignobles tortures de l'autre côté du mur.

À chaque porte qu'il ouvre, mon cœur bondit d'espoir, mais je n'ai encore pas vu l'ombre d'une douche. Honnêtement, si je ne peux pas me laver aujourd'hui, je crois que j'entrerai par effraction chez Johnny ce soir.

– Là, t'as les vestiaires, au fond les douches, et à droite les toilettes.

– Ah, les douches sont là ?

Je crois que ma voix ressemblait à un petit cri d'extase, je n'ai pas pu me contrôler.

– Ouais, sourit Connor d'un air surpris en gardant la main sur la porte. Tu veux aller les tester tout de suite ?

OH OUI, OUI, OUI !

J'ai joui dans ma tête.

Et ça fait mal.

Et j'ai oublié mes cachets.

– Ne me fais pas répéter, princesse…

Ah, merde.

L'intonation de Connor est passée d'amicale à érotique. Pendant une microseconde, je m'imagine à nouveau céder à ses avances. Je suis en manque de sexe et d'affection, Connor est diablement beau, bien foutu et certainement que n'importe quelle fille me hurlerait de passer la nuit avec lui. Mais tout ce qui se passera dans cette douche implique uniquement du savon, du shampooing et mon corps nu.

Rien. D'autre.

Je réponds par la négative, il claque sa langue contre son palais en secouant la tête. Connor se tait, mais son regard taquin me chuchote un « tu finiras par dire oui » qui me laisse une sensation de chaud-froid sur la peau.

On termine la visite pour entrer dans la salle de l'horreur où se côtoient machines monstrueuses, filles en mini brassières et leggings qui leur font une deuxième raie des fesses, bodybuilders et néophytes.

Connor salue tout le monde comme si c'était sa deuxième maison et on se dirige vers une machine qui m'a tout l'air d'un instrument de torture médiéval.

– On va commencer par faire un peu de cardio, tu te sens d'attaque ?

– Non.

Le roi du campus rit franchement et s'empare de mon sac, puis m'ordonne de monter sur la première marche de ce qui s'avère un escalator en kit.

– Ce serait peut-être bien de faire une toute petite séance pour le début, je souffle déjà après avoir monté deux marches.

– Ce sera une séance de démarrage, t'inquiète pas, certifie-t-il tout en bidouillant les touches de commande de la machine.

Le tapis s'emballe, j'attrape les rampes sur les côtés pour ne pas me croûter devant tout le monde.

– C'est super rapide !

– Je l'ai programmé sur « promenade post pontage coronarien », contre-t-il en s'appuyant sur l'appareil, le sourire aux lèvres. Allez, gonfle-moi ces poumons.

– Pff… Hein ? Pff… Attends, c'est trop…

L'enfoiré, je n'ai pas assez de souffle pour exprimer mon mécontentement et ça le fait rire, en plus !

Au bout d'une demi-heure d'exercice intensif, mon coach m'accorde enfin la libération tant attendue en arrêtant l'engin.

Je me laisse littéralement tomber au sol, le front dégoulinant de sueur et les membres tremblant de douleur. Je me fiche pas mal que tout le monde me voie couchée par terre.

J'ai le droit, je suis à l'article de la mort.

– Bois un coup, ça va te faire du bien.

J'entends la voix de Connor, mais des étoiles dansent devant mes yeux ouverts en direction du plafond. Après une minute nécessaire pour récupérer un peu de vie, je me redresse sur les coudes. Mon pire ennemi est accroupi à côté de moi, ma bouteille à la main.

Je lui prends sans avoir la force de parler et bois la moitié de son contenu d'une traite, puis je laisse retomber mon crâne sur le béton ciré et baisse les paupières.

– C'est… Ça a duré… tenté-je d'articuler.

– Cinq minutes trente, princesse.

J'ouvre les yeux et le surprends en train de me juger. Il remonte la visière de sa casquette du bout du doigt en me défiant du regard.

– T'as déjà fait des squats ?

***

Quelle est la pire chose que l'humanité ait créée après la bombe atomique ?

Les squats.

Je n'ai pas encore soulevé quoi que ce soit, mais déjà, je sais que ma vie va défiler devant mes yeux.

– Je ne t'ai pas mis de poids, tu ne vas pas soulever très lourd pour commencer.

Je ne réponds plus rien depuis cinq minutes et Connor se tape ses meilleurs fous rires à chacun de mes silences. Je suis en mode survie. La nuque sous la barre en métal, je me sens comme une condamnée à mort attendant la guillotine.

Je n'ai plus de souffle, plus de poumons, plus de cœur et, surtout, plus de muscles.

Je reste néanmoins focus sur la récompense qui m'attend après la séance, et je trouve le courage de tenir en imaginant toutes les tortures que je m'amuserais à faire subir à mon psychopathe de coach si je le kidnappais pour l'emmener dans la forêt.

– Fléchis un peu les genoux.

Alors que je m'imaginais ne plus rien pouvoir ressentir hormis la douleur, mon corps prend soudain conscience de la présence de Connor dans mon dos. Il accompagne son conseil d'une petite pression derrière ma jambe. Il n'est pas réellement collé à moi, quelques centimètres nous séparent, mais je sens son souffle sur ma peau et la chaleur de son corps contre moi. Sauf qu'au lieu d'être mal à l'aise, je me surprends à apprécier ce que je ressens.

Je suis ses directives en essayant tant bien que mal de réprimer ces frissons qui me pourlèchent à son contact et, alors que je m'attendais à ce qu'il s'écarte pour me laisser décéder toute seule, il reste en place.

Pire, il se colle davantage à moi.

Je ne comprends pas pourquoi mon corps réagit aussi fort alors que je refuse l'éventualité même de sortir avec lui. Contre ma volonté, pourtant, je sens que quelque chose se passe, comme si mes cellules s'embrasaient et se consumaient toutes en même temps.

Connor est peut-être plus fort que prévu au jeu de la séduction.

– OK, maintenant, je vais t'aider à placer la barre sur tes épaules, et dès que je te le dirai, tu descendras lentement et avec le dos bien droit, c'est compris ?

J'acquiesce rapidement.

Bizarrement, un ton beaucoup plus sérieux matifie sa voix. Le peu de neurones encore valides que je possède s'étonnent de lui découvrir ce côté appliqué quand tout ce qu'il dégage en temps normal tourne autour de la dérision.

– Dans tous les cas, je reste avec toi pour t'assister, donc si c'est trop lourd, tu lâches tout et je rattrape. Ça marche, princesse ?

Une nouvelle fois, j'opine.

– Vas-y, prends la barre.

Ce que je fais de mon mieux, boostée par le ton rassurant de mon coach. Mais ce truc métallique pèse un âne mort, et je me retrouve soudain déséquilibrée. Heureusement, Connor intervient en moins de temps qu'il n'en faut pour le dire et rattrape ma bourde pour retenir la barre.

Sa main gauche vient épouser mon autre main de la même façon, créant une proximité que je ne m'étais jamais accordée avec quiconque depuis très longtemps. J'ai des battements qui s'échappent de ma poitrine, des ratés dans le cœur et des frissons dans la nuque.

Je ne sais pas pourquoi j'ai tellement envie de réussir cet exercice ni pourquoi je tiens tant à ne pas décevoir mon « parrain », mais je me donne à cent pour cent et je reprends mes esprits pour tenter une nouvelle descente.

Descente durant laquelle Connor m'accompagne comme promis, centimètre par centimètre, son corps presque moulé au mien. J'ai brusquement très très chaud, bien plus que si je me trouvais au sommet de la pyramide de Khéops en plein cagnard.

Je réussis à remonter la barre et Connor la reprend pour la ranger, à mon plus grand soulagement.

De nouveau, je m'écroule par terre.

Le béton froid est devenu mon meilleur ami.

– Je crois qu'il va falloir que tu te remettes à *Just Dance* en plus de tes séances de muscu !

Connor me tend une main que j'attrape sans réfléchir et m'aide à me remettre debout.

Ce contact me fait un peu drôle, mais je n'ai pas le temps de m'y attarder : ma manche vient de remonter sur mon bras et ses yeux perçants sont braqués sur l'hématome violacé qui me mord la peau.

– J'ai mangé une porte, je le devance en secouant la tête comme si je me moquais de ma propre bêtise.

Il acquiesce, le regard assombri, pendant que je tire précipitamment sur ma manche.

– Une porte ?

– Tout à fait.

– Une porte qui laisse des marques de doigts ? insiste-t-il, campé devant moi.

Merde.

Je ne sais plus quoi répondre. Je me sens bête, à m'enfoncer dans mon mensonge, mais je ne veux pas m'étaler sur ma vie privée. Ce serait trop compliqué à expliquer, et ça impliquerait de lui parler de mon passé, ce que je ne suis pas prête à faire.

– Aya, s'obstine-t-il, apparemment pas décidé à lâcher l'affaire. Si quelqu'un s'est montré violent avec toi, tu dois en parler.

En parler ? À qui ? À un flic qui ne lèvera pas le petit doigt et qui me traitera comme une menteuse ?

– Personne n'a été violent avec moi, si ce n'est toi pendant l'heure qui vient de s'écouler, je plaisante en forçant volontairement le trait.

– Bon. Alors, dis-moi ce que t'as pensé de ta première séance, miss ? cède-t-il en ayant tout de même du mal à masquer sa contrariété.

– Qu'il faut vraiment que je me dépêche de rédiger mon testament !

Il rit brièvement.

Pas comme d'habitude.

On range le matériel dans une ambiance légèrement plus alourdie qu'au départ, mais même si son inquiétude me flatte, je me dis que Connor aura très vite oublié cette histoire de bleu.

Pour ma part, je n'y pense déjà plus, trop pressée de rejoindre les douches pour savourer la récompense pour laquelle je me suis donné ce mal de chien. J'entre dans le vestiaire des filles en tendant l'oreille. Aucun bruit d'eau qui coule.

Tout pour moi !

Surexcitée et impatiente, je m'arme de mon shampooing et de mon gel douche, me déshabille, dépose mes lunettes et suspends ma serviette sur le crochet prévu à cet effet. Puis, j'entre dans la cabine de douche entièrement carrelée, prends soin de refermer la porte derrière moi et j'ouvre enfin le robinet d'eau chaude.

Elle est un peu tiède au début, mais je me glisse quand même sous le jet qui me masse les épaules et la nuque.

La simple sensation de l'eau qui ruisselle sur ma peau me tire immédiatement un soupir d'extase. Je savoure le plus possible ce moment avant de me laver, tirant la douchette pour me mouiller entièrement le corps et masser mes muscles tendus par le supplice qu'ils viennent d'endurer.

J'appuie un instant mon crâne sur le mur en céramique, un sourire béat imprimé sur le visage, puis je me mouille enfin les cheveux.

Et c'est le carnaval dans tout mon corps.

Un filet d'eau maintenant chaud ruisselle en continu le long de mon arête nasale, cascade sur ma bouche et rebondit sur ma poitrine. Les yeux fermés, je me délasse et profite et, sans prévenir, cette sensation de chaleur étuvée me remémore celle que j'ai ressentie quand Connor se tenait derrière moi et que son souffle embrasait ma peau. J'imagine ce qu'il pourrait se passer s'il se trouvait dans cette douche avec moi, si je pouvais toucher ses muscles, le laisser m'envelopper de ses…

Je rouvre sèchement les paupières.

Mais qu'est-ce que je fiche ?

Je passe mes mains sur mon visage pour reprendre le contrôle de mes émotions, troublée par cet égarement.

Non, non, non, je ne vais pas me mettre à fantasmer sur lui !

J'avise mon shampooing, m'en saisis et m'oblige à garder les yeux ouverts et l'imagination cadenassée pendant le reste de ma douche.

27

Connor

– Alors, comment ça s'est passé ce matin avec Mme McDougall ?

– On s'est donné rendez-vous pour une autre séance. Par contre, évite de l'appeler comme ça, j'ai l'impression que tu parles de ma daronne ! je grimace en réponse à Dylan.

Je suis en train de visualiser ma mère dans une situation incongrue, c'est répugnant.

Peu importe que mes relations avec mes parents soient glaciales, personne n'a envie d'entendre son pote queutard parler comme ça de sa génitrice.

– Elle est fraîche comme la rosée du matin, ta maman.

Je froisse le bout de papier sur lequel j'étais en train de griffonner distraitement et lui lance à la gueule, mais ni ça ni la tapette que Jasp' lui claque sur le crâne ne l'empêchent de se marrer.

– Putain, qu'est-ce que tu t'es fait, mec ? intervient à son tour Nate en nous découvrant installés dans son salon.

Je le soupçonne d'être sorti précipitamment de la douche en entendant ma voix, prêt à me bombarder de questions sur ma première séance de sport avec Aya, mais la vision de la main bousillée de Jasper l'a stoppé tout net.

– Une chute en kayak.

– Il a crashé son 4x4, je rectifie en roulant des yeux.

Enfin, je n'étais pas là. C'est ce qu'il m'a dit et ça n'étonne personne.

– Pour changer, raille Nate.

Pendant que Dylan redemande pour la centième fois si Jasper ne veut pas faire un tour à l'hosto, son coloc commence l'interrogatoire.

– Alors ça y est, le petit cours particulier est fini ?

– Ouais. C'était… instructif.

La marque que j'ai vue par inadvertance sur le bras d'Aya fait son retour dans ma mémoire.

Une porte, mon cul.

J'avais réussi à occulter ce détail en me concentrant très fort sur mon objectif, mais depuis que je suis revenu chez Nate et Dylan après notre session de musculation, je n'arrête pas de me demander qui a bien pu lui faire ce bleu. S'il y a bien une chose qui pourrait me faire vriller, c'est de voir un mec frapper une fille. Et le simple fait de penser que quelqu'un s'en est pris à Aya… Je ne sais pas pourquoi, ça me rend dingue. J'ai besoin de savoir.

Est-ce que c'est Trent, par vengeance pour l'histoire du Starbucks ?

Si c'est le cas, ce mec est la dernière des sous-merdes.

– Genre ? Il y a eu un petit rapprochement ?

Ma queue se raidit douloureusement quand Nate laisse traîner cette idée, l'air de rien. Ce n'était pas un hasard si j'ai choisi de la mettre aux squats. Rien de tel pour réchauffer les relations et pour mater le cul d'une fille. Mais je dois bien avouer que je ne m'attendais pas à ce qu'Aya possède un tel…

Potentiel.

Décidément, plus les jours passent, plus la perspective de conclure avec elle me plaît.

– On peut dire que j'ai franchi une étape, je leur lâche finalement.

– Enfin ! Je commençais à croire que cette fille était un genre d'alien asexué ! souffle Jasper.

– Je te l'avais bien dit, Nate ! lance Dylan, la tête dans le frigo de la cuisine.

Je me retourne vers lui en fronçant les sourcils.

– Comment ça ?

– Il pensait que t'y arriverais jamais, m'explique-t-il d'une voix égale.

Je reviens aussi sec planter mes yeux remplis de déception dans les iris verts de Nate.

– Quoi ? Tu croyais vraiment que je serais incapable de serrer Aya ? Je sais que ça prend un peu plus de temps que d'habitude, mais mec, c'est la fille la plus déterminée que je connaisse !

Mon pote vient de frotter mon ego avec du papier de verre.

– Je t'avoue que c'est déstabilisant de voir que, pour une fois, c'est toi qui cours après une meuf et pas l'inverse, se justifie Nate, sa serviette nouée autour de sa taille.

Je me renfrogne un peu intérieurement. Non, ce ne sera pas l'année où Connor McDougall se fera remballer !

– Tu devrais être puni pour avoir osé douter de mon poulain, s'insurge Jasper. T'es privé de sortie, ce soir.

– Quel gros lèche-bottes ! s'exclame Dylan, qui a repris sa place devant la télé avec son sandwich.

On se marre tous, parce qu'on sait très bien que Jasper crève d'envie de venir avec nous ce soir.

Le cul ou l'action, faut choisir !

– Ta meuf va pas du tout sentir l'entourloupe si c'est

Nate qui se pointe pour passer la soirée avec elle, je raille de ma place.

– Mais c'est la première de l'année ! Vous m'aimez pas ou quoi ?

– T'as voulu te lancer en premier, t'assumes ! renvoie Nate en regagnant sa chambre.

Jasp' râle un peu, mais il sera content quand ce sera à mon tour de garder Aya au chaud pour qu'il aille s'éclater de son côté.

Et ça pourrait arriver plus tôt que prévu.

Il faut seulement que je pense à choper les clés de ma petite brune pour qu'on en fasse un double. Dès que je sentirai que je peux passer à l'action, je proposerai à Aya de faire un truc avec elle un soir. Pendant que je l'aurai sous la main, les gars n'auront plus qu'à dévaliser tranquillement sa baraque.

Tiens, je me demande dans quel genre de maison elle vit.

– Au fait, t'as fait les courses, Jasper ? intervient Nate, qui réapparaît en passant la tête dans le col de son tee-shirt.

En réponse, mon meilleur pote s'éclipse une demi-seconde et revient avec un sac de sport noir qu'il balance sur le fauteuil.

C'est vrai qu'on en avait parlé dans la voiture, mais j'avais complètement zappé que Jasp' était chargé de commander nos nouvelles cagoules. Et, à son petit sourire narquois, je sens venir la grosse *lose*.

Une sombre appréhension s'empare de moi quand mon meilleur pote dézippe la fermeture éclair du sac.

Pourquoi c'est lui qu'on a envoyé en mission, déjà ?

Et puis, il commence à déballer ses achats en animant avec passion chacun de ses gestes, tel un représentant de téléshopping.

Il sort un premier petit sac plastique.

Puis un deuxième.

Au troisième, Dylan lâche son sandwich.

Au quatrième, je suis obligé de fermer les yeux pour me masser le front. Seul Nate est assez fort mentalement pour continuer à parler.

– Donc, on a : une cagoule avec un joli motif floral…

– C'est printanier, en fait.

– … une cagoule Pikachu, une cagoule lapin et une cagoule…

– Biteman.

J'ouvre les yeux.

Du bout du doigt, Nate tient effectivement une cagoule à l'effigie de Batman avec deux bites à la place des oreilles.

– Putaiiiiin…

– Ben quoi ? J'ai cherché quelque chose qui reflète un peu notre personnalité à chacun ! couine Jasper en nous attribuant notre équipement.

Il ne semble pas comprendre pourquoi on hésite tous entre rire et mourir. Moi, je veux bien, mais sérieusement, si quelqu'un nous voit, on va entendre quoi ? Que les flics recherchent activement Biteman, Pikachu, Panpan et Hello Kitty ?

– Bon, dans un sens… pourquoi pas ? temporise Dylan en observant sa cagoule sous toutes les coutures.

Je n'ai pas encore osé toucher celle qui gît sur mes jambes, pas plus que Nate avec la sienne, d'ailleurs.

En même temps, c'est juste un artifice, histoire d'être tranquilles au cas où une caméra de surveillance nous filmerait. On ne s'est jamais fait prendre, et là, j'ai une bonne raison d'être encore plus prudent !

– Heureusement qu'on sort seulement la nuit, geint Nate.

– D'ailleurs, on se retrouve chez moi avant de partir, comme d'hab' ? je relance pour changer de sujet.

Jasper gérera son *date* chez lui, mais jusqu'ici, on a toujours décollé de chez moi. La voiture dont on se sert pour nos cambriolages est dans mon sous-sol, à l'abri sous une bâche.

Refus catégorique de la part de toute l'équipe, Dylan en tête.

– Et qu'on se fasse agresser sexuellement par ton voisin dopé aux psychotropes ? Nan, nan, nan, hun hun.

– Ma psy m'a déconseillé de retourner chez toi. Elle pense que je ne suis pas encore complètement guéri du trauma que m'a collé ton cinglé de voisin.

– Toi, tu seras dans ton appart, banane, je lance en réponse à Jasp', en prenant un air désespéré.

– Pourquoi pas ici ? intervient Nate.

– Vous êtes vraiment des petites natures !

– On a failli mourir ! glapit Dylan en me regardant avec des yeux ronds. Ce taré était tapi dans l'ombre comme une bête sauvage ! Et je te rappelle qu'il m'a jeté son poulet à la tronche !

– Quelqu'un a un Xanax ?

Un rire frémit sur mes lèvres. OK, ouais, il y a un type un peu particulier qui se balade dans mon quartier. Ouais, il promène un poulet cru baptisé Barney. J'admets que, quand on ne s'y attend pas et qu'on croise le type à trois heures du mat, caché entre les poubelles avec son bout de viande au bout d'une laisse, ça peut faire flipper. Mais il n'est pas méchant. Le danger, au pire, c'est plutôt les chats qui sont sur les crocs et le suivent à la trace depuis que Barney commence à se décomposer et à puer la mort.

Ce soir-là, on rentrait de boîte, complètement défoncés.

Dylan était le seul à avoir bu modérément. Il avait oublié de virer ses poubelles de son coffre et, en me déposant, il en a profité pour les jeter. Mon « voisin » s'est fait surprendre – ne me demandez pas ce qu'il faisait – alors, il a balancé Barney sur Sharky qui s'est mis à hurler à la mort. Jasper l'a entendu gueuler depuis la bagnole et a crié de plus belle.

Dans un sens, je comprends qu'ils n'aient plus franchement envie de mettre les pieds chez moi. J'avoue que, depuis, je vérifie toujours deux fois que ma porte est bien fermée à clé.

– On décollera d'ici, OK, tranché-je en calant mes pieds sur la table basse. J'emmènerai la voiture, dans ce cas.

– Parfait, vingt et une heures, les lapins ?

– Nickel.

– Vendu !

28

Connor

La nuit est tombée depuis un bon moment sur Princeton. Une nuit épaisse et sombre, alourdie par un ciel chargé d'épais nuages. J'attends, une main posée sur le volant de la voiture dont le moteur ronronne comme un gros chat. Mes doigts tapotent un tempo décousu sur le revêtement en cuir.

J'ai envie d'y aller, mais pas autant que d'habitude.

Habituellement, à cet instant, je suis dans un état extatique, j'ai de l'adrénaline plein les muscles et de l'excitation qui bout dans tout le corps. Là, je suis plus confus qu'autre chose. On est censés se faire le premier coup de l'année, c'était un moment que j'attendais depuis un bail, et un truc que je ne saisis pas brouille toutes mes émotions.

Je me sens bizarre, comme si je n'avais pas la tête à ça.

Je me demande ce qu'Aya avait prévu de faire ce soir.

Putain, il est où le bouton sur lequel je dois appuyer pour arrêter de cogiter et redevenir normal ?

– C'est clean, la voie est libre !

La voix de Dylan, assis derrière moi, me ramène directement sur terre, et je lui en suis secrètement reconnaissant.

Je lui lance un coup d'œil dans le rétroviseur intérieur.

– T'es sûr ? T'as le feu vert de Jasp' ?

– Tu veux qu'on lui passe un coup de fil pour être tranquilles ? propose Nate depuis le siège passager.

– T'es sur les nerfs, bouchon ! Allez, angoisse pas comme ça, va. Il vient de m'envoyer un message pour me dire qu'ils vont pas tarder à baiser, donc on peut y aller, tente de me rassurer Dylan en me massant une épaule.

– Ouais, c'est juste des réflexes à reprendre, me justifié-je sans trop y croire.

Je sors du parking souterrain et m'engage sur la route tandis que Nate m'indique la direction à prendre en suivant le GPS de son téléphone.

En conduisant, je me rends compte que Dylan a raison.

C'est vrai que je suis tendu.

Les risques sont toujours les mêmes, mais c'est comme si j'avais plus peur qu'avant. Comme si je craignais plus qu'on se fasse griller. C'est clair que je n'ai pas intérêt à ce que mon géniteur sache ce que je fais de mes soirées avec mes potes. Sauf qu'il n'est pas seulement question de moi. Il y a peu de chances que les gosses de familles aussi puissantes que les nôtres fassent de la prison, mais personne n'a envie de se voir déshérité pour autant, et c'est sûrement ce qui nous pendrait au nez à tous.

Sans compter que ce petit jeu pourrait bien nous faire exclure tous les quatre de Princeton et ruiner les prestigieuses carrières de beaucoup de personnes. Personnellement, je n'ai pas tellement envie de gâcher mes études. Ce n'est pas parce que je ne veux pas devenir trader que je ne rêve pas de décrocher un bon boulot quelque part. Et j'ai beau être en froid avec mon paternel, je n'ai pas non plus envie de foutre toute sa vie en l'air.

Dylan, qui cherche toujours à se mettre dans l'ambiance avec de la bonne musique où qu'il soit, branche le Bluetooth de son téléphone sur la voiture et lance un morceau de Oh the Larceny.

Le rythme agressif des premières notes m'imprègne rapidement et je monte le son à fond pour me laisser encore plus gagner par la même euphorie que mes potes. Dylan gesticule dans tous les sens en s'accrochant à mon siège, Nate hurle sur le refrain et ce foutu cirque commence enfin à m'atteindre.

Je m'efforce de relâcher la pression et de rire avec eux jusqu'à ce qu'on arrive près de chez Sarah, la cible de Jasp'. Je me gare doucement à l'arrière du bâtiment, sur un petit bout de parking qui semble inutilisé depuis longtemps.

La meuf habite au rez-de-chaussée d'un grand immeuble du centre-ville. Jasper a bien travaillé et nous a indiqué que la porte menant aux caves communes n'était jamais verrouillée.

– Prêts à vous envoyer en l'air, mes p'tites dindes ? s'excite Dylan.

– Plus que prêt, mec. Depuis le temps que j'attends ça !

– Ça va être chaud, chaud, chaud, je connais ce coin et les habitants font des patrouilles de quartier depuis que plusieurs voisins se sont fait tirer leurs bagnoles, remarque Nate en observant l'extérieur à travers ma vitre.

Je tourne la tête dans sa direction pour lui répondre, mais il éclate de rire dès qu'il voit ma cagoule lapin déroulée sur mon visage.

– Je te rappelle que t'as des bites à la place des oreilles, je le singe en retour.

– 'Tain, t'imagines ? s'esclaffe bruyamment Dylan. Le type pourrait tenter la triple pénétration ! Incroyable !

– Ouais, mais comment je fais si mes deux autres bites sont à la place de mes oreilles ? Réfléchis un peu !

Je pouffe devant leur débilité. C'est con, mais ça me fait toujours marrer.

Nate me passe le double de la clé de l'appartement de Sarah, j'enfile une paire de gants et je prends une seconde pour qu'on se remette dans le bain avant de sortir de la voiture.

– Il va être une heure du mat, je pense qu'on sera tranquilles. Mais il peut toujours y avoir un imbécile qui traîne quelque part, donc faites gaffe.

– Tu nous ponds des petits brainstormings improvisés, maintenant ? se moque Nate, dont je ne vois plus que les yeux derrière son masque en laine.

– Faut jamais se reposer sur ses acquis, la praline !

Je vérifie une dernière fois que personne ne rôde dans les parages.

Puis j'ouvre ma portière.

– Go.

Habillé tout en noir, ganté et cagoulé, j'approche prudemment de la porte de service dont nous a parlé Jasper. Nate et Dylan me suivent sans bruit. L'arrière de l'immeuble n'est pas éclairé et aucune fenêtre ne donne sur ce côté du bâtiment, ce qui nous laisse tout le loisir de nous engouffrer dans le sous-sol sans que personne ne nous crame.

Nous passons devant des sortes de box aux noms des résidents comme des ombres silencieuses, seulement trahis par le bruit de nos pas sur le sol bétonné et humide.

J'ai conscience de ce que je suis en train de faire, de ce qu'il se passerait si on nous voyait et des risques qu'on s'amuse à prendre.

C'est cette sensation, justement, qui agit sur moi

comme une drogue. Entrer dans un endroit qui nous est interdit, être là où on n'a pas le droit d'être.

J'entends mon cœur faire un bruit du tonnerre entre mes tempes.

Tous mes sens se démultiplient.

Mes cellules réagissent au moindre son, au moindre contact.

Et je me rends compte que j'ai ressenti exactement la même chose ce matin pendant ma séance de sport avec Aya.

Un bruit de verre qui tombe au sol résonne soudain près de mon pied. Je me fige en observant la bouteille de vin vide que je viens de renverser par manque d'attention et j'entends Dylan pouffer derrière moi.

– Tu veux mes yeux ? chuchote-t-il derrière mon épaule.

– T'as bu ou quoi, McDougall ? ajoute Nate sur le même ton.

– Ce machin était en plein milieu ! je râle, de mauvaise foi.

– Bon, allez, trace, ça pue ici. En plus, t'as fait du boucan.

J'avance un peu plus rapidement en me gardant bien de leur avouer qu'une petite brune en particulier m'a déconcentré en s'infiltrant dans mes pensées – et que je me suis cogné l'orteil dans le mur.

On grimpe les marches de l'escalier menant au rez-de-chaussée en prenant soin de n'allumer aucune lumière. On se retrouve tous les trois sur un palier desservant deux appartements. Celui de Sarah est à droite, si Jasp' ne s'est pas planté.

J'enfonce fébrilement la clé dans la serrure.

La porte cède sans problème. Parfait.

Je me dépêche de refermer à clé derrière nous et nous

voilà, sans heurts et sans violence d'aucune sorte, au beau milieu du salon d'une fille qu'on ne connaît pas et qui est en *date* avec mon meilleur pote.

Pendant que Nate baisse le store électrique de la fenêtre donnant sur l'extérieur, je traîne le faisceau de ma lampe un peu partout pour découvrir les lieux.

C'est un appartement plutôt cosy, assez grand, et je repère vite quelques éléments me permettant de penser que la meuf a autant de thunes que nous sur son compte bancaire. Une télé avec un écran 3D, une cuisine ultra équipée, les marques d'électroménager et de multimédia les plus chères…

– Hey, Dylan, tu me fais le tour du proprio ? j'entends souffler Nate dans mon dos.

– Mais bien sûr, si monsieur veut bien me suivre !

– Voici tout d'abord le salon, équipé de son magnifique canapé d'angle Barcelona qui saura satisfaire vos meilleures parties de baise. Voyez d'ailleurs cette superbe tache qui en témoigne !

– Vous êtes cons, je ris à voix basse tout en continuant ma visite.

– Nous pouvons ensuite nous diriger vers la salle de bains. Salle de bains qui vous sera fort utile pour vous dépoussiérer le corps et l'esprit après une longue journée de promenade dans la pampa…

Leurs rires étouffés disparaissent dans le couloir. Je passe près d'un vase en porcelaine que je suis à deux doigts de faire tomber avec mon coude et le rattrape au dernier moment.

Ouh, le p'tit Connor a eu chaud !

Le but est de ne laisser aucune trace, alors mieux vaut éviter la casse.

Je traîne mes doigts sur les meubles, farfouille dans

quelques tiroirs du salon, puis finis par me poser sur le canapé face à la télé en regardant tout autour de moi sans vraiment savoir quoi faire.

Il faut que je trouve un truc, je ne vais quand même pas repartir les mains vides !

Je me lève donc pour aller fouiller la chambre à coucher quand je tombe sur Nate et Dylan dans le couloir. Immédiatement, je remarque que Dylan tient un truc bizarre dans les bras. Et quand je braque ma lampe dans sa direction, je vois deux petits yeux briller dans le noir.

– Sérieux, Dylan, repose ce chat, je secoue la tête en réprimant un sourire.

– On l'embarque.

– Allez, fiche-lui la paix, je soupire.

– Mais je lui avais trouvé un super prénom ! fait-il semblant de râler avant de reposer la pauvre bête apeurée par terre.

La bestiole en profite pour se carapater sous un meuble.

– C'était quoi, son nom ? je demande distraitement en suivant l'animal du regard.

– Tatiana.

– Et si c'était pas une femelle ?

– Tatiano.

Un bref silence tombe sur nous. Et, tout à coup, on explose de rire sans même s'en rendre compte.

– Chuuut, putain ! se marre Nate.

Je mords mon poing pour tenter de faire moins de bruit, mais c'est mission impossible avec cet imbécile de Dylan.

Soudain, Nate pose brusquement son index sur ses lèvres et me fait signe de me retourner.

Une ampoule vient de s'allumer sur le palier.

La lumière passe sous la porte d'entrée en un fin ruban

jaune. Une seconde plus tard, je vois une ombre la troubler, comme des pas qui bougent juste à côté.

On cesse tous les trois de respirer.

Et puis, un coup résonne contre la porte, suivi d'une voix d'homme.

– Sarah ?

Mais qu'est-ce que ce gars fout ici à plus d'une heure du mat ?!

Mon sang pulse à une vitesse folle tandis que je braque mon regard dans celui de Nate, qui insiste en pressant plus fermement son doigt sur ses lèvres.

Si on ne fait aucun bruit, le type va forcément se rendre compte que l'appart est vide et décamper.

– J'entre, d'accord ?

Putain, quoi ?!

Le regard paniqué de Dylan croise le mien et, pile au même moment, un bruit de clé qu'on insère dans la serrure se fait entendre.

Merde, le mec va débouler et nous trouver tous les trois en train de boire le thé dans le salon !

D'un mouvement, je fais signe à Nate et Dylan de me suivre, et on se rue sur le battant donnant sur la rue, notre seule option à ce stade. J'ouvre la fenêtre pendant que Nate remonte le store électrique, le cœur prêt à sortir de ma poitrine et, au moment exact où la porte d'entrée s'ouvre et où la lumière s'allume, je suis Nate et Dylan qui sont passés avant moi et saute de l'autre côté.

J'atterris sur le trottoir où, par chance, personne n'est en train de balader son chien, et je tape mon plus beau sprint derrière Nate en direction de l'arrière-cour.

On se réfugie tous les trois dans la voiture, je verrouille les portières, à bout de souffle, et avant même de penser à mettre ma ceinture, je jette ma cagoule derrière moi et enclenche la première pour qu'on se barre d'ici le plus vite possible.

– Mais elle a déjà un mec, cette connasse ? aboie Nate.

Je ne peux pas m'empêcher de rire en même temps que lui, dopé par l'adrénaline et par mon cœur qui oxygène mon cerveau à mille à l'heure. Dylan, lui… On l'a perdu, il est allongé en travers des sièges arrière et se bidonne tellement qu'il en a du mal à respirer.

– C'était Queen, ou quoi ? reprend Nate entre deux hoquets nerveux.

– J'en sais rien, mais j'ai jamais couru aussi vite de toute ma putain. De. Vie, je réponds dans un état second. J'ai les poumons qui me brûlent, je te jure !

Je pose ma main sur mon torse qui se soulève encore rapidement, profitant d'un feu rouge pour reprendre un peu mes esprits.

Dylan n'arrive toujours pas à se tirer de son fou rire, et Nate laisse retomber son crâne sur l'appuie-tête en soufflant longuement, en extase.

– C'était dingue.

Je redémarre et passe ma main libre dans mes mèches blondes en pensant à ce qu'il vient de se passer. Honnêtement, je me suis bien marré. Je me sens grisé, ouais. C'était top.

Mais j'ai les tripes nouées par l'image d'une fichue princesse égyptienne. Elle refuse de quitter mes pensées depuis notre session de muscu. Je ne me reconnais plus, à tout vouloir savoir à son sujet, à me sentir bien quand elle est là et vide quand elle est absente. Je deviens obsessionnel, et quand je me force à ne plus penser à elle, tout mon univers redevient terne.

C'est quoi, cette merde qui m'arrive ?

29

Aya

– Aya !

Je sursaute, et mon portable en profite pour tenter une Michael Scofield[1] alors que j'avais le nez vissé dessus.

Chiotte !

Je ramasse mon téléphone sans me soucier de l'avoir cassé ou non, il est déjà complètement bousillé, de toute façon. Je n'entends même pas le son qui sort de la bouche de Cécilia, m'empressant plutôt de retourner l'écran pour vérifier que j'ai bien vu ce que j'ai vu.

Et, oui, c'est effectivement un appel de Johnny qui s'est affiché juste avant que mon amie ne me hèle au bout du couloir devant l'amphi.

Coup de sang.

Mon sourire se désagrège et un lourd nuage noir vient stationner au-dessus de ma tête.

Cette journée ne commençait pourtant pas si mal malgré un week-end de plus à me ronger les sangs pour Kelly : une bonne nuit sans personne qui frappe à la vitre de ma voiture, un soleil splendide, pas de migraine – ô miracle –, pas de Connor en train d'essayer de me faire dévier du droit chemin et, pour couronner le tout, j'attaquais ma première heure avec les cheveux propres.

1. Michael Scofield est le célèbre prisonnier qui a passé les cinq saisons de *Prison Break* à se faire la belle. Clairement, tous les détenus rêvent de partager sa cellule.

Mais Johnny ne m'appelle jamais.

Jamais, jamais, jamais.

Ou alors si, pour me réclamer de l'argent.

– Qu'est-ce que t'as fait à tes cheveux ?

La voix de Cécilia s'invite dans mes pensées.

– Euh… J'ai utilisé un nouveau produit, un truc de coiffeur qu'on ne trouve pas en magasin, je feinte en la voyant examiner avec concentration la mèche soyeuse – enfin, propre – qui dépasse de mon chignon.

Ça s'appelle le shampooing, ah ah !

J'enfonce mes lunettes sur mon nez en souriant un peu bêtement.

– Ça te va bien.

Tiens, ça me fait penser que je n'ai pas encore vu Connor depuis ce petit… réajustement capillaire. Quand je suis sortie de la douche après le sport, je n'ai pas eu le temps de me sécher les cheveux.

Je me demande s'il remarquera quelque chose ?

Enfin, en soi, je m'en fiche ! C'est juste le premier nom qui m'est venu à l'esprit.

Je la remercie sincèrement et on entre toutes les deux dans l'amphithéâtre.

– Toujours aucune nouvelle de Kelly ? je demande à Cécilia en m'asseyant à côté d'elle.

– Non… Justement, je voulais te dire… La police a ouvert une enquête pour disparition inquiétante.

– Alors ça y est, je murmure pour moi-même, la voix étranglée par l'émotion.

J'avais toujours espoir de la voir débarquer du jour au lendemain avec sa gouaille et sa bonne humeur. Je ne voulais pas y croire et je ne le veux toujours pas. Mais le fameux week-end qu'on devait se faire toutes les trois vient de passer et Kelly n'a pas réapparu. Cécilia et moi sommes restées chacune de notre côté à réviser nos cours, la boule au ventre et le cœur écrasé par l'inquiétude.

– Oui, opine Cécilia. Riley m'a appelée tout à l'heure pour me demander si je pouvais la remplacer. Ses parents ont appelé le doyen, alerté les médias pour publier leur avis de recherche… Mais maintenant, c'est à la police de mener son enquête.

Je coule un regard compatissant sur Cécilia, qui a du mal à retenir ses larmes. Ses nerfs cèdent, les miens aussi. Il n'y a rien de pire que de se sentir impuissante quand on s'inquiète pour quelqu'un à qui l'on tient, et c'est exactement ce que l'on ressent en ce moment toutes les deux. Cette nouvelle fait écho à certains souvenirs que j'ai toujours gardé secrets et qui continuent de me hanter soir après soir.

– Elle ne serait jamais partie comme ça du jour au lendemain, continue de me confier Cécilia.

J'essaie de trouver une explication plausible et c'est autant pour me rassurer que pour rassurer mon amie.

– Tu crois qu'elle aurait pu avoir un souci sur la route, en rentrant chez elle ?

Cécilia secoue la tête.

– Non. Sa mère m'a dit qu'ils avaient contacté tous les hôpitaux de la région.

Elle frissonne et, au même instant, mon portable se remet à vibrer dans ma poche… Pour la sixième fois depuis que je suis assise.

J'avale ma salive.

Je pense que Johnny a besoin que j'aille faire des « courses » pour lui, le plus probable étant qu'il soit tombé à court d'alcool et qu'il ait déjà dépensé toutes ses aides pour le mois.

Mais je l'ignore.

Il y a plus grave que son besoin de se bourrer la gueule.

– Qu'est-ce qu'on peut faire pour elle ? je demande finalement à Cécilia.

Du porte-à-porte ? Du recueil de témoignages ?

– On a imprimé quelques affiches qu'on voudrait accrocher un peu partout sur le campus en fin de journée. Il faut déjà commencer par avertir tout le monde, au cas où quelqu'un aurait de ses nouvelles.

– Je vais t'aider, je réponds immédiatement.

Tant pis pour mes révisions.

Et tant pis pour la douche de ce soir.

30

Aya

Je retrouve Cécilia, Riley, le petit ami de Kelly, Simon, ainsi que plusieurs de ses amis à la Firestone Library pour organiser notre plan de bataille. Le campus est immense et le soleil est sur le point de se coucher, alors si on veut que toutes les affiches soient accrochées aux murs avant demain matin, il y a du boulot.

Chacun est concentré, la mine grave. Mais c'est Simon qui me serre vraiment le cœur avec son regard complètement hagard et cerné de fatigue. Je me reconnais dans son absence et dans ses silences abattus. Je reconnais ce moment où on n'a plus vraiment d'âme, parce qu'une partie de notre être est avec une personne qu'on a perdue ou qu'on attend.

On la voit à chaque fois qu'on ferme les yeux.

Et elle nous manque à chaque fois qu'on les ouvre.

Mon doigt tâte ma gorge, à la recherche de mon scarabée porte-bonheur.

– Aya, tu peux t'occuper du bâtiment E et du gymnase ?

– Bien sûr, je réponds gentiment à Simon.

Le petit groupe se sépare et chacun part en solo après que tout le monde s'est vu attribuer une zone du campus. Personne n'ose le formuler à voix haute, mais on a tous peur qu'elle ait fait une mauvaise rencontre.

Je suis sur le point de quitter le groupe quand Cécilia m'attrape discrètement par le bras.

– Hey, tu penses que tu pourrais dépanner Riley en travaillant quelques jours par semaine au Starbucks ?

Je suis le regard de Cécilia qui couve son manager d'un œil terne, et je comprends à quel point ce dernier doit être débordé entre la gestion du café et la recherche de son employée, pour laquelle il s'investit énormément.

J'accepte aussitôt. En temps normal, j'aurais laissé exploser ma joie en hurlant dans ma tête que mon rêve se réalise. Mais aujourd'hui, c'est uniquement pour Kelly que je le fais. Pour soutenir Riley et lui dégager du temps pour organiser les recherches. J'accepterais même de travailler bénévolement.

– Évidemment. Je ferai n'importe quoi pour vous aider.

– Merci beaucoup, j'en informerai Riley demain.

On se quitte sur ces quelques mots et une nouvelle que je n'espérais pas et que j'aurais tellement voulu fêter dans d'autres circonstances… Je décide d'attaquer l'affichage par le gymnase, qui est l'endroit le plus excentré du campus. Armée de mon gros paquet d'imprimés « Disparue » avec la photo de Kelly, je commence à scotcher les fiches aux endroits où elles seront le plus visible : sur les portes du gymnase, à côté du planning, près des vestiaires.

Vestiaires d'où me parviennent des éclats de rire et des voix pas totalement inconnues au bataillon.

C'est bizarre. Normalement, plus personne n'est censé être là.

Au moment où je me fais cette réflexion, je réalise aussi que le gymnase devrait être inaccessible à cette heure-ci.

Et que je suis devant le vestiaire des hommes.

Et que, théoriquement, du coup, j'ai deux excellentes raisons de ne pas me trouver à cet endroit.

Une ombre passe devant la petite lucarne face à moi et, pile au moment où je vois la poignée s'abaisser, je sens une présence se matérialiser dans mon dos. Tout se passe en moins d'une seconde. Un bras puissant s'enroule autour de mes épaules, puis une main sortie de nulle part se plaque brusquement sur mes yeux.

Je hurle de toutes mes forces, terrorisée, mais très vite, d'autres cris se mêlent au mien et me font reprendre mon calme.

– Hiiii !

– Putain, merde !

– Qu'est-ce qu'il se passe ? Ooooh, quelle bonne surprise, madame McDougall !

– Mec, mets un truc sur ta queue !

– Allez vous saper, bordel de merde !

– Connor ?! je m'écrie en me débattant.

Je redouble d'ardeur et tire de toutes mes forces sur son bras, mais il bande ses muscles de plus belle.

– Non, pas tout de suite !

Je me résigne sous les rires généraux et mes épaules retombent d'un coup en attendant que ma vue recouvre la liberté.

Je dois rester comme ça une bonne minute, ceinturée par le bras et la main de Connor, qui respire fort et vite.

– La voie est libre, petite reine, finit-il enfin par souffler en me relâchant complètement.

J'ai l'intention de lever les yeux pour les planter dans le bleu de ses prunelles, mais au moment où je me décolle de son corps, quelque chose reste accroché à mes cheveux et mon chignon se défait complètement.

Je me retourne d'un coup sec et c'est son torse nu qui

se dresse devant moi. Perlé de sueur, luisant d'un effort qui se lit encore sur ses muscles congestionnés – j'ai appris ce mot au sport. Des mèches blondes retombent négligemment sur son visage.

L'index en l'air, il s'amuse à faire tourner mon chouchou autour de son doigt avec son éternel sourire de gamin en façade.

C'est vraiment un... Grrr!

– Tu peux me le rendre, s'il te plaît? je lui demande d'un ton que j'imaginais un peu plus ferme.

Il s'esclaffe.

– Hors de question!

Je pose maladroitement une main sur ma hanche en espérant que ça me donne un air sévère.

– Pourquoi?

– T'es tellement mieux avec les cheveux détachés...

– Je préfère que ce soit pratique, rétorqué-je, les joues rouges.

– C'est carrément du gâchis, t'as des cheveux magnifiques. Tu sais que tu rendrais un tas de filles jalouses? s'obstine-t-il en enfilant mon chouchou autour de son poignet.

Bon, ben c'est mort pour le récupérer...

– Je n'en suis pas si sûre, mais tu peux le garder, je te l'offre, conclus-je en lançant un dernier regard d'adieu à mon vieux chouchou noir. Même si tu ne le mérites pas, vu la peur que tu m'as collée.

La preuve, mon cœur continue encore de battre la chamade.

– Carrément? se moque Connor en fléchissant les genoux pour commencer à ramasser les affiches que j'ai laissé tomber un peu plus tôt. Pourtant je crois bien que je le mérite, au contraire. Je t'ai épargné le traumatisme de tomber sur trois gros culs poilus, princesse !

Je m'accroupis à mon tour pour l'aider.

– Ah oui ? Je croyais pourtant que Jasper se faisait épiler la raie ?

Connor suspend son geste et me fixe avec étonnement.

Il croyait vraiment que j'aurais oublié une info pareille ?

– Il l'a fait une seule fois et c'était en Islande, alors tu peux me croire quand je te dis que t'es pas passée loin du trauma à vie !

– Ils ne seraient pas sortis si tu ne m'avais pas fait crier, souligné-je.

Le grand blond pose un coude sur sa cuisse et se met à me fixer dans le fond des yeux avec espièglerie. Il se mord la lèvre en souriant plus franchement, comme s'il se retenait de rebondir sur la perche que je viens de lui tendre malgré moi.

Je déglutis.

Mon corps s'échauffe, un frisson me parcourt.

– Et sinon, comment ça se fait que vous soyez encore là à cette heure-ci ?

Il hausse une épaule.

– Il n'y a pas vraiment de règles quand on a les moyens de les contourner. On fait ce qu'on veut… où on veut. Et là, reprend-il après une petite seconde durant laquelle je suis sûre qu'il essaie de capter mon attention, on avait envie de se faire un petit basket. Mais t'as vu, j'ai arrêté pile à l'heure pour pas être en retard à notre session de muscu !

– Ah oui, à ce sujet, dis-je en me relevant, je ne vais pas pouvoir venir ce soir.

Il se redresse à son tour, les sourcils froncés, et me tend le reste des affiches.

– C'est vrai ? Pourquoi ?

– J'ai un truc important à faire pour une amie, je réponds en lui montrant le tas de papiers.

Un pli barre son front lorsqu'il s'attarde un peu plus sur l'affiche.

– Je l'ai déjà croisée… Qu'est-ce qu'il s'est passé ?

– On en sait rien, fais-je d'une petite voix.

Le visage de Connor se chiffonne et une lueur indescriptible voile le bleu de ses prunelles. Il détourne les yeux, lorgne le bras sur lequel Johnny m'a laissé un gentil souvenir, puis reprend :

– T'as toujours mon numéro ?

– Oui, je crois.

C'est vrai que je ne l'ai même pas encore enregistré dans mon téléphone.

– Appelle s'il y a quoi que ce soit. Si t'as un souci ou que tu te sens pas en sécurité. Appelle, OK ?

Je fais oui de la tête, une ébauche de sourire sur le visage.

– Tu vas traîner par là un moment ou… tu rentres tout de suite ?

La question m'a totalement échappé. Mais je mentirais si je disais que je ne serais pas un peu rassurée de le savoir dans les parages alors que la nuit va bientôt tomber.

Connor sourit doucement, visiblement surpris et amusé à la fois.

– Tu veux que je reste un peu dans le coin pour te protéger en cas de danger, c'est ça ?

La réponse est un grand oui, mais qu'on soit bien d'accord, il est hors de question qu'il le sache.

– Non, non. C'était juste pour savoir.

– Alors sache que je reste.

Il me lance un clin d'œil entendu et me dépasse en

laissant son regard pétillant s'ancrer au fond de mes prunelles jusqu'au dernier moment. Je me rends alors compte que, pendant tout ce temps, mon souffle était resté bloqué dans mes poumons.

Je me remue mentalement et m'anime pour terminer de scotcher les avis de recherche de Kelly.

Je sais que Cécilia est aussi en train de donner le maximum de son côté pour qu'on la retrouve. Et je suis sûre qu'elle ferait la même chose si c'était moi qui disparaissais.

Je sors du gymnase, mes affiches en main. Le soleil est bas dans le ciel, signe qu'il fera bientôt sombre.

En me dirigeant vers le mur donnant sur la rue, je continue à penser à Kelly et à Cécilia. À leur arrivée dans ma vie et à la chance que j'ai, dans cette situation atroce, d'avoir toujours Cécilia à mes côtés.

Je me suis interdit pendant très longtemps d'avoir des amies. Trop longtemps. J'ai beaucoup souffert en amitié. Celles que je pensais être les plus proches de moi au lycée m'ont complètement délaissée dès que j'ai quitté l'Oregon, et ce, malgré les messages que je leur envoyais pour prendre des nouvelles. Aujourd'hui, je ne sais même pas ce qu'elles sont devenues. Je n'avais pas envie de ressentir une nouvelle fois que je ne compte pas réellement aux yeux des autres.

Mais c'est différent avec Kelly et Cécilia. Elles me prouvent qu'il n'y a jamais de fatalité et, grâce à elles, je me suis sentie très vite intégrée à Princeton. Les cours sont épuisants, c'est vrai, mais j'aime beaucoup ce que j'apprends.

C'est mon rêve.

Aujourd'hui, j'ai un petit job qui me permettra bientôt de sortir de la galère, de véritables amies et la possibilité de faire ce que je veux de mon avenir. Ce constat me rend un peu plus légère, même quand je me rends compte que c'est la photo de Kelly que je suis en train de fixer à un arbre.

Et même si je sais que mon fragile univers pourrait s'effondrer tel un château de cartes si je laisse un mec comme Connor y entrer.

31

Aya
Une semaine plus tard

Je bois.

Beaucoup.

Je me drogue à l'eau, parce que c'est légal, qu'il y a une fontaine gratuite sur le campus et que ça me réveille quand mes yeux se ferment contre ma volonté pendant les cours.

Du coup, je fais pipi.

Beaucoup aussi.

C'est la quatrième fois que je me lève devant tout le monde pour aller aux toilettes. Jusque-là, M. Brooks n'avait pas l'air de s'en offusquer, mais son regard vient de se ficher dans le mien et j'ai bien senti qu'il commençait à être agacé.

J'ai une vessie de lapin, y a pas mort d'homme !

Il n'y aurait pas mort d'homme si c'était le premier cours que je suivais à moitié, me rappelle ma conscience lorsque je pousse une nouvelle fois la porte des toilettes. Mais si je suis honnête avec moi-même, la semaine qui vient de s'écouler a été horrible sur tous les plans. Notre campagne d'affichage pour retrouver Kelly n'a rien donné. Plus les jours passent, plus on doit se battre pour ne pas perdre espoir.

Je crois qu'il n'y a rien de pire que l'absence de réponse.

Alors, avec Cécilia, on fait tout pour que la mobilisation de la police et de la fac ne s'essouffle pas. On a organisé une veillée, interrogé ses nombreux amis sur les réseaux, répondu à toutes les interrogations des inspecteurs de police, aidé à rédiger un article dans le journal du campus…

Mais en fait, depuis la disparition de Kelly, je me suis complètement laissé dépasser. J'ai perdu pied.

Je ne veux pas cracher dans la soupe, j'ai conscience de ma chance et je serai éternellement reconnaissante à Riley et Cécilia de me permettre de manger tous les jours à ma faim. Mais entre les heures que je fais au Starbucks dès que j'ai un trou dans mon planning, le sport, les cours et tous les problèmes techniques que le fait de vivre dans ma voiture m'impose, je n'arrive plus à suivre.

J'ai décroché.

Et le pire des scénarios se profile doucement, mais sûrement dans ma tête : je suis en train de rater mon année.

J'ouvre le robinet du lavabo après être passée aux W.-C. et m'asperge généreusement le visage. L'eau froide me mord la peau. Ça a le mérite de me réveiller complètement.

Je secoue la tête.

Je suis vraiment égoïste de penser à ça alors que personne ne sait où se trouve Kelly ni même si elle va bien…

Soudain, mon portable fait irruption dans mes pensées en s'agitant dans mon sac contre le mur. Je soupire. J'ai le crâne en feu depuis plusieurs jours malgré les cachets effervescents que j'ai pu me racheter – moins d'étouffements, mais moins d'efficacité – et le fait de rajouter

Johnny à l'équation n'arrange rien. Mais j'ignore ses appels incessants depuis vendredi dernier et s'il continue d'insister à ce point, c'est peut-être qu'il a vraiment besoin de moi.

Vaincue et lessivée, je prends son appel.

– Tu vis ta meilleure vie, on dirait ? À tel point que t'as même plus le temps de penser à ta famille ? aboie-t-il sans préambule.

Je me mords la lèvre de remords. Il n'a pas l'air bien et je sais qu'il n'a personne d'autre que moi. Je ne lui en ai jamais vraiment voulu de m'avoir fichue à la porte, au fond. Je sais qu'il a agi sous le coup de la colère et de l'incompréhension.

À ses yeux, je suis un genre de… criminelle.

J'ai fini par accepter cette idée avec le temps. Pour Johnny, ce serait trop difficile de voir la réalité en face. Il souffre plus qu'autre chose.

– Désolée, Johnny. Qu'est-ce qu'il se passe, tu as un problème ?

– Oui, j'ai un problème.

Je prends le temps d'inspirer.

– Lequel ?

– Je dois payer deux mois de loyer en retard avant lundi, je vais me retrouver à la rue si tu n'y mets pas un peu du tien pour rembourser nos dettes ! Je t'avais dit qu'on se retrouverait dans la merde si tu t'obstinais à faire des études !

« Nos » dettes.

Une réponse acide me brûle la langue, du style « pas de bras, pas de chocolat » ou « karma », mais je me retiens au profit de la bienveillance, qui, à mon sens, est toujours plus bénéfique que la méchanceté.

Même si, parfois, on est d'accord, ça défoule.

– Si t'as pas moyen de soutirer du fric à quelqu'un dans ton bahut de richards, t'as qu'à me déposer la bagnole. J'ai un ami qui est prêt à m'en donner cinq cents billets.

Cette petite phrase toute simple me cingle comme un coup de fouet en plein visage. Elle soulève un vent de tempête entre mes côtes, attisé par des semaines de fatigue, de frustration, de déception, de stress et de pression.

De sacrifices, aussi.

– Putain, mais t'as pas d'amis, Johnny !

Méchanceté gagnante par K.-O.

Il peut tout me prendre, TOUT, mais je ne lui permettrai jamais de vendre *ma* voiture. C'était celle de ma mère. C'est mon héritage. La seule chose qui lui a appartenu et que j'ai réussi à conserver.

Qu'il essaie de la vendre et je jure qu'il aura affaire à une tout autre nièce !

À l'autre bout du fil, un bruit de verre qui éclate au sol me laisse deviner que Johnny est en compagnie de sa meilleure amie, Whisky.

– Je t'ai pas éduquée comme ça, alors tu vas me parler autrement, petite ingrate de merde ! Et je te rappelle qu'elle était à ta mère, cette bagnole ! Ma belle-sœur, d'accord ? J'ai besoin de ce putain de fric !

Des larmes brûlantes s'accumulent sous mes cils. Je serre le poing sur le lavabo. Je suis sur le point de craquer quand la porte s'ouvre sur un groupe de filles. Elles entrent dans les toilettes sans faire attention à moi, plongées dans leur discussion.

Mais ça me donne l'impulsion nécessaire pour déballer à Johnny ce qui me pèse sur le cœur depuis toutes ces années, juste avant de raccrocher :

– Mets-toi une bouteille dans le cul et va te faire foutre avec. C'est gratuit !

***

Lorsque j'ai repris mes esprits, éteint mon téléphone et recouvré mon calme, je m'empresse de retourner dans l'amphithéâtre. Sauf que j'arrive trop tard : le cours est terminé. J'ai peut-être perdu trop de temps avec Johnny, mais je ne regrette pas de l'avoir envoyé se faire voir.

Honnêtement, j'en rêvais depuis un sacré bout de temps.

Je me sens même un tout petit peu mieux. Plus raccord avec moi-même. Je prends la décision solennelle de me respecter à partir d'aujourd'hui, et ça commence par reconnaître que j'ai besoin d'aide pour rattraper mon retard…

Je m'efforce d'oublier ma conversation avec Johnny et le goût rance qu'elle me laisse dans la gorge pour dévaler les quelques marches menant à l'estrade avant que mon professeur ne me fasse faux bond.

Je dois absolument lui parler.

– Monsieur Brooks, commencé-je en arrivant devant son bureau.

L'homme d'une quarantaine d'années à la tenue soignée et à la barbe parfaitement taillée lève la tête.

Un sourire chaleureux se grave sur son visage dès qu'il me reconnaît.

– Ah, mademoiselle Lowell, m'accueille-t-il en s'adossant dans le fond de sa chaise. Ça tombe bien, je voulais justement m'entretenir avec vous. Mais il faut croire que vous disparaissez assez souvent, ces derniers jours. Vous êtes plus insaisissable qu'un courant d'air.

– C'est vrai, j'admets, un peu honteuse. J'ai du mal à suivre en ce moment. J'ai énormément de notes à rattraper ou à réécrire au propre, et je pense que j'aurais besoin d'aide pour mieux m'organiser.

– C'est déjà bien de le reconnaître. Je vais vous donner un vrai conseil d'ami : Princeton n'est pas n'importe quelle université. Le rythme est intensif. Vous ne pouvez pas vous permettre d'être à moitié présente. Pour le reste, je ne peux pas m'exprimer à la place de mes confrères, mais en ce qui me concerne, je pense que vous devez effectivement agir au plus vite, sans quoi vos lacunes deviendront très vite irrattrapables.

Mon ventre se tord d'angoisse à cette idée.

– Oui, bien sûr. C'est précisément pour ça que je voulais vous voir.

– Je suis là pour vous aider, rassurez-vous. Mais beaucoup d'étudiants me font la même demande, alors il faudra me prouver que vous êtes motivée et volontaire. Et surtout, que j'ai raison de croire en vous. Est-ce que vous êtes prête à vous donner à fond et à suivre mes directives à la lettre ?

– Carrément, je suis hyper motivée. Je vous promets que vous ne serez pas déçu ! je m'empresse de répondre.

– Eh bien, c'est parfait ! Que dites-vous de commencer lundi ? C'est un jour férié, je peux me rendre disponible de vingt heures à vingt et une heures. Je sais que le campus sera vide, mais ce n'est pas plus mal. Vous aurez moins de difficultés à vous concentrer dans une atmosphère de travail complètement silencieuse.

J'acquiesce vivement, trop heureuse de la chance qu'il me donne.

Malgré ce que je ressens à propos de Kelly, je n'ai pas le choix. Je dois penser à mon avenir et continuer d'avancer. J'avais peur de ne pas avoir de solution, mais je suis finalement soulagée d'être épaulée pour reprendre mon année en main. Surtout par le professeur le plus sollicité de la fac.

– Je vous remercie, monsieur Brooks. Merci beaucoup !

Ragaillardie, je lui serre la main sans qu'il ne s'y attende et il réagit avec un petit rire surpris suivi d'un clin d'œil.

– Avec plaisir, Aya. Ça me chagrine toujours de voir des premières années qui se retrouvent la tête sous l'eau trois semaines après la rentrée.

Je quitte l'amphi, l'esprit un peu plus léger. Et aussi un peu plus déterminée.

Pas question de baisser les bras maintenant. Je me suis donnée à fond pour en arriver là, alors je compte bien faire tout ce qu'il faudra pour garder ma place. Cette fac, c'était mon rêve.

Et ça va continuer de l'être.

32

Connor

– Ça va, bro ?

Je cesse mon geste et le regard de mon meilleur pote vient directement me percuter.

– Tu gratouilles la table depuis qu'on est arrivés, abonde Dylan en attaquant son blanc de poulet. Elle te plaît tant que ça ?

– J'avoue qu'elle est sexy, je lâche pour les faire rire.

Ma vieille vanne foireuse n'atteint que la moitié de son objectif : Dylan est le seul à se marrer. Jasp', qui me connaît depuis que je suis un embryon, plisse légèrement les yeux.

– T'as l'air bizarre, insiste-t-il par-dessus le brouhaha ambiant.

Je lève une épaule en fixant le va-et-vient machinal de mon ongle qui reprend son œuvre sur la surface blanche.

– J'ai pas bien dormi, je suis juste un peu claqué.

– Depuis une semaine ?

Pris la main dans le sac.

– Ouais, j'ai eu mon père au téléphone, j'esquive.

Ce qui n'est qu'un demi-mensonge.

Mais ce qui me tracasse vraiment, en réalité, c'est que je n'ai plus goût à rien en ce moment. Il n'y a que le sport qui parvient encore à me motiver. Je me retiens de le dire, mais ce sentiment me terrorise de plus en plus.

Je ne comprends pas ce qui cloche chez moi ; même le coup de dimanche dernier m'a laissé un goût fade en bouche. Pourtant, à la base, c'était mon idée de piéger les filles qu'on baise. Et ça m'a toujours éclaté. Le contrecoup est rude.

– Pourquoi tu ne nous en as pas parlé ? s'étonne Dylan, à juste titre, tandis que Jasper continue de me passer silencieusement au crible.

– J'y ai pas pensé, il est en France en ce moment donc c'était tard dans la nuit à cause du décalage horaire.

D'habitude, je n'hésite pas à me plaindre de mes vieux. Je raconte tout à Nate et Dylan, et encore plus à Jasper que j'ai l'impression de trahir d'une certaine façon. Mais j'aimerais démêler ce merdier qui se passe dans ma tête avant de me confier à mon meilleur ami.

– Tu devrais même plus lui répondre, tranche justement celui-ci après avoir bu une gorgée de jus de fruit.

Peut-être.

Mon regard vogue jusqu'à Nate, qui nous a abandonnés un peu plus tôt pour aller faire des avances à une nouvelle cible, installée plus loin dans la cafèt'.

Cette meuf a l'air d'être tout le contraire d'Aya. Entourée d'amis et très, très réceptive au charme de mon pote.

Je sors mon téléphone portable de ma poche sans vraiment savoir ce que je vais en faire et le pose sur la table. Je ne sais toujours pas qui l'a brutalisée au point de lui laisser un hématome de la taille de mon poing sur le bras. J'ai réussi à me convaincre que ça ne me regardait pas.

Mais la question trotte constamment dans ma tête.

– Tu veux qu'on s'organise un petit week-end d'éclate entre potes, bro ? On se fera des meufs et on se bourrera la gueule tous ensemble.

– Putain, grave ! réagit Dylan en me pointant avec son couteau. On s'est trop manqué cet été et on a les jauges à vide, voilà le fond du problème !

– Je sais pas, ça me botte pas vraiment.

– Tu déconnes ?! s'écrie Jasper d'une voix aiguë. Tu nous fais un burn out ou quoi ?

– Il a raison, regarde ta tête. Tu fais flipper.

Grimace.

– À ce point ?

Dylan se prend un coup de coude dans les côtes.

– Après, c'est pas non pluuus… si terrible !

Putain, ça craint. Faut que je me reprenne en main.

Je repousse mon plat de pâtes froides et me saisis de mon téléphone.

– Tu fais quoi ? s'enquiert Dylan.

Je tape un premier message sans lui répondre.

[J'ai un deal pour toi.]

Les trois petits points ne mettent pas longtemps à s'afficher. Mon pouce tapote ma cuisse en attendant la réponse. Même si c'est de la nervosité, au moins, je ressens un putain de truc.

[Quel deal ?]

Aya ne demande pas qui c'est. Bon point pour elle, ça m'aurait fait mal de me rendre compte que je ne suis toujours pas dans la liste de ses contacts.

[Je te propose de devenir
un gentil coach pour les deux
séances qu'il te reste à la salle.]

[Tu veux dire que j'aurai
enfin le privilège de boire un verre d'eau
entre deux coups de pied ?]

Un sourire me vient.

Je ne suis pas peu fier de constater qu'une sorte de proximité a fini par s'installer entre nous. J'ai enfin le loisir de la découvrir telle qu'elle est vraiment. Combative, solaire, bienveillante et parfois même un peu cynique. Plus je me rapproche d'elle, plus elle se dévoile.

Plus ça me plaît.

[Je te permettrai même de faire
ton cardio sans te menotter
au tapis de course.]

[C'est quoi le deal ?]

[Viens à la fête que j'organise ce soir.]

[Un lundi soir ?! Il y aura des gens ?]

[Si t'estimes que les êtres
humains sont des gens, alors…
probablement :)]

[Beaucoup ?]

[Tu veux vraiment me forcer
à récupérer ton adresse ?]

Pour une raison que j'ignore, elle refuse systématiquement que j'aille la chercher chez elle. Je trouvais normal de passer prendre Aya pour l'emmener au sport, mais c'est toujours devant le campus qu'elle m'attend. Quasi au bord de la route. Donc je sais que la menace fonctionnera. D'ailleurs, elle met un peu plus longtemps à me répondre.

[OK, je viendrai, j'ai quelque chose à fêter.
Mais juste un passage
pour boire un verre.]

Quand je repose mon portable après lui avoir envoyé l'adresse, mon moral fait un peu moins grise mine. Nate, qui est revenu à notre table, est en train de papoter avec Jasp' et Dylan.

– J'ai bien envie de sortir, aujourd'hui, j'annonce de but en blanc. Ça vous dit qu'on se retrouve à Drayton Hall après les cours ?

– Complètement, mec !

– Voilà, *baby* ! s'enthousiasme Jasper en tendant le bras par-dessus mon plateau pour me pincer la joue. On va te remonter le moral, mon poto.

Je le chasse en riant, tandis que Dylan lève son soda devant lui.

– Complet ! Ce soir, on se pète la rondelle !

– Bien dit, répond Nate en enroulant son bras autour de la nuque de son coloc.

Il ne nous reste plus qu'à envoyer un message, qui sera très vite relayé sur les réseaux. Nos soirées à Drayton sont les plus réputées de tout le campus, nul doute qu'il y aura beaucoup de… « gens ».

33

Connor

Il est à peine vingt heures, pourtant la soirée bat déjà son plein à Drayton. Le manoir centenaire est l'une des propriétés de papa Jasper. De l'extérieur, c'est la simple ruine d'un hôtel en devenir. Mais une fois dans les sous-sols… c'est un autre monde.

Un délicieux frisson me parcourt l'échine pendant que je descends tranquillement les escaliers en colimaçon menant aux anciennes caves. Les basses de Dom Dolla[1] vibrent sur les blocs de pierre. Je me délecte à l'avance de la soirée qui s'annonce. Je suis dans un bon *mood* ; je sais qu'Aya viendra pour la simple et bonne raison qu'elle a trop peur de me voir fouiller dans sa vie privée.

J'ignore ce qu'elle tente de dissimuler et, une nouvelle fois, je me dis que ce ne sont pas mes affaires. Malheureusement, elle a trop titillé ma curiosité pour que je devienne un type raisonnable. C'est pour ça que je compte sur cette soirée.

Il paraît que l'alcool délie les langues.

Jasp' me talonne sur ses grandes guiboles, d'une humeur égale à la mienne. Je pousse une dernière porte renforcée et on pénètre enfin dans notre antre, où se côtoient sono dernier cri et blocs de roche brute. Le

---

1. Producteur de musique australien. Avis aux fans de Formule 1, Lewis Hamilton a réalisé une jolie démonstration de drift sur *Pump the Brakes*.

plafond est extrêmement bas, l'air vicié étouffant et moite. Tout est étroit, poussiéreux. Propice aux vices les plus poussés. Comme d'habitude, l'endroit est plein à craquer de secondes ou troisièmes années qui ont laissé leurs principes au vestiaire pour se débaucher à l'abri des bien-pensants.

On se faufile au milieu des étudiants qui ont à peu près tous joué le jeu de venir déguisés. Il n'y avait pas de thème imposé, c'est Dylan qui a voulu ajouter ce détail au dernier moment. Et quand je vois les filles en tenue de lapin ou de petit diable sexy se déhancher devant moi, je me dis qu'il peut vraiment avoir de bonnes idées, parfois.

Une main me tapote l'épaule, je me retourne et je vois Jasp' m'indiquer un point droit devant. Nate et Dylan nous font signe, confortablement enfoncés dans leurs fauteuils en cuir rouge.

– Vous êtes grave à la bourre, remarque Nate d'une voix assez forte pour qu'on l'entende distinctement par-dessus la musique.

Je cogne mon poing contre le sien, puis ramasse la bouteille de gin à ses pieds et m'empare du joint posé sur la petite table à côté.

– Jasp' a fait caca liquide tout l'aprèm. J'étais à son chevet.

Eh oui, ça lui a pris à quinze heures, quand je venais de me jeter sur mon canap' après ma dernière heure de cours. Je n'ai pas voulu déranger Nate et Dylan qui étaient en train de récupérer de la bouffe et de l'alcool pour ce soir, donc je suis reparti direct chez ma grande dinde de pote juste pour lui tenir la main entre deux geysers.

– Merde !

– Comme tu dis, je m'esclaffe en réponse à Dylan.

– Et ça va ? T'as pris un truc pour faire passer ?

Jasper me dépasse et se laisse tomber dans le troisième fauteuil de libre, bien plus en forme qu'il y a une heure, mais quand même encore un peu pâlot.

– Ça va. J'ai mal digéré les coquillettes, râle-t-il, une main sur le ventre.

Je ris sur mon joint.

– En tout cas, vas-y mollo ce soir, bro. Tu vas être raide en moins de deux.

– Faut savoir dire non à l'alcool, approuve Nate en levant son shooter.

– S'il parle à l'alcool, c'est que c'est déjà trop tard, je souris en m'adossant paresseusement contre l'une des colonnes de pierre.

Pendant que les gars parlent entre eux de tout et rien et s'ambiancent sur la musique, je mate tranquillement les alentours. Mon radar à meufs ne réagit pas ce soir, je ne veux pas ruiner tous mes efforts avec Aya.

Je me retiens donc de jouer au con et reste un peu à l'écart alors que Dylan, Jasper et Nate partent en chasse en m'abandonnant comme des lâches.

Ça me fait grave chier d'être puni, mais je suis un mec déterminé. Malgré tout, lorsque mes yeux se posent sur le dos d'une cow-girl en minijupe plissée en train de bavarder avec une licorne, je plaide coupable.

Ma détermination part en petites miettes.

Je ramasse le tout, j'essaie de recomposer la biscotte et détourne même le regard en grognant intérieurement. Mais c'est plus fort que moi, cette fille a un cul carrément indécent.

Je pose le goulot de la bouteille de gin sur mes lèvres sèches, mon joint dans l'autre main. Les faisceaux de lumière rose et violette qui strient l'atmosphère enfumée font briller des paillettes sur ses épaules.

OK, je kiffe les paillettes.

Et d'ailleurs, elle n'attire pas que mon regard. Je capte plusieurs autres mecs en train de la mater. Elle vient officiellement d'avoir l'honneur d'intégrer la liste de mes futures cibles, c'est clair.

Pourquoi est-ce que je ne l'ai jamais vue avant ?

– Ça va pas, poulet ?

Jasp' surgit à ma droite, un gobelet rouge dans sa main valide.

– Si, si, mec. Tout roule. Et toi, ton petit bidou ? je le charrie.

– Eh, mais c'est Cécilia !

Dylan apparaît à son tour comme par magie.

Je tourne lentement la tête vers lui.

Très lentement.

Ne me dites pas que je suis en train de baver sur sa cousine ?!

Je ne sais pas si elle sent qu'on est en train de parler d'elle, mais la cow-girl se retourne tout à coup et la licorne se met à faire de grands gestes.

Les yeux noisette d'Ava se figent dans mes prunelles.

Je reste là comme un con, épinglé à son regard sans savoir comment réagir. Pas un instant je me serais imaginé que ce soit elle. Je me prends une vraie claque qui me laisse sans voix.

Et, alors que les filles s'avancent vers nous, un autre sentiment se déploie dans ma poitrine. Je tire une taffe sur mon joint avant que Jasp' ne me le pique.

Qu'est-ce qu'ils ont tous à la mater comme ça ?

Je pense pas être mauvais si je dis que les jeans larges et les hauts informes qu'elle met d'habitude à la fac, c'est nettement mieux. Là, j'ai juste envie de la foutre derrière moi pour que tous ces dalleux se mettent à regarder ailleurs.

– Je savais pas que tu venais avec une, euh… copine.

Dylan se racle la gorge derrière son poing, comme si je n'avais pas encore capté que c'est ma cible dans ce costume qui la met bien trop en valeur.

Ses cheveux, putain…

Ils sont dingues. Splendides. Lourds et épais, tombant pile au creux de ses reins.

C'est carrément érotique. N'importe quel mec rêverait de les enrouler autour de son poing pendant qu'il la chevaucherait.

Je serre les dents, inspire et ordonne à ma queue de rester tranquille.

Tout en réalisant que je suis dans une belle merde bien épaisse.

Aya débarque comme une reine, mais je vois bien qu'elle est un peu mal à l'aise avec tous ces regards constamment posés sur elle.

Du coup, je cherche à la faire sourire.

– Bonsoir, mademoiselle Lowell.

– Salut, McDonald.

Mais c'est moi qui souris.

– C'est McDougall.

Dylan et Jasper se foutent de ma gueule comme de vrais potes, ce qui a pour effet d'étirer ses lèvres recouvertes de paillettes dorées.

– Ah mince, désolée. J'étais sûre que c'était McDonald, me singe-t-elle.

– Pas de problème, j'aime les frites, je réponds de la même façon.

– Alors, deal ?

Elle me tend une main pleine d'espoir, mais c'est un peu trop facile à mon goût.

Je réponds par la négative et elle baisse aussitôt le bras, un brin vexée.

– Pas deal.

– C'est quoi cette histoire de deal ? l'interroge Cécilia, suivie de près par Jasper, qui couine sur mon épaule.

– Depuis quand tu nous fais des cachotteries, bro ?

Je secoue rapidement la tête pour leur faire comprendre que ce n'est rien d'important, mais la réflexion de Jasp' me fait quelque chose. Mon ventre se tortille de culpabilité.

C'est vrai que je ne leur en ai même pas parlé.

– Je lui ai promis de moins la martyriser au sport si elle venait ce soir, indiqué-je à tout le monde.

– Ooooh.

– Pauvre enfant…

– T'es vache de la martyriser ! Aya, te laisse pas faire ! s'indigne la licorne.

– T'as pas à t'en faire pour ça, argue la jolie brune sans la regarder.

– Oh, bordel de noix de pécan, c'est ma musique, les gars ! s'écrie soudain Dylan en me fracassant les épaules lorsque le premier accord de « Get Low » se fait entendre.

Sans demander son reste, il se barre en embarquant sa cousine qui crie autant que lui, et Jasp' lui emboîte le pas peu de temps après.

Je reste là, face à Aya, en feu devant sa beauté brute et en pression à cause de tous ces chacals à qui je viens de la donner en pâture. Je me sens démuni.

Dépassé.

Bref, j'ai plus que ma bite et mon couteau.

Elle est clairement trop gênée pour aller danser et je préférerais mille fois sauter du haut d'un pont plutôt que de la pousser à aller se frotter à tous ces corps en sueur et à toutes ces mains baladeuses, mais c'est pour son bien.

Une petite taffe sur mon joint avant de lui suggérer d'aller se frotter à tous ces mecs en chaleur, et c'est parti.

– Deuxième résolution, petite reine, j'articule en soufflant ma fumée sur le côté. Tu vas aller t'amuser.

Les mots me tranchent la bouche comme des morceaux de verre.

J'ai intérêt à garder un œil sur elle et de l'herbe dans les synapses.

Aya regarde un instant derrière elle, hésite et, alors que, pour la première fois, j'espère secrètement qu'elle n'osera jamais, elle ose.

– D'accord.

RAH !

– Mais après, j'aurai rempli ma part du marché, OK ?

Putain de bordel de merde d'idée à la con de…

– Deal.

34

Aya

ENFIN !

Connor me serre la main. Il vient d'accepter les termes du contrat, ce qui veut dire que je vais pouvoir profiter de mes deux dernières douches à la salle de sport sans être à moitié décédée, et aussi qu'il n'ira pas fouiner dans ma vie privée.

Je ne sais pas comment, mais je suis sûre qu'il aurait les moyens de le faire, sans compter que c'est quelqu'un de redoutablement intelligent.

Il n'a pas eu de mal à comprendre que je déteste danser ailleurs que dans ma voiture. Donc je vais aller me tortiller un peu avec Cécilia dans un coin sombre, et voilà ! Le tour sera joué.

Je n'ai rien contre les soirées de ce genre, je trouve que c'est plutôt… sympa. Ça peut juste foutre toutes mes études en l'air si je commence à y participer régulièrement.

Et heureusement que Cécilia est venue à ma rescousse pour le déguisement. Je n'avais encore jamais enfilé un truc aussi découvert. Ce n'est peut-être pas désagréable à porter, mais j'ai le sentiment d'être à moitié à poil.

Si je me chope un rhume de foufoune, on saura pourquoi.

Je m'y fais quand même plus vite que ce que je pensais,

et ce, malgré la façon dont certains mecs me reluquent.

Peut-être parce que j'ai besoin d'oublier, le temps d'une soirée, que Kelly n'est pas avec nous et que Johnny est un vrai con.

– Euh, Connor… J'ai besoin de ma main, je me force à sourire alors qu'il ne m'a pas encore lâchée.

Oui, parce que là, si on reste comme ça, autant partir directement sur une danse irlandaise. Mais dans tous les cas, je sais très bien que je ressentirai quand même cette chaleur se propager dans mon bas-ventre. Sa peau appelle la mienne envers et contre tout, et me donne de plus en plus envie de le laisser propager cette douce brûlure dans toutes les zones de mon anatomie.

C'est finalement moi qui prends l'initiative de récupérer ce bout de corps qui m'appartient avant de déraper complètement.

– Je vais aller danser, maintenant. Regarde bien, sinon tu vas me dire que je n'ai pas respecté le marché ! je lui lance avant de partir, comme si je ne venais pas de subir une combustion spontanée.

Danser, OK, mais pas trop non plus, parce que j'ai déjà un mal de crâne atroce avec la musique assourdissante et la fumée qui stagne en un nuage toxique sous les voûtes de pierre. Je repère mon binôme en train de s'éclater avec Dylan, Nate et Jasper, près du bar en bois massif où les boissons s'enchaînent les unes après les autres. Rassurée d'être entourée de personnes que je connais, je me lance et j'essaie de me lâcher un peu.

Vraiment.

Cécilia, qui s'agite comme une furie, m'attrape le poignet et me colle un gobelet rempli à ras bords dans la main.

– Bois ça, crie-t-elle à mon oreille. Ça va t'aider !

– Mais c'est quoi ?
– Ben, de l'alcool !
Ah oui. Logique.
– Cul sec ! hurle Jasper en bougeant – plutôt bien, d'ailleurs – sur la musique.
– Allez, Aya ! Profite ! Dylan nous surveille, t'inquiète ! se remet à brailler Cécilia.
Dylan, le mec torse nu avec un boa violet autour du cou ?
Bon, d'accord.
Je penche la tête en arrière et avale d'une traite le mélange d'alcool dans mon gobelet, puis je le jette par-dessus mon épaule en hurlant sous les applaudissements de Cécilia et les regards terrorisés des trois garçons avec nous.
Beurk, mais c'est dégueulasse ! Il y a du vinaigre, là-dedans ?!
J'ai la trachée cautérisée, les papilles complètement annihilées, et ça doit se voir sur ma tête, parce que Cécilia éclate soudain de rire. Elle se met à onduler près de moi en me prenant les mains et je me lance sans réfléchir. Le temps de danser, j'arrive à me ficher de tout.
Je pense seulement à libérer mon corps de toute cette accumulation négative.
Je me déhanche, je bouge les fesses, la tête, les épaules, je balance mes nichons en avant et en arrière, dans tous les sens, je ris, je pleure, je pleure de rire, je m'essouffle, j'ai le tournis, je lève les bras au-dessus de ma tête en criant, je danse avec Dylan, avec Jasper, puis avec un autre type qui se prend une claque de la part de Dylan, alors je ris, je ris, je bois un nouveau verre et je recommence.
Les hanches.

Les fesses.
La tête.
Les épaules.
Les nichons.
Puis le DJ lance une musique de The Weeknd, et même si je suis essoufflée, j'enchaîne dès les premières notes. Le rythme est plus lancinant, plus langoureux et je m'amuse à danser collé-serré avec Cécilia, qui entre tout de suite dans mon jeu. Les garçons, eux, ont tôt fait de quitter la piste.

J'aperçois quelques mecs qui nous observent avec envie au bar. Je les envoie se faire foutre mentalement, et avec grand plaisir, en plus ! Je crois que c'est à ce moment-là que je me lâche enfin vraiment. L'alcool me désinhibe, abaisse mes barrières. Je suis ivre de sensations.

Je m'éclate, bordel.
Je me sens heureuse.
Cécilia me montre son gobelet du doigt pour me faire comprendre qu'elle va se resservir à boire. Je hoche la tête, elle me répond d'un pouce en l'air.

Je me retrouve toute seule et ça ne me dérange même pas. Je veux profiter à fond de cette chanson que j'adore. Un peu étourdie par la boisson que j'ai bue trop vite tout à l'heure, je la laisse s'éloigner. La musique qui me gagne de plus en plus me fait fermer les yeux en souriant.

Je deviens légère et vaporeuse.
Et, soudain, je sens une main glisser dans mes cheveux. Je me fige, déconcertée, et ouvre les yeux d'un coup.

Mais, alors que je m'attendais à devoir mordre le doigt d'un inconnu, c'est dans le regard voilé de Connor que je plonge. Les battements de mon cœur s'accélèrent drastiquement à sa vue. Le temps a l'air de s'arrêter, l'espace d'une seconde pendant laquelle aucun d'entre nous ne bouge. Nous sommes immobiles au milieu des grappes de personnes qui dansent en rythme autour de nous. On ne s'adresse pas non plus le moindre mot, parce que tout est dit dans cet échange de regards.

Il veut qu'on danse ensemble.

Ça me fait chier, mais j'en ai envie aussi.

Tellement envie que je reprends mes mouvements en fermant à nouveau les yeux alors que sa main est toujours dans mes cheveux. Je suis peut-être un peu bourrée ou inconsciente, mais je m'en fiche. Je danse pour moi, pour moi toute seule.

Il ne se passe que quelques secondes avant que le parfum boisé de Connor fasse irruption dans ma bulle de bien-être. Je garde les yeux volontairement fermés.

Je le sens se rapprocher.

Il n'est qu'à quelques centimètres de moi. La tête légère, je laisse mon corps réagir de la façon dont il le veut et je pose librement mes avant-bras sur les épaules de Connor en nouant mes mains derrière sa nuque. Je ne peux que deviner sa réaction, que sentir la tension qui émane soudain de tout son être, que constater la réponse de sa main qui se plaque sur mes reins pour me rapprocher de lui.

Mon sourire s'élargit presque en un rire grisant.

Au fond de mon esprit embrumé, une petite voix qui doit être celle de ma conscience tente de s'exprimer, mais elle s'étouffe sans que j'accepte de l'entendre.

J'ai l'impression que mes sensations sont décuplées, que je sens plus que je ne devrais le torse chaud et musclé de Connor qui bouge en rythme contre moi. C'est agréable.

Très, très agréable.

Je crois qu'il se laisse aussi aller dans ce moment où ni lui ni moi n'avons envie d'autre chose que de sentir l'autre onduler en parfaite symbiose sur la musique. On ne forme plus qu'un tout qui se comprend et s'entend sans se parler.

Puis Connor pose son front contre le mien.

Une mèche de ses cheveux me caresse pendant qu'on bouge, collés l'un à l'autre dans une danse bien trop intime pour deux ennemis qui cherchent simplement à gagner un pari.

Ses doigts s'écartent dans mon dos, prennent plus de place, et son souffle parvient à la lisière de mes lèvres entrouvertes. On est proches. Si proches que je devrais mettre un terme à ce qu'il se passe. C'est la première fois que nos bouches se frôlent, que le bout de nos nez se touchent. Je ressens chacune de ses respirations, chacun de ses mouvements hors de contrôle, toute la puissance de sa présence, toute la fragilité de ce qu'il est vraiment, et mon corps en frissonne.

Le rythme ne change pas, mais ma respiration s'accélère de plus en plus. Jusqu'à la fin de la musique, Connor danse avec moi, sa bouche à un millimètre de la mienne sans pour autant la goûter.

La chanson prend fin tellement vite que j'ai l'impression qu'elle a été coupée en plein milieu. Je rouvre les yeux, un peu gênée maintenant qu'on se retrouve face à face sans savoir mettre de mots sur ce qu'il vient de se passer.

Connor se passe une main dans les cheveux pour les recoiffer. Il a l'air un peu assommé, un peu perdu. Il reste mutique, la mâchoire parcourue par les nombreuses lumières roses des néons qui tranchent avec la pénombre, puis il se frotte le visage, articule quelque chose que je n'entends pas et tourne les talons au moment où je lui réponds par un sourire qui ne me ressemble pas encore tout à fait.

Je reprends lentement mes esprits moi aussi et, avec la descente, ma migraine revient au triple galop. Je regarde rapidement autour de moi sans trouver Cécilia ni les garçons, alors je me dirige vers le bar et tombe enfin sur ma licorne préférée en train de discuter avec un mec.

Je tire sur sa corne pour attirer son attention, pressée par la douleur qui vient brutalement d'apparaître.

Il va me falloir mes cachets, et vite.

En me voyant, Cécilia ouvre de grands yeux et plaque sa main sur sa bouche.

– Oh, pardon, Aya, j'allais te rejoindre, promis !

– C'est pas grave, souris-je pour la déculpabiliser. Je reviens, je vais prendre un truc pour la tête !

– OK !

Elle me tend ses clés tout en ondulant des épaules, me tirant un rire qui ne fait que me tuer davantage. Je ne traîne pas et refais le chemin en sens inverse pour quitter le lieu de la fête. Je passe à nouveau par la petite porte en bois ouvragé, magnifique, qui permet d'accéder aux caves dans lesquelles se déroulent les festivités. Peut-être que c'est la magie du lieu qui m'a aussi permis de m'abandonner tout à l'heure, pendant que je dansais. Je ne suis pas vraiment une habituée des fêtes, c'est le moins qu'on puisse dire. Mais je n'avais encore jamais vu une soirée se dérouler dans un endroit aussi incroyable. Un manoir très ancien, presque en ruine sur toute une aile, mais qui a gardé toute sa majesté et qui m'a littéralement coupé le souffle lorsque je suis arrivée.

Je croise quelques fêtards en remontant l'étroit escalier en colimaçon, ma main traînant sur les blocs de pierre froide. J'aime les lieux chargés d'histoire. Il y a une énergie particulière dans ces endroits et je ressens toujours le besoin de toucher tout ce que je vois.

D'ailleurs, ce soir, même Connor n'a pas fait exception à la règle…

Je ne sais pas vraiment quoi penser à son sujet mais, en tout cas, je n'arrive pas à regretter ce moment qu'on a partagé. Même si je sais que demain, je vais m'en vouloir à mort de m'être autorisé ce rapprochement.

Je me demande quand même pourquoi il est parti si vite. Pourquoi il avait l'air si différent de d'habitude.

J'arrive dans la grande salle du manoir, où un groupe de mecs s'est réuni dans un coin pour boire et discuter. Les immenses fenêtres que comporte la pièce sont toutes cassées ou recouvertes par des bâches en plastique noir qui claquent légèrement contre les murs à cause des courants d'air. Tout est très sombre, entièrement vide hormis quelques matériaux de construction entassés dans un coin. À cet étage, l'ambiance est à l'opposé de ce qui se déroule dans les caves. Mais si elle pourrait paraître glauque pour certains, personnellement, elle m'inspire énormément.

Malheureusement, le marteau qui s'acharne sous mon crâne m'empêche de m'attarder davantage.

Mon sac est resté dans la voiture de Cécilia et, grâce aux dieux, j'ai pris mes cachets spécial « situation d'urgence » que je peux couper en deux pour les avaler plus facilement. Les effervescents ne seront jamais assez forts et mon corps ne supportera pas une fausse route ce soir.

35

Aya

L'air frais du soir me surprend en picotant mes jambes nues lorsque je passe devant les quelques personnes assises près de la porte d'entrée. Je ne m'attendais pas à ce que les températures aient autant baissé avec la venue de la nuit.

J'avance de quelques pas et le parking se met à tanguer un peu sous mes yeux. Je ne sais pas si c'est l'alcool ou ma migraine, mais je commence même à avoir la nausée.

La paume sur la tempe, je repère enfin la berline de Cécilia. J'insère la clé dans la serrure de la portière, mais je n'arrive pas à l'ouvrir.

J'essaie encore, je force un peu… Rien à faire. Si je n'avais pas aussi mal à la tête, je taperais bien du pied pour exprimer ma frustration !

Pourquoi moi, sérieux ?!

– Tout va bien ?

Je me retourne, surprise d'entendre la voix de Connor dans mon dos. Je ne sais pas ce qu'il fait dehors, loin de sa propre soirée, lui qui tenait tant à ce que je m'amuse.

– Je ne comprends pas, je n'arrive pas à déverrouiller la portière, maugréé-je.

Les doigts froids de Connor glissent à l'intérieur de

ma main et s'emparent des clés. Le contact de sa peau sur la mienne, brûlant et glacé à la fois, me déstabilise à nouveau.

C'était tellement agréable que j'ai envie qu'il le refasse.

Je suis sûrement encore trop imbibée pour me rendre compte que c'est lui et que je suis censée le fuir au lieu de rêver de le toucher. Et je refuse catégoriquement de me demander s'il repense à notre danse de tout à l'heure ou si c'est à cause de ça que je le retrouve dehors à prendre l'air.

Apparemment, il a l'air décidé à faire comme si de rien n'était, et c'est très bien comme ça.

Un double bip se fait entendre. Je pivote d'un bloc vers Connor, ma main toujours plaquée sur mon crâne, comprenant au même moment à quel point je suis à la ramasse.

– Ouverture centralisée, princesse.

– Merci, je suis… J'ai un peu bu, je trouve logique d'expliquer pour ma défense.

Je me jette à plat ventre en travers du siège conducteur pour fouiller dans mon sac. La grâce et la féminité, ce sera pour un jour où je n'aurai pas les tempes en feu.

– Je vois, murmure Connor alors que j'ai le boule en l'air. Donc t'étais sur le point de braquer ta propre voiture ?

Ma boîte de comprimés en main, je rampe dans le sens de la sortie pour m'extraire de l'habitacle.

– Non, c'est celle de Cécilia. Elle m'a emmenée, je précise en remettant ma jupette et mes cheveux en place.

– Tu prends des médocs ? me demande-t-il soudain, le front plissé, sans prêter attention à ce que je viens de dire.

– Un peu. J'ai des migraines chroniques, alors… C'est un peu comme mon café du matin, quoi.

– Tu ne sais pas que c'est pas bon de mélanger l'alcool et les médicaments ?

– C'est pas grave. Juste des antidouleurs, j'achève en essayant de passer derrière lui avec ma boîte en main.

La dose d'alcool qui se promène dans mon sang me fait glousser malgré moi et m'empêche surtout de passer le barrage de son corps.

– C'est tout ce que tu prends ?

– Oui, coach.

Il croise les bras sur sa poitrine.

– Aya, tu prends autre chose ou pas ?

– Non. Juste ça, je m'efforce de lui répondre sérieusement en voyant qu'il semble réellement inquiet.

Il soupire et passe ses deux mains dans ses cheveux blonds.

– T'as pas l'air dans ton assiette, tu restes un peu avec moi ?

Je cille, loin de m'attendre à ce qu'il me pose cette question sur un ton aussi sincère et spontané.

À quel moment on a arrêté de jouer, tous les deux ?

– Je ferais mieux de redescendre, Cécilia m'attend, je rétorque maladroitement.

– Je suis allé me chercher un McDo.

– D'accord, je reste avec toi.

Je lui emboîte le pas jusqu'à arriver devant un gros SUV noir. Un sac en papier au logo rouge et jaune est déjà posé sur le capot. Connor grimpe. Moi aussi, après avoir failli me péter deux fois la figure à cause de mes bottes à talons qui glissent en couinant sur la carrosserie.

Je prends la main qu'il finit par me tendre en riant et,

bizarrement, je n'espère même pas avoir bousillé le capot de sa voiture avec mes chaussures.

Loin de la cacophonie qui règne en bas, loin du superficiel et de nos différences sociales, je crois que j'ai vraiment envie d'être là à cet instant.

Avec lui.

Juste Connor McDonald.

Simple quand il me sourit.

Attentionné quand il jette sa veste sur mes jambes.

Et vrai quand les billes de ses yeux clairs glissent sur moi avec ce mélange d'envie et d'incompréhension.

36

Aya

– Alors, vous organisez une soirée déguisée et vous ne venez même pas déguisés ?

Cela fait vingt minutes qu'on discute tous les deux en appréciant notre fast-food, et je réalise seulement maintenant que Connor n'a même pas respecté le thème de sa soirée.

– C'est Dylan, l'instigateur. Je déteste me déguiser, réplique-t-il. Au fait, tu m'as dit que t'avais un truc à fêter. C'est quoi ?

– M. Brooks a accepté de m'intégrer dans un programme de soutien. Je dois donner un gros coup de collier si je ne veux pas commencer l'année en accumulant les difficultés.

– Comment tu peux être en difficulté ? T'es tout le temps en train de bosser !

Je m'apprête à lui répondre, mais un bourdonnement s'insinue brusquement dans mon oreille.

Par réflexe, je crie en jetant mon chapeau dans la direction de la bête maléfique.

Et Connor rit, bien sûr.

– Sérieux ? T'as peur des abeilles ?

– C'était pas une abeille, c'était une guêpe géante ! gémis-je en enfouissant ma tête entre mes bras.

J'ai la phobie des guêpes depuis toute petite.

Franchement, peut-on s'arrêter une minute sur la tête de ces bestioles transgéniques qui ont un abdomen presque pas attaché au corps et un poignard qui leur sort du derrière ?

Et depuis quand elles sortent en pleine nuit ? Ça ne dort pas à cette heure-ci, normalement, ces machins-là ?

– Dommage, moi qui t'imaginais déjà dans un costume de Maya l'abeille…

– Dommage, moi qui commençais presque à t'apprécier, je le charrie en retour.

Il sourit fièrement, la voix mielleuse.

– Ah ouais ?

– Oui, je te trouvais moins insupportable que d'habitude, ces derniers temps, je concède en portant une frite molle à ma bouche.

Connor hoche plusieurs fois la tête en silence, une moue appréciative sur la bouche. Cette mimique effrontée lui donne un air si sexy que je m'oblige à recroqueviller mes orteils jusqu'à m'en faire mal pour ne pas me jeter sur ses lèvres qui doivent être si agréables à embrasser.

– T'emballe pas, ça n'ira jamais plus loin.

Il sourit, prend une gorgée de sa bière, puis tourne la tête et cheville son regard malicieux au mien. J'espère qu'il ne voit pas à quel point il me trouble. Et à quel point je lutte pour m'en tenir à ce que je viens d'affirmer.

– On est déjà plus loin, princesse.

Je l'observe, choquée.

– Mais quel genre de fille peut aimer un mec aussi arrogant ?

– Toutes.

– Pas moi.

– Là-dessus, je crois qu'on est d'accord, t'es vraiment pas comme les autres !

– Toi non plus.

– Qu'est-ce que t'en sais ?

– C'est vrai que je ne sais pas grand-chose du vrai Connor McDonald, finalement.

À nouveau, son regard rieur se tourne vers moi. Il prend une dernière bouchée de son hamburger, puis le repose dans le sac. Connor arbore toujours ce masque de parfait emmerdeur arrogant, mais j'ai l'impression que les mots que je viens de prononcer ont eu un impact différent sur lui. L'atmosphère se charge d'une lourdeur bizarre, un peu malaisante. Je me demande si je ne viens pas de mettre le doigt sur quelque chose.

– Je devrais te faire copier cent fois mon nom de famille pendant que tu feras ton cardio demain, mais je vais me montrer magnanime.

– Oh, vous êtes trop bon, seigneur !

Ma petite raillerie se retourne contre moi quand je récolte un coup d'œil lascif qui met en branle tout mon système nerveux. Je me sens soudain bizarre, alanguie par une douce chaleur qui monte du ventre et qui vient pétiller dans mes veines.

La blancheur laiteuse que renvoie la lune caresse ses lèvres charnues.

Ses mains puissantes.

Son visage parfaitement taillé.

– Au lieu de ça, je vais te dire quelque chose que tu ne sais pas sur moi, argue Connor d'une voix parfaitement égale.

Je profite de cette pause pour essayer de reprendre le contrôle sur le vertige qui m'entraîne. Mais l'intimité de la nuit jugulée à l'alcool l'emporte.

La présence de Connor l'emporte.

– Je suis un menteur compulsif.

Je fronce les sourcils, de plus en plus malmenée par les sensations qui se bousculent sous ma peau.

– Quoi ?

– Eh oui, princesse. Je mens à tout le monde.

Je ne sais pas vraiment quoi penser de ce qu'il vient de m'avouer. La logique me pousse à croire qu'il est en train de me lancer une de ses piques habituelles, mais quelque chose dans l'inflexion de sa voix vient de changer et me persuade qu'il n'a jamais été aussi sincère qu'en ce moment.

– Tu mens à tout le monde ? je demande, déstabilisée. À moi aussi ?

Il sourit sans me regarder. Je crois bien que c'est la première fois que je le vois vulnérable.

– À toi plus qu'aux autres. Je t'ai menti la première fois que je t'ai vue, et ensuite un peu tous les jours, au sport, à la fac, et encore tout à l'heure. Je suis même en train de te mentir en ce moment.

– Mais… à propos de quoi ? je continue sans savoir si je dois partir en courant ou rester pour finir mon Big Mac.

– Je te mens à chaque fois que je me retiens de t'embrasser et que je te laisse croire que j'en meurs pas d'envie, petite reine.

– Putain, je souffle en relâchant tout l'air que je retenais dans mes poumons. J'ai cru que t'avais tué quelqu'un !

Connor éclate de rire. Je me sens soulagée d'avoir réussi à désamorcer la situation, ça me permet de faire comme si je n'avais rien ressenti. Alors que mon cœur vient littéralement de chavirer, pris d'un vertige, avant de se remettre à battre avec une vigueur étourdissante.

– Alors, je continue à te mentir, ou…

– Oui, fais comme ça, je bafouille, troublée par l'effet que sa confession a eu sur moi.

– Je ne te savais pas si malhonnête, mais soit, accepte-t-il avec un petit clin d'œil qui termine de m'achever. Allez, à toi de me dire une vérité.

– D'accord. Je suis aussi une menteuse.

– Tu triches un peu, là ! Sois plus précise.

Je rechigne, mais après tout, il mérite bien que je sois un peu honnête, moi aussi.

– Je fais semblant d'être quelqu'un que je ne suis pas.

Étrangement, je sens Connor se crisper. Une tension différente prend possession de lui et s'insinue entre nous, plus électrique et plus délétère.

– Pourquoi ?

– À cause du regard des autres, j'avoue à demi-mot. Je fais semblant de n'en avoir rien à faire, alors que c'est tout le contraire.

– Te gâche pas la vie avec ça, princesse. Les autres, ils vont, ils viennent. Mais toi, t'as le pouvoir de te détruire et de te reconstruire. Alors pense d'abord à toi.

– C'est hyper philosophique, j'admets sur le ton de la plaisanterie.

– C'est l'alcool qui me rend philosophe, rit-il en portant sa bière à ses lèvres.

– Alors je ne suis pas contre un deuxième round !

Je bascule sur une fesse et me penche vers la bouteille une fois qu'il a fini de boire.

Mais au moment où je m'apprête à prendre une gorgée sans penser une seule seconde au fait que je vais poser mes lèvres au même endroit que lui, il me reprend la boisson des mains.

– C'est hors de question !

– Ça craint rien, McDonald, c'est juste des antidouleurs ! je réitère en soupirant.

Connor dégaine un haussement de sourcils amusé en

réponse à la nouvelle provocation que je viens de lui glisser.

– Tu veux vraiment boire ?

– Oui !

Je commence à avoir moins mal au crâne, en plus. Ce n'est pas ça qui va me tuer.

– OK.

Il porte le goulot à sa bouche et avale une nouvelle gorgée d'alcool. Puis il jette la bouteille par terre, sous mon regard effaré.

Il se tourne face à moi sans la moindre hésitation.

Sûr de lui.

Ses doigts glissent avec douceur sous mon menton. Il me redresse délicatement la tête et, quand son regard quitte le mien pour descendre jusqu'à ma bouche, mon cœur se met à battre à mille à l'heure. Je n'ai même pas le moindre sursaut de volonté lorsque, avec une infinie lenteur, Connor dépose ses lèvres veloutées et humectées d'alcool sur les miennes.

Sa main prend mon visage en coupe avec possessivité, mais son geste est tellement doux que j'en suis littéralement renversée. Je m'attendais à tout, sauf à ce qu'un mec avec sa réputation et son arrogance embrasse avec cette douceur.

Je m'abandonne complètement à sa tendresse, et c'est moi qui cède en lui accordant plus de champ. Sa langue prend aussitôt plus d'espace dans ma bouche. Elle cherche la mienne pour lui donner le goût du houblon et du malt qu'il vient de boire. Mais peut-être aussi pour lui prouver qu'il est celui qui ne perd jamais.

Connor m'embrasse avec plus de volupté, plus de rondeur. Mais toujours aussi lentement. C'est mille fois plus érotique que tout ce que j'ai connu jusque-là. Mon ventre se crispe et fourmille de mille flammèches qui ne demandent qu'à s'embraser, me forçant à m'agripper à son tee-shirt pour accentuer le contact contre son torse musclé.

Il n'en attend pas davantage pour glisser sa main libre sous ma jupette et empoigner fermement ma fesse. Puis, d'une impulsion, Connor me hisse sur lui avant de plaquer son dos contre la carrosserie.

Je gémis sans le vouloir, à présent à califourchon sur lui. Ma minijupe est remontée sur mes cuisses, et la proéminence de son entrejambe gonflée se retrouve directement contre ma culotte. J'ai tellement envie de me frotter à lui, de recommencer à l'embrasser, de le sentir me toucher…

Il est en train de me faire perdre le contrôle, et le pire, c'est que j'adore ça.

Les deux mains à présent sur mes fesses, Connor étire un sourire canaille sur sa bouche.

– Ça va se passer un de ces jours, princesse, souffle-t-il en exerçant une légère pression des doigts pour plaquer mon bassin contre son érection. Toi et moi. Ça va se passer, et ce sera tellement bon que tu te souviendras de chaque seconde.

Je me mords la lèvre sans parvenir à retenir un nouveau gémissement. Mon corps tout entier brûle d'anticipation. Pourtant, il me suffit de regarder un instant dans quel état je me retrouve pour que mes craintes et mes barrières protectrices fassent leur grand retour.

Une seconde de lucidité bienvenue me fait prendre conscience du fait que je ne suis plus moi-même et que j'ai vraiment, vraiment été trop loin.

Je repasse ma jambe par-dessus sa hanche et reprends ma position initiale sur le capot en lissant les plis de ma jupe sur mes cuisses.

– Tu rêves, McDonald.

Ma voix est encore enrouée par le désir, mal assurée, et je sais que Connor entend clairement la fausseté qui s'en dégage. Il place un bras sous sa tête, un petit rire vibrant dans sa cage thoracique.

Voilà, ça, c'est vraiment nous. Deux orages qui grondent et se font la guerre sous un même ciel. Qui refusent tous les deux de laisser la victoire à l'autre et qui ne font rien d'autre que s'affronter.

À cette idée, pourtant, je ne me sens pas complètement sereine. Est-ce que j'ai vraiment envie que Connor ne soit rien d'autre qu'un mec que je rêve de battre à cette histoire de pari stupide ?

Je n'aime pas du tout la réponse qui me vient !

– Je dois y aller, je l'informe en récupérant précipitamment le sac à franges que j'avais posé sur le toit de sa voiture.

– Je comprends.

Mon regard le plus noir répond à son sourire dégoulinant de sous-entendus. Et, sans rien ajouter, je me laisse glisser sur les fesses pour descendre du capot et retrouver la terre ferme – ainsi que mes esprits.

– On se voit demain pour le sport, miss ! me lance Connor de son promontoire.

Purée, ma douche !

– Bien sûr, je réponds en m'éloignant.

J'essaie tellement de paraître indifférente que je me demande si c'est Connor ou moi-même que j'essaie de convaincre, mais le mieux reste encore de ne pas y penser et de fuir très loin de lui pour le reste de la nuit.

Je regagne le manoir pour retrouver Cécilia et, heureusement, je la trouve en train de me chercher près de l'entrée, elle aussi prête à partir.

– T'en as mis du temps pour prendre un cachet, dis donc, me fait-elle remarquer.

– Je n'y vois pas bien clair, en même temps, je réponds en cachant ce qu'il vient de se passer derrière l'excuse de l'alcool.

Je préfère être dans le déni pour le moment, oui, oui.

– Je crois qu'il vaut mieux qu'on rentre, parce que je suis aussi limite pour prendre le volant ! Ça te va ?

Oh que oui !

– Complètement !

– T'as mes clés ?

Je lui tends le trousseau que j'avais gardé et on retourne toutes les deux à sa voiture. Je sais que celle de Connor n'est pas loin et, même si la curiosité me tiraille et que je me demande s'il est resté sur son capot ou s'il est descendu après moi, je me force à garder les yeux par terre jusqu'à ce que Cécilia démarre.

Elle me redépose devant le campus quelques dizaines de minutes plus tard, malgré ses réticences à me laisser seule en ville à cette heure de la nuit.

Je ne suis pas non plus hyper rassurée, on est d'accord. Mais le campus n'est pas si loin que ça de Chambers Street, et je rejoins mon domicile sans encombre. Je verrouille les portières comme à mon habitude, puis je commence à me démaquiller sans parvenir à penser à autre chose qu'à la soirée qui vient d'avoir lieu.

Et plus précisément, à ce qu'il s'est passé avec Connor, et à quel point j'avais envie de lui.

J'espère que j'aurai récupéré toutes mes facultés mentales demain matin avant de le retrouver pour notre séance de sport.

37

Connor

[Je suis devant le campus, miss.
Sois pas à la bourre,
on a un programme chargé.]

[Je croyais que tu devais être gentil
pour nos deux dernières leçons ?]

[Je serai aussi gentil qu'à la soirée
d'hier, c'est promis :)]

[C'était une erreur de parcours.
Un instant de faiblesse
qui ne se reproduira pas.]

[Tu changeras d'avis
quand tu verras mon gros engin.]

[Oh, Connor, c'est si excitant,
je me sens tressaillir de plaisir !]

Je me fige une seconde, ma queue n'était pas prête.

Faut dire, aussi, que depuis ce qu'il s'est passé sur le capot de ma bagnole, mes pensées voguent à peu près toutes dans la même direction.

Son petit cul parfait.

Dans mon pieu défait.

J'observe un peu les passants à la ronde en rongeant mon frein. Ce n'est pas que je sois pressé, mais j'ai fait exprès d'arriver en avance pour qu'on ait plus de temps à la salle.

Si je mets les bouchées doubles aujourd'hui, j'ai une chance de conclure dans les jours qui viennent. Je sais que je lui plais et qu'il suffirait d'un rien pour la faire craquer. Hier soir, j'aurais pu aller au bout. Elle le voulait autant que moi, c'était plus qu'évident. Mais ce n'était ni le lieu ni le moment.

J'ai vraiment hâte de passer aux choses sérieuses avec elle. Je ne sais pas si c'est parce que c'est nouveau pour moi, mais plus elle me fait languir, et plus je crève d'envie de la posséder. Je me surprends à m'imaginer en train de coucher avec elle, en me disant que ce sera à part parce qu'Aya est une fille à part, qui n'a pas seulement un joli corps. Ça devient obsessionnel, et ça, c'est pas bon pour moi.

Pas bon du tout.

Un sentiment amer se déploie dans ma poitrine. Je devrais me réjouir de savoir que je pourrai bientôt passer à autre chose, mais bizarrement, plus l'échéance approche, moins j'ai envie de passer à autre chose.

Et plus je me sens merdique.

Je l'aperçois enfin sur le trottoir d'en face. Elle arrive à pied et, pour mon plus grand plaisir depuis que j'ai kidnappé son chouchou immonde, ses cheveux longs flottent dans son dos.

Je profite de la distance pour observer sa démarche naturellement maladroite, son visage fatigué, mais toujours lumineux, baigné par le soleil matinal, sa taille, ses petites lunettes aux branches usées, ses fringues qu'on croirait tout droit sorties d'une friperie… Quand je disais qu'elle est unique, c'est de ça que je parlais. Toutes les filles que j'ai connues, que ce soit à Princeton ou dans mon lycée élitiste en Oklahoma, avaient la superficialité et l'égoïsme en commun. Une façon de marcher calculée pour allumer le plus de mecs possible à leur passage, des sapes tape-à-l'œil et des tronches de reines du bahut alors qu'elles pleurent le soir parce que leurs potes ne sont là que par profit.

Même si Aya craint le regard des autres, ce n'est pas dans un souci de popularité ou de réputation. Elle n'a pas besoin de se mettre sur son trente-et-un pour être canon et, putain, je ne sais même pas comment j'ai pu la trouver fade au départ.

Elle est tout sauf fade.

Elle place sa main en visière, étonnée de ne pas voir ma voiture à sa place habituelle.

C'est parce qu'il n'y a pas de voiture, princesse !

Je tourne la poignée de ma moto et donne un gros coup d'accélérateur pour attirer son attention, ce qui produit l'effet escompté.

– Je t'avais prévenue, mon engin fait toujours son petit effet, je fanfaronne lorsqu'elle arrive à ma hauteur.

Elle se retient de valider, mais je vois bien qu'elle kiffe un peu quand même.

– C'est quoi ?

– Une Kawasaki H2 SX Tourer, j'énonce avec admiration.

Elle ne réagit pas à la mesure de ce que j'espérais, mais qu'importe. Sur la route, je sais qu'elle va vibrer.

– T'es déjà montée sur une bécane ?

Elle répond par la négative, en train de batailler avec sa masse de cheveux qu'elle peine à dompter pour enfiler le casque que je lui ai tendu.

Je pose le deuxième gant que je m'apprêtais à enfiler pour lui venir en aide et, pendant qu'elle tient sa crinière en arrière, j'enfonce le…

Putain !

J'enfonce le casque sur… son… crâne !

– T'as une tête énorme, ma parole !

– Ma tête est on ne peut plus normale ! renvoie-t-elle, la voix étouffée par le casque. C'est plutôt la tienne qui est trop petite.

Je ravale le sourire grivois que ses propos à double sens tendent à m'arracher.

– J'adorerais te prouver sur-le-champ que rien n'est petit chez moi, mais on risquerait de rayer mon bébé. Et je refuse de lui faire du mal même pour ton petit cul, je termine en clipsant la lanière en nylon sous son menton.

Un éclair passe dans ses prunelles, mangées par trop d'émotions à la fois. Hormis l'envie et la colère que je lui inspire, j'ignore tout des autres. Elles ne m'intéressent pas, en réalité. Toute ma concentration est focalisée sur le plaisir que j'éprouve à la voir répondre si facilement à chacune de mes provocations.

Je feins l'indifférence et enfourche ma moto alors qu'une petite voix me torture en me rappelant de plus en plus souvent qu'Aya n'est qu'un jouet entre mes mains.

– J'ai du mal à croire que tu arrives à faire entrer ton ego là-dedans.

Je tourne la tête dans sa direction en riant. Elle peste toute seule, tentant de passer les doigts à l'intérieur du casque pour déloger les derniers cheveux qui ont dû rester coincés.

– Tu vas t'en sortir ou t'as encore besoin que je vole à ton secours ?

– Je vais m'en sortir, McDonald !

Sa réponse est sèche, ses gestes tremblants et désordonnés. Mais, à force de persévérance, elle parvient effectivement à s'en tirer sans mon aide. Puis elle grimpe derrière moi en s'accrochant à mon blouson, et, instinctivement, je lui attrape la cuisse pour l'aider à se maintenir le temps qu'elle trouve son équilibre.

Elle gigote.

Et ses jambes trouvent leur position. Enveloppent mes hanches. Sa poitrine s'écrase finalement contre mon dos, malgré la distance qu'elle a tenté de garder entre nous dans un premier temps. Cette sensation grisante et étourdissante à la fois m'enveloppe et me fait tourner la tête un tiers de seconde. Cette drogue s'insinue dans ma tête et comble le vide qui m'habite quotidiennement en secret.

Attention.

Ma main traîne un peu trop longtemps sur elle.

Le malaise qui la gagne alors que mes doigts s'enfoncent un peu plus dans son jean est si intense que je peux presque le voir remonter le long de mon bras. C'est comme si tout son corps hurlait « résiste ».

À nouveau, un sentiment de dégoût s'empare de moi. Pourquoi je me sens si minable quand il s'agit d'Aya alors que j'ai toujours pris le plus grand des plaisirs à être un gros connard avec les filles ?

38

Aya

Je maudis Connor McDonald jusqu'à la fin de mes jours.

J'ai la trace du casque sur le front en arrivant au sport, mais ce n'est pas le plus grave : non, le plus grave c'est que j'ai adoré notre balade à moto.

J'ai adoré sentir son cœur battre sous mes mains.

Comme hier, j'ai adoré la façon dont il m'a touchée. Rien de ce que j'ai pu ressentir quand on s'est embrassés ne s'est atténué. Bien au contraire.

Donc, je le déteste.

Si tu crois que je vais déclarer forfait, alors là, tu te trompes, mon coco !

Je suis hyper remontée. Hyper déterminée à ne pas le laisser avoir le dernier mot.

Et je repense à son baiser divin, à ses lèvres moelleuses qui ont happé les miennes avec une douceur étourdissante, à sa langue qui s'enroulait autour de la mienne avec une maîtrise incroyable. Mais je suis forte. Inébranlable.

– T'essaies de faire un truc avec tes yeux, là ?

– De quoi tu pfff… parles ? je demande, à bout de souffle sur mon elliptique, tandis qu'il m'observe au milieu de son exercice.

– T'espères que je vais prendre feu ou quoi ? continue-t-il en soulevant son haltère juste à côté de moi.

Il a quand même de sacrés biceps.

Je fronce les sourcils.

– Non, pfff… Pourquoi tu pfff… dis ça ?

– Alors concentre-toi sur tes séries au lieu de me regarder. Vilaine princesse.

Clin d'œil.

Mini décès.

Bon, je suis moins inébranlable que ce que je croyais. Je crois même que je perds complètement les pédales. Il est l'heure de sonner la mi-temps. Je stoppe précipitamment mon appareil et récupère mon sac sans prêter attention à l'air contrarié qu'affiche Connor.

– J'ai fini, je vais à la douche !

J'étais loin d'avoir fini, certes, mais c'est plus que ce que je peux supporter. Si je ne veux pas craquer, j'ai tout intérêt à filer le plus loin possible.

Et une douche froide, une !

– Ton coach t'ordonne de revenir ici !

Je fais la sourde oreille et trace en direction des vestiaires en avalant une gorgée d'eau de ma bouteille en plastique.

Je me retrouve sous le jet tiède de la douche en deux temps trois mouvements. À cet instant seulement, je m'autorise à souffler et à me décharger de toute cette tension qui calcine ma combativité. Je sais que ce serait une mauvaise idée de céder à Connor. La pire des idées, même.

Et depuis quand je pense aux mecs, moi ?

Je me suis mise en couple une fois au lycée et ça a été un fiasco total. Je pourrais juste m'envoyer en l'air, c'est vrai, mais ça voudrait dire que je lui octroie la victoire, et c'est devenu mon combat personnel.

Et puis, en plus, je sais très bien que je ne me contenterai pas d'une fois.

Désormais propre et calmée, je sors de la douche et m'enroule dans ma serviette mitée tout en réfléchissant à la meilleure façon de me reconcentrer sur l'essentiel et d'oublier ma libido, lorsqu'une voix masculine résonne dans le couloir.

– Je viens te chercher par la peau des fesses, Aya !

Les yeux écarquillés en direction de la porte, je ne bouge plus, je ne respire plus.

Bordel de crotte, qu'est-ce qu'il fiche ici ?!

Soudain, il apparaît dans l'embrasure. Goguenard, malicieux, et… le regard voilé par le désir lorsqu'il détaille ma silhouette enroulée dans ma simple serviette éponge. La sensation que ce regard diffuse sous ma peau fait subitement accélérer le rythme de mon pouls, mais je ne suis pas seulement gênée par ma tenue. Toutes les sensations de la veille me reviennent décuplées.

– Qu'est-ce que tu fous ? je m'étrangle en plaquant mes mains sur ma poitrine, consciente du trouble dans ma voix.

Son regard est indéchiffrable, presque torturé. Je vois toutes les interrogations qui se bousculent en lui et qui le retiennent de faire je ne sais quoi, comme un mot qu'on s'apprête à prononcer.

– Je te l'ai dit. Je viens te chercher.

Mes orteils se recroquevillent sur le carrelage.

– Mais j'ai des jambes, merci !

Son visage s'illumine de nouveau.

– Je me disais bien, aussi, que je voyais un truc s'agiter sous ton petit corps !

– T'as fait ta blague du jour, tu peux sortir, c'est bon, je raille pour essayer de garder la face.

Je me tourne dos à lui en essorant mes cheveux pour lui donner encore plus l'impression que sa présence ne chamboule pas tous mes sens.

Mais, s'il en avait le pouvoir, il entendrait mon cœur battre à mille à l'heure.

Parce que Connor me fait dérailler complet. Je n'aime pas du tout la façon dont il arrive à prendre la maîtrise de mon corps et de ma raison, et il ne faut surtout pas qu'il comprenne que je suis en train de demander à Râ de sauver l'intégrité de ma petite fleur.

– Non, c'est pas bon, princesse, rétorque-t-il d'une voix rauque.

Je tourne la tête, mais le reste n'a pas le temps de suivre.

Connor s'est littéralement téléporté derrière moi. Il se colle entièrement contre mon dos, son doigt à la commissure de mes lèvres et son excitation au creux de mes reins.

– Ce qu'on a fait hier… ça, c'était bon, murmure sa voix près de mon oreille.

J'ai la ferme intention de le repousser, mais mon corps ordonne à ma tête d'aller joyeusement se faire foutre. Mes traîtresses de paumes se plaquent contre le mur face à moi. C'est le seul mouvement que je réussirai à opérer.

Râ m'a lâchée.

Connor promène son pouce sur ma lèvre inférieure, la retrousse férocement, et je me laisse complètement faire.

Il fait le truc du pouce.

C'est mon point faible et il fait le truc du pouce.

C'est tellement bon, son souffle, ses doigts, son odeur, son érection contre moi, tout ça m'excite tellement que je me cambre même contre lui. Mon souffle est saccadé comme le sien, plus rauque et encore plus erratique.

Il glisse sa main sous ma serviette, effleure l'intérieur de ma cuisse avec maîtrise et remonte fébrilement jusqu'à mon entrejambe. Un soupir impudique s'échappe de ma gorge lorsqu'il s'aventure dans les replis de mon intimité.

– C'est peut-être pas le bon endroit… j'articule péniblement, la voix étranglée par l'excitation.

– C'est pile…

Son index titille mon clitoris. Opère de petits cercles qui font monter une cascade de délicieux frissons dans mon bassin.

– Le bon endroit…

Et il glisse doucement un doigt en moi.

– Princesse.

Je gémis lascivement, longtemps, paupières baissées, transportée par une vague de plaisir incandescente. Connor joue avec son doigt comme s'il avait fait ça des milliers de fois en me procurant un plaisir si impunément sexuel que je pourrais presque en avoir honte.

Il s'enfonce lentement en moi, d'un geste tout à fait contrôlé.

Son genou me pousse à écarter davantage les cuisses. Il n'y a que ma serviette et son short de sport qui nous séparent. Je ressens chaque tremblement d'excitation, chaque pression de son sexe qui se durcit contre mon dos. Quand je rouvre les yeux, il a la paume plaquée contre le mur et je vois les muscles de son bras se bander férocement. Connor ne dit rien, mais son corps en tension parle pour lui.

Ma main rejoint la sienne qui bouge d'avant en arrière, de plus en vite. Et quand mes soupirs et mes gémissements s'intensifient, il introduit un autre doigt et me pousse à lâcher prise un peu plus encore.

Un sentiment monte en moi, sur lequel je ne m'attarde pas. Mes émotions sont sens dessus dessous, mon souffle déraille, le rythme s'accélère. Je m'arc-boute, offerte, à sa merci, et ça devient plus fort que tout ce que j'ai connu jusque-là. Ça enfle comme un ballon dans mon ventre, fait battre mon cœur, qui refuse que ça s'arrête, d'un tempo endiablé.

À cet instant, Connor devient tout ce dont j'ai besoin.

Mon souffle se bloque tout à coup. Je sens monter un feu

incroyable dans mon bas-ventre. Je n'entends plus que les grognements impudiques et érotiques de Connor, son souffle à mon oreille.

Et c'est l'apothéose.

Une vague déferle comme un raz-de-marée dans mes artères tandis qu'un soupir orgasmique vibre avec puissance sur mes cordes vocales. Je m'affaisse, retenue par le bras de Connor qui s'est retiré pour me laisser savourer entièrement mon plaisir.

Mon crâne bascule contre son torse qui se soulève rapidement. Un orgasme brûlant se déverse dans tous les muscles de mon corps.

Toutes mes forces viennent de me quitter.

Le pouce de Connor abandonne ma bouche, mais sa main se déploie sous ma mâchoire et il tourne légèrement ma tête sur le côté. Alors que je m'attendais à ce qu'il me laisse en plan, il dépose un baiser bouleversant de douceur au coin de mes lèvres.

– Je suis dispo tout le week-end si t'oses m'affronter pour la seconde manche.

– Connard, je souffle dans un sourire.

– McConnard ?

Je sens son souffle haché dans mon dos et son torse secoué par un rire.

Comment il peut sortir une vanne dans un moment pareil ?!

Je me retourne face à lui, surprise de le découvrir dans le même état que moi : rouge, essoufflé et… visiblement encore très excité.

J'ai perdu une bataille, pas la guerre.

39

Aya

Je rejoins mon parking/hôtel aux alentours de vingt et une heures trente, environ dix minutes après que Connor m'a redéposée devant l'entrée du campus. Ce qu'il vient de se passer dans les vestiaires est inqualifiable, et je dois bien l'admettre, incroyable. Connor est encore ancré dans mon corps et dans ma tête. J'ai l'impression qu'il a laissé une empreinte indélébile sur ma peau, comme si c'était le premier avec qui je partageais ça et comme si personne d'autre ne pourrait jamais plus passer après lui. C'est presque une sensation d'appartenance étrange, que j'espérais sincèrement avoir la force de mettre de côté pour réviser un peu à la lumière de mon flash de téléphone. Mais je comprends tout de suite que je vais devoir changer de programme.

Ou tout du moins, de planque.

Deux voitures de police, gyrophares allumés, sont stationnées juste devant les bureaux.

Je me demande d'abord ce qu'il se passe et, bien vite, je réalise que c'est aussi un gros problème pour moi.

Je sais que je n'ai pas le droit de squatter ici. S'ils me voient m'installer dans ma voiture avec mon oreiller et mon sandwich, ils vont me dégager, c'est sûr !

Où est-ce que je vais passer la nuit ?

Je passe devant eux en faisant mine de rejoindre mon

véhicule pour partir comme n'importe quelle personne qui rentrerait chez elle après une journée de boulot. Je stresse comme une criminelle en cavale, pourtant, il n'y a pas vraiment de raison. En plus, les deux officiers sont trop occupés à interroger un SDF pour me remarquer.

Je saute dans ma voiture, soufflant longuement tout en essayant de me remettre de l'ordre dans les idées. Je dois être lucide et réfléchie.

Ce qui est sûr, c'est que tant que je n'aurai pas ma première paie, je ne pourrai pas m'offrir de chambre d'hôtel quelle qu'elle soit. Dormir dans les rues de Camden ? Ce serait comme dire *fuck* à la vie. M'introduire dans le campus, me garer le long d'un trottoir en pleine ville ?

Non. Clairement pas.

Je barre mentalement toutes ces options les unes après les autres, les poignets posés sur le volant.

Cinquième option : Johnny.

Plutôt bouffer des vers de terre jusqu'à la fin de mes jours.

Option numéro six.

Euuuuuh… Option numéro six…

Mes doigts battent une mesure invisible sur le volant, lorsqu'un bruit résonne tout à coup contre ma vitre.

Le gros visage d'un des deux policiers apparaît et mon cœur fait une volte. La main moite, je mouline la petite poignée pour baisser ma vitre.

– Bonsoir, monsieur l'agent ! lancé-je d'une voix si guillerette qu'elle me donne sûrement l'air d'une tueuse en série traquée par Interpol.

Il hoche simplement la tête. Visiblement, il n'a pas remarqué mon sourire très, très loin d'être naturel.

– Mademoiselle. On recherche cet enfant, sa mère a

signalé sa disparition il y a environ deux heures et des témoins disent l'avoir vu avec un homme dans les parages, m'annonce-t-il d'un ton grave. Est-ce que son visage vous dit quelque chose ?

À la vue de cette petite bouille métisse sur la photo qu'il me tend, tout le stress au sujet de ma bête place de parking part soudain en fumée.

Putain, ce gosse doit avoir 5 ou 6 ans, et il est seul quelque part en pleine nuit avec un inconnu qui est sûrement un taré de kidnappeur.

Et si sa disparition avait un lien avec celle de Kelly ? Et si quelqu'un avait réellement fait du mal à mon amie ?

J'observe très attentivement la photo, je me creuse les méninges, mais malheureusement, je suis sûre de ne pas l'avoir vu.

– Non, je ne l'ai pas croisé. Je suis désolée, je réponds, mortifiée.

– Bien, mademoiselle. N'hésitez pas à appeler le poste de police si vous voyez un garçon ressemblant à son signalement. Ouvrez l'œil. Et faites attention à vous.

Le flic se redresse, donne une tape sur le toit de ma voiture, et je démarre mon moteur d'un coup de clé raide. Brusquement, le visage de Kelly occupe toutes mes pensées. Est-ce qu'un malade mental est en train de se promener dans les rues de la ville en enlevant tranquillement tous ceux qu'il croise sur sa route ?

Une suée froide m'enveloppe entièrement lorsque je quitte le parking sous le regard des policiers présents sur place, transie d'effroi, et sans vraiment savoir où aller. Sur la route qui me mène machinalement vers le centre-ville, je croise toute une cohorte de voitures de police. Mon cœur se serre plus que jamais. D'angoisse, de peur, de tristesse.

Pitié, faites qu'ils les retrouvent tous les deux.

Le fait de voir ce déploiement de forces de l'ordre me fait aussi penser à la mère de ce petit bonhomme, et j'imagine ce que la mienne aurait pu ressentir si j'avais disparu dans la nuit comme lui.

Je finis par reprendre contenance et me garer le long d'un trottoir. Ce n'est pas le moment de vider mon réservoir d'essence. Je dois trouver une solution pour cette nuit et, ce qui est sûr, c'est que j'ai vraiment trop les pétoches pour dormir dans les rues de Princeton.

Et je réfléchirai certainement mieux sans ces coups de marteau entre les oreilles.

Je m'empare de ma bouteille d'eau dans ma portière, attrape mon sac de cours et cherche ma boîte de cachets.

Je n'ai pas envie de jouer à cache-cache ! Mais où est-ce qu'elle est, bordel ?

Les nerfs en pelote, je finis par virer rageusement tous mes classeurs de notes, et l'un d'eux, que j'extirpe de mon sac par le dos, s'ouvre en laissant s'échapper toutes mes feuilles.

Le premier truc que je fais si je gagne au loto, c'est m'acheter un PC portable.

Je me plie sur mon siège pour ramasser mes précieuses notes et, en les rassemblant, je tombe sur les recherches que j'avais faites sur les pouvoirs de Rê. Dans le coin en haut à droite de la page un peu cornée, il y a l'écriture de Connor, lorsqu'il avait vandalisé mon cours pour y noter ses coordonnées.

Mes yeux tombent sur son adresse.

Et là, mon cerveau décide que la plus débile des idées est aussi la meilleure.

Dormir chez mon meilleur ennemi.

40

Aya

L'adresse de Connor ne se situe pas loin du centre-ville, mais entre les impasses, les travaux et les rues bouclées par la police qui a investi la zone, c'est une vraie misère.

Heureusement que ce vieux téléphone a une application de GPS…

À ma grande surprise, le quartier n'a pas l'air spécialement huppé. Je m'attendais à… je ne sais pas, tomber sur la baraque d'Ironman avec un héliport sur le toit. Mais l'immeuble devant lequel mon téléphone m'indique de m'arrêter est finalement assez commun.

Je me mets sur l'une des places libres et je coupe le moteur de ma voiture, puis je jette un coup d'œil dans mon rétro. À force de me balader dans les rues malfamées de Camden, j'ai acquis comme un genre de sixième sens et je sens le danger arriver.

Mon alarme interne se déclenche, certainement à cause de cette histoire d'enfant disparu. Et aussi peut-être parce que je m'apprête à demander à Connor de m'héberger sans avoir pris le temps de m'y préparer.

Je ne sais pas quel mensonge je vais inventer, mais je fais confiance à mon imagination. Ça viendra sur le tas.

J'inspire un grand coup, retire mes clés du contact et ouvre ma portière en attrapant mon sac.

Quand faut y aller…

Une fois devant l'entrée de l'immeuble, je m'apprête à appeler Connor avec mon téléphone portable pour lui expliquer la situation, mais je m'arrête avant d'avoir appuyé sur son nom.

Un frisson me saisit.

Une portière claque à quelques mètres et tous mes sens me hurlent de détaler.

Mon cœur se met à pomper comme un fou.

– Hé !

Putain, putain, putain !

Je n'ai même pas un stylo-bille pour me défendre !

Je me retourne lentement, ma salive figée au fond de la gorge.

– Johnny ?!

Impossible !

– Mais qu'est-ce que… Comment tu… je bégaie, incapable de prononcer une phrase complète.

Mon oncle progresse jusqu'à moi, la démarche rendue foireuse par l'alcool.

Comment il a pu conduire dans cet état ?

– File-moi les clés, baragouine-t-il en s'arrêtant à un mètre de moi.

Je fronce les sourcils en observant sa main tendue. Il est dans un sale trip, là !

– Quelles clés, Johnny ?

– Les clés de la bagnole, putaaaain ! se met-il soudain à beugler.

J'ai un mouvement de recul et ce n'est pas seulement à cause de son haleine qui pue la tequila.

Il est complètement rincé, il tangue sur place, mais je ne me laisse pas avoir par son manque d'équilibre ou ses yeux vitreux. Je sais qu'il a une force de sagouin, même dans cet état.

– Je t'ai dit non, je ne veux pas vendre la voiture de maman ! je me défends.

Dans la seconde, son bras fond brusquement sur mon sac pour me l'arracher. Mon téléphone fait un vol plané. Je serre mes affaires de toutes mes forces contre ma poitrine en lui criant d'arrêter, mais Johnny saisit la lanière et m'assène un violent coup de talon dans le genou.

Je perds l'équilibre et tombe lourdement par terre. Malgré la douleur, je ne desserre pas ma prise pour autant. Je lutte pour sauvegarder ce qu'il me reste de ma mère comme si je me battais pour ma propre vie.

– Lâche-moi ! hurlé-je de toutes mes forces.

– Donne-moi ça, c'est qu'une saleté de bagnole ! vocifère mon oncle en retour.

Ses ongles sales me griffent avec rage. Le bras, la nuque. Alors, je me mets en boule pour me protéger le visage en priant tous les dieux que quelqu'un me vienne en aide.

41

Connor

Je suis en train de me préparer à manger dans ma cuisine tout en discutant au téléphone avec Nate, Jasper et Dylan. Alors qu'on papote depuis un bon quart d'heure de tout et de rien, la conversation dévie sur la nouvelle cible de Sharky. Et, apparemment, il a fait fort. Il s'agirait d'une fille de prof.

– Sérieux ? Prof de quoi ? je demande, le téléphone à l'oreille.

– J'sais pas, mais c'est ce qu'elle lui a dit, me répond Jasp' à l'autre bout du fil.

– C'est quoi, le nom de cette meuf ?

Un léger blanc m'indique qu'il est en train de poser la question en direct à notre pote.

– Il sait pas.

– Putain, je me marre en versant mon omelette dans une assiette. Et il l'a déjà serrée ?

– Quelle question ! On parle de Dylan, bro ! Bien sûr qu'il l'a déjà serrée !

J'entends siffler derrière. Un sourire un peu bête me vient.

– C'est vrai, ouais. Je suis con.

Tout le monde pense que je suis le tombeur de la bande, alors qu'en réalité, c'est Sharky qui détient le record du plus grand nombre de rencards. Avec sa tronche d'acteur, ses petites vannes qui font marrer toutes les meufs et son sens du spectacle, il est indétrônable.

Au point de se faire accoster par une vilaine fille de prof qui vit encore chez son papa, à la recherche d'un plan cul pour le week-end.

Dylan confirme qu'au départ, il avait seulement l'intention de s'envoyer en l'air avec elle, mais les mecs ont bien envie de voir comment c'est, chez un prof de la fac.

– Et vous prévoyez ça pour quand ?

– Semaine pro, me répond Jasper en mâchonnant bruyamment.

– Allez, il reste encore un peu de poulet frit, viens, gros ! se plaint la voix de Dylan en fond sonore.

– J'ai vraiment pas le goût de bouger ce soir.

En fait, bouffer du poulet frit avec les gars en matant un match de basket à la télé, c'est l'un des trucs que je préfère faire dans la vie. Mais les moments où on se retrouve tous les quatre sont aussi ceux pendant lesquels on peaufine notre stratégie avec les filles qu'on a prévu de piéger et, ce soir, j'ai envie de tout sauf de penser à ça.

J'entends Nate me traiter de lâcheur.

Ce qui n'est pas faux. Je me rends bien compte qu'un truc a changé chez moi depuis que je me suis rapproché d'Aya. Je suis de plus en plus en décalage avec le reste du groupe et ça me fait complètement flipper.

Je m'installe dans mon canapé et pose mon assiette sur mes genoux, le téléphone toujours collé à l'oreille.

– Et on fait quoi, lundi ?

Merde, j'avais oublié que c'était férié, lundi.

– Un petit road trip à L.A. avec le jet de mon *padre*, ça vous branche, les poussins ? propose Jasper.

– Pourquoi pas, ouais.

Ça pourrait au moins me changer les idées.

– Comme ça, on se fait la fille du prof le soir, s'enthousiasme Dylan. (Il a dû s'éloigner du téléphone, je l'entends à peine.) Son vieux sera absent jusqu'à mardi, d'après elle.

Je soupire en tournant ma fourchette dans mon omelette.

– Faut que je vous laisse, on se rappelle plus tard ?

– Ça marche !

Je ne sais pas si c'est Nate ou Dylan qui me répond, mais l'important est qu'ils m'aient entendu.

– Je passerai te prendre lundi matin, ajoute Jasp' juste avant qu'on ne raccroche.

Je jette mon téléphone sur le canapé, pose mon assiette sur la table basse et attrape ma bouteille de bière en me laissant retomber lourdement contre le dossier. Je sais que mon meilleur pote se pose des questions.

Moi aussi, à vrai dire.

Je m'apprête à remettre le son de la télé pour chasser la préoccupation qui me ronge lorsqu'un cri attire mon attention dehors.

Je fixe ma porte-fenêtre entrouverte, silencieux et, à nouveau, j'entends crier.

Putain !

Quelqu'un est en train d'appeler à l'aide. J'espère que mon voisin fou n'a pas encore balancé Barney sur un passant !

Je me rue sur mon balcon, me penche par-dessus la rambarde pour voir ce qu'il se passe dehors et je constate que d'autres locataires ont eu la même idée que moi. Ils regardent tous un point fixe vers l'entrée de l'immeuble. J'aperçois à mon tour une fille en train de se faire agresser par un type deux fois plus costaud qu'elle.

Je lâche un juron. Cette bande de cons est évidemment

choquée, mais pas trop concernée non plus. Faudrait pas que ça les oblige à sortir de chez eux !

Je me précipite hors de mon appartement sans prendre le temps de fermer derrière moi, en chaussettes et en simple pantalon de jogging. Je n'avais jamais dévalé ces escaliers aussi vite de toute ma vie. J'avale les marches deux par deux.

Les hurlements se rapprochent.

Arrivé en bas, je pousse la porte vitrée d'un coup sec et, sans réfléchir, je balance ma bouteille de bière à la gueule du mec qui essaie de dépouiller la fille au sol.

Il se la prend en pleine face avec un bruit sourd.

– Toi, t'es mort ! me menace le type, qui n'a pas l'air de première fraîcheur.

– Je t'attends, chien de la casse !

Je m'avance vers lui tandis qu'il recule. Non seulement cet abruti ne me fait pas peur, mais en plus, ça permet de détourner son attention de la victime qui est toujours à terre.

S'il faut que je refasse la façade de ce trou du cul pour qu'elle soit tranquille, je suis son homme !

– Connor, attends !

Mes muscles se figent d'un bloc.

Le type en profite pour se faire la malle, mais je m'en contrefous. Je fais volte-face sans y croire, les yeux plissés pour tenter de discerner la silhouette qui se redresse péniblement dans l'obscurité. Ses cheveux en vrac sur sa tête, son pull déchiré à l'épaule, son sac qu'elle tient tout contre elle…

– Putain, c'est toi, princesse ?

– Laisse-le, c'est qu'un gros con, renifle-t-elle.

Je me précipite vers elle pour l'aider à se remettre debout, ahuri et choqué et, tandis que j'enroule mon bras autour de sa taille, je ne peux pas m'empêcher de la bombarder de toutes ces questions qui éclatent au fur et à mesure dans mon esprit.

– Qu'est-ce qu'il s'est passé, c'était qui ? Qu'est-ce que tu fichais devant chez moi ? T'es pas blessée, ça va aller ?

Elle secoue la tête en réponse à la dernière interrogation. Entre nous, vu la peine qu'elle a à s'appuyer sur sa jambe gauche, j'ai un gros doute. Je l'emmène avec précaution dans le hall d'entrée de l'immeuble pour être sûr qu'elle est en sécurité et que ce fou furieux qui s'en est pris à elle ne puisse plus l'atteindre, mais aussi pour me permettre de l'observer à la lumière.

Et quand je commence à la détailler, la rage tend tous mes muscles.

Ses vêtements sont troués, déchirés, elle a des égratignures partout sur le visage et sur le corps. Je secoue la tête en crachant une insulte, il faut que ça sorte. C'est ça où je la laisse ici pour traquer cet enfoiré jusqu'à retrouver sa trace et le massacrer à coups de pelle.

Je devrais appeler la police pour signaler l'agression, mais je préfère d'abord avoir les réponses d'Aya avant de faire quoi que ce soit qui puisse lui causer du tort. Je repense à la façon dont elle m'a arrêté alors que j'allais me mettre sur la tronche avec son agresseur.

Elle connaît ce mec, c'est sûr et certain.

– Viens, on va regarder tout ça de plus près, je lâche en passant un bras derrière ses genoux.

Je la soulève du sol sans difficulté et l'emmène vers l'ascenseur. À ma grande surprise, elle se laisse complètement faire.

Sans réfléchir, je tente la première vanne qui me vient pour détendre un peu l'atmosphère.

– Finalement, t'es tombée sous le charme de mon gros engin, hein, petite stalkeuse ?

Elle ne m'insulte même pas, ce qui m'inquiète sérieusement. Pire encore, elle ne proteste en aucune façon quand j'ouvre une dernière fois la bouche en affirmant sans détour :

– Tu vas rester chez moi jusqu'à demain, princesse, je ne te laisse pas le choix.

42

Aya

J'en ai ma claque de cette famille en carton.

Comment ne pas souhaiter qu'Anubis se tape un foot avec le foie de mon oncle plutôt que de l'aider à passer dans le royaume des morts ?

Je serre toujours mon sac très fort contre moi, tremblante et choquée, tout le corps douloureux. Mais quand Connor décide de me porter dans ses bras puissants, sans réfléchir, je le lâche et m'accroche à sa nuque. J'ai les oreilles qui sonnent et je n'entends pas vraiment ce qu'il me dit. Je sais qu'il me parle seulement grâce à son souffle chaud et rassurant que je sens, saccadé, sur le sommet de mon crâne.

L'ascenseur s'ébranle sous nos pieds. Puis les portes s'ouvrent et Connor se remet à marcher avant de s'arrêter à nouveau. Son bras glisse doucement sous mes jambes afin de me remettre à la verticale, mais quand mon pied touche le sol, une vive douleur me traverse le genou.

– Aïe, grimacé-je en plaquant ma paume contre le mur.

J'ouvre les yeux tant bien que mal. J'ai l'impression qu'on vient de me lâcher une enclume sur la tête et que le coup se répercute dans mes tempes. La voix de Connor tente d'en percer le tumulte.

– Quoi ? demandé-je dans son dos alors qu'il est en train de verrouiller précipitamment sa porte d'entrée.

– J'ai dit désolé, princesse. Ça va ?

J'opine. J'entends déjà un peu mieux, mais pour ce qui est de la migraine et de mon genou, je préfère ne pas me prononcer avant demain !

Le grand blond pointe le doigt en direction d'une porte. Je me rends compte seulement maintenant qu'il n'est habillé que d'un bas de jogging large. Je comprends mieux à quoi servent toutes ces heures passées à la salle de sport, maintenant.

– La salle de bains est juste là, m'indique-t-il. Vas-y, j'arrive dans deux minutes.

Je tourne les yeux vers la porte coulissante, me demande ce qu'il attend que je fasse dans cette salle de bains, mais je suis trop en compote pour réfléchir plus longtemps. Je clopine donc jusqu'à une immense salle d'eau très moderne avec une grande douche à l'italienne et une mosaïque noire qui court sur tous les murs.

Tout en m'appuyant sur l'un des lavabos en granit pour m'asseoir doucement par terre, j'allonge ma jambe gauche centimètre par centimètre. Pile quand je termine de déplier mon genou douloureux, Connor apparaît dans l'embrasure de la porte.

Il a un verre d'eau dans la main, et quelque chose est en train de se dissoudre dedans.

– C'est un antalgique, m'explique-t-il en s'accroupissant à côté de moi.

Un antidouleur.

Effervescent, en plus.

– Épouse-moi, j'articule.

Il hausse aussitôt les sourcils, puis dégaine son sourire crâneur et sa voix la plus mielleuse.

– Si j'avais su que t'étais du genre à te dépraver pour un cacheton, petite délinquante…

Je prends le verre qu'il me tend avec un sourire pincé.

– C'était pour te faire rire, idiot.

– J'annule le traiteur, alors ?

– Je suis sûre que tu serais capable d'organiser ça en deux minutes, en plus, je lâche après avoir bu le verre d'une traite.

– T'as qu'un mot à dire.

Ses yeux restent plantés dans les miens, mais son expression change imperceptiblement. Comme s'il venait de se souvenir de quelque chose de désagréable.

Je ne sais plus s'il plaisante ou s'il est sérieux et, franchement, j'ignore si j'ai envie de rire moi-même.

– Ça va ? je me surprends à lui demander.

– Nickel. Et toi ?

– La forme.

J'accepte son mensonge en silence, il accepte le mien. Puis il expire dans un bref petit rire et ouvre un tiroir au-dessus de ma tête. Connor dépose un paquet de cotons entre mes mains et, à la suite, une paire de ciseaux, des bandes de gaze, des compresses, un flacon de désinfectant et une photo de chat.

– C'est pour t'occuper l'esprit et oublier que t'as mal, m'explique-t-il en réponse à mon air perplexe. T'as vu comme il est mignon dans son petit panier en osier ?

Inflexible au charme du félin, j'observe tout ce qu'il vient de déballer, les yeux écarquillés.

– Tu soignes souvent des filles dans ta salle de bains ? je m'inquiète.

– À peu près tous les deux jours, répond tranquillement Connor en appliquant un peu de désinfectant sur un morceau de coton.

– Ah ah ah, raillé-je.

– Et toi, tu te fais souvent frapper par ce type ?

Alors que j'avais laissé mon crâne reposer contre le meuble derrière moi, je redresse subitement la tête.

Connor me fixe très sérieusement, le coude sur sa cuisse.

– Je veux pas t'obliger à me parler si t'en as pas envie, princesse. Mais je m'inquiète pour toi.

Je ne sais pas si c'est notre proximité dans cette salle de bains, l'envie de me soulager d'un poids, mes barrières qui s'affaissent ou le fait que je me sente simplement bien avec lui à cet instant, en confiance et en sécurité, mais je décide de lui dire la vérité.

– C'est arrivé une ou deux fois, j'admets en baissant les yeux sur mes mains écorchées.

Un lourd silence me répond.

Connor tamponne doucement ma pommette avec le morceau de coton imbibé. Je ne me suis pas vue dans le miroir, je sens juste que ça pique un peu.

Nos respirations sont moins légères qu'il y a deux minutes. Nos regards moins insouciants.

Notre conversation, moins anodine.

– C'est qui ? Pourquoi il s'en prend à toi ?

– C'est mon oncle. Du côté de mon père.

Le bras de Connor s'écarte de mon visage.

– Ton oncle ? répète-t-il d'un air scandalisé.

J'acquiesce.

– Je vivais chez lui il y a encore un mois.

Il jette le coton, en reprend un neuf et s'attelle à présent à nettoyer mon coude.

– Et maintenant, tu vis où ?

Là, j'hésite. J'ai confiance en lui. Mais on n'évolue pas dans la même sphère. Qu'est-ce qu'il pensera de moi s'il apprend que je suis SDF ? Quel regard portera-t-il sur moi ? Et les autres ? Je n'ai pas envie d'entendre tout le monde donner son petit avis personnel au sujet de ma situation.

– Aya, tu vis où ? insiste Connor, qui vient cueillir mon regard de ses prunelles si claires.

– Dans ma voiture.

43

Aya

– Putain, tu vis sérieusement dans ta bagnole ? Depuis tout ce temps ? répète-t-il en écarquillant les yeux.

– Oui, sérieusement.

Je ne pensais pas que le simple fait de le dire à quelqu'un d'autre me soulagerait à ce point, mais c'est le cas. Parfois, on a peut-être juste besoin d'admettre que les choses sont telles qu'elles sont au lieu de se construire une autre réalité.

– Mais tu dors où ?

– Sur un parking.

– C'est pour ça que t'avais peur que je chope ton adresse ?

– Oui…

– Il t'a foutue à la porte, cet abruti ?

Un léger sourire ourle mes lèvres. Je ne sens ni jugement ni raillerie chez Connor.

Je crois que je me suis trompée sur son compte.

– Il n'a jamais accepté que je veuille faire des études, et encore moins à Princeton, où tout le monde est… plus ou moins aisé, je lui raconte tandis qu'il se remet à désinfecter mes égratignures. Il aurait largement préféré que je travaille pour lui reverser une partie de mon salaire et payer les factures de la maison. Mais j'ai fait le choix de l'université, alors il m'a mise dehors. Ce soir, il voulait vendre ma voiture pour se faire un peu de fric. J'imagine qu'il m'a vue en ville et qu'il m'a suivie jusqu'ici.

J'avale ma salive à la fin de ma phrase. Je revois encore Johnny se jeter sur moi et tenter de me dérober mes clés, et si j'en ai des frissons, je crois que Connor aussi, à en juger par la façon dont il m'observe.

Il jette les cotons dans une petite poubelle à côté de lui, pousse le reste des affaires et soupire pour tenter, j'imagine, de digérer les informations que je viens de lui lâcher.

Si seulement il savait tout le reste…

Je me redresse un peu pour soulager mon dos, qui est quand même calé contre une poignée de meuble depuis tout à l'heure. Mon genou me lance déjà un peu moins ; je pense que je m'en tirerai juste avec un bon bleu.

– Dire que je me plains de mes parents… soupire Connor en passant une main dans ses mèches blondes. Putain, je suis désolé, Aya. Jamais je me serais douté… Si j'avais su que tu traversais tout ça…

– T'y es pour rien, je murmure.

Il se cale contre le mur, l'air un peu déboussolé, et prend sa tête entre ses mains avant de souffler longuement.

– Approche, princesse. Dos à moi, finit-il par murmurer en écartant les jambes.

Je laisse tomber la photo que j'avais toujours entre les mains et glisse jusqu'à lui sans me faire prier. Il m'attrape par les hanches et me tire jusqu'à ce que je sois calée contre son torse nu.

– Balance tout le reste. Je veux tout savoir sur Aya Lowell.

L'écho de ses mots meurt dans mes cheveux emmêlés. Il entoure mon ventre de ses bras, resserre ses jambes autour des miennes et pose son menton sur mon épaule.

Je me sens tellement bien que c'en est presque grisant. Et, alors que je m'apprête à parler de ma mère pour la première fois depuis que j'ai 15 ans, ce n'est pas de sentir le pendentif de Khépri dans ma main que j'ai besoin.

Mais c'est de sentir le cœur de Connor qui palpite dans mon dos.

– J'ai grandi en Oregon avec mes parents. Ma mère s'appelait Doria et mon père, Roger. J'étais très fusionnelle avec elle, alors que mon père était plus distant. J'étais encore toute petite quand j'ai vu mon père frapper ma mère pour la première fois. Quand j'ai eu 8 ans, il l'a poussée dans les escaliers. Mon père n'était ni alcoolique ni drogué. C'était juste quelqu'un de mauvais. Elle se prenait régulièrement des coups, et je n'avais pas encore pris conscience de la gravité de la situation. Mais un jour, quand j'avais 15 ans, il l'a frappée tellement fort qu'elle est tombée contre l'évier de la cuisine. Sa nuque s'est brisée. Elle est morte comme ça, sur le coup.

Je marque une pause. Les mains de Connor prennent les miennes, alors que mon cœur s'emballe douloureusement pendant que je me remémore ce jour.

– J'ai été témoin de toute la scène. Et, à cause de ce que j'ai dit, mon père a pris vingt ans ferme. Il n'y aurait même pas eu d'enquête si je n'avais pas osé raconter ce que j'ai vu. T'imagines, ris-je amèrement, un flic décoré qui sauve des gens la journée et bat sa femme le soir ? Personne n'a voulu y croire au début. Encore moins Johnny, qui était super proche de son frère.

– Désolé de te dire ça, mais y a des tares dans la famille de ton père, grince Connor derrière moi.

Je hoche la tête en souriant avec tristesse.

– Ouais. Enfin voilà, du haut de mes 15 ans, je voulais rendre justice à ma mère et montrer à tout le monde qui était vraiment mon père. Mon oncle Johnny a toujours réfuté le fait que son frère puisse avoir commis un tel acte. Il n'a jamais accepté que je sois à l'origine de tout ça. Pour lui, j'ai tout inventé. Il croit que j'ai menti, et qu'à cause de moi, son frère a été condamné, sa carrière et sa réputation ruinées. Je me suis retrouvée seule en étant mineure et j'ai donc atterri chez le tuteur qu'on m'a désigné à Camden, à savoir mon très cher oncle.

– Il habite à Camden ? s'étonne Connor.

– Oui, pas loin de l'école Saint-Thomas.

– Y a moyen de brûler une ou deux baraques, non ?

– T'es un pyromane en plus d'être un menteur compulsif ? je le taquine en reprenant ses propres termes.

– L'un ne va pas sans l'autre, princesse. Si tu veux étoffer mon C.V., note que je suis aussi allergique aux poils de chien, que je me suis cassé un orteil pendant une session de Jet-Ski, que j'adore les sushis et que j'ai toujours eu très peur des enfants.

– T'as peur des enfants ?!

Sérieusement ?

– Et ma bite s'appelle Attila.

Cette fois-ci, je fais l'effort de pivoter.

– Quoi, t'as jamais vu *Mulan* ? sourit-il, goguenard.

Nos rires emplissent la pièce. Pendant de longues minutes, on se refait les scènes culte du dessin animé, et j'en oublie presque que je viens de lui dévoiler le pan le plus douloureux de mon passé.

Parce que, pour la première fois, je n'ai pas eu mal en évoquant ma mère.

C'est ça, le truc avec Connor. Il a un don pour apaiser les douleurs quelles qu'elles soient.

Il ne minimise pas mes sentiments, mais sans en avoir

l'air, il arrive à passer de la pommade sur la brûlure pour qu'elle soit supportable.

On passe le reste de la nuit comme ça, l'un contre l'autre, et même au moment où le sommeil commence à faire tomber nos paupières et à faner nos sourires, Connor est toujours en train de me faire rire et de soigner mes blessures.

44

Connor

Je suis en train de me faire lyncher sur WhatsApp par les gars qui se plaignent de ne plus me voir lorsqu'un gémissement me parvient du salon.

Je relève la tête et vois le bras d'Aya sortir de la couette pour s'étirer.

– Bien dormi, princesse ? je lui lance depuis la cuisine en posant mon téléphone.

J'ai des scrupules vis-à-vis de mes potes, mais je n'ai pas non plus pour habitude de laisser qui que ce soit dans la galère.

Aya bâille, et je vois sa tête ensommeillée et toute paniquée apparaître derrière le dossier du canap'. Les égratignures de la veille sont encore un peu visibles, mais ce n'est rien de grave.

– Où est-ce que je suis ?

– Chez moi. T'as zappé ce qu'il s'est passé hier soir ?

Elle semble légèrement rassurée, mais à la mention de la veille, ses traits s'affaissent.

– Ah oui, c'est vrai. Johnny… Mais j'étais déjà dans ton… canapé ?

– Pas du tout, nan ! je ris en appuyant sur le bouton de la machine à expresso. Tu t'es endormie à côté de la douche. Tu ronflais même quand je t'ai portée jusqu'ici. Je pensais pas que mon carrelage pouvait faire si mal au cul, je crois que je vais le virer pour mettre de la moquette dans toute la salle de bains. Un café ?

– Je veux bien. Merci beaucoup.

Tout en disant cela, elle commence à inspecter ses bras et ses jambes.

– Ça va mieux, le genou ? je lui demande.

– Je crois que oui. Je n'ai plus mal. Juste un peu à mon ego, sourit-elle tristement.

– Pourquoi ?

Je m'assieds sur l'accoudoir du canapé et lui tends sa tasse.

– J'ai un peu honte d'en être arrivée à te demander la charité.

– Tu m'as rien demandé, je rétorque. C'est moi qui te séquestre.

Elle lève ses grands yeux humides vers moi, sa tasse fumante entre ses doigts.

– Jusqu'à ce que tu deviennes une victime complètement inintéressante et que je me lasse de toi, j'ajoute le plus sérieusement du monde.

– Tu me proposes de…

– J'ai trois chambres d'amis. À moins que tu préfères le confort de ta voiture et les visites nocturnes de ton tonton chéri, ce que je peux tout à fait comprendre !

Aya attrape ses chevilles pour s'asseoir en tailleur et je me félicite de voir l'ombre d'un petit rire lui éclairer le visage.

– Non, j'aime bien les chambres d'amis. Merci beaucoup. D'ailleurs, comment ça se fait que tu en aies autant ? Tu vis en colocation ou bien tu as des frères et sœurs ?

– Rien de tout ça, princesse. Je suis tout seul dans ce palace ! C'est mon père qui a choisi cet appart, en fait. Il voulait quelque chose de grand et qui en jette un peu, donc il a demandé le meublé le plus cher du bâtiment. Et forcément, c'était aussi le plus grand. Personnellement, j'aurais misé sur un petit trois-pièces, mais si on regarde le bon côté des choses, au moins, maintenant, tu as l'embarras du choix pour t'installer !

– J'ai l'impression que tu aurais voulu avoir ton mot à dire, remarque-t-elle à juste titre.

– Dans le mille. C'est l'histoire de ma vie. Mon père est loin d'ici, heureusement.

– Et ta mère ?

– Elle photographie des bœufs et des canards, quelque part sur cette planète.

Aya garde un silence gêné et je prends conscience du fait que j'ai peut-être répondu à sa dernière question avec un peu trop de rancœur.

– Je devrais bientôt toucher ma paie du Starbucks, alors je ne resterai pas longtemps, t'inquiète pas, se dépêche-t-elle d'ajouter.

– Y a rien qui presse.

Je la trouve à sa place, ici. Je ne saurais pas expliquer pourquoi, mais la voir là, chez moi, enroulée dans l'une de mes couvertures à boire mon café, tout à coup, ça fait sens.

Et, à vrai dire, c'est la seule chose qui fait sens dans ma vie depuis bien longtemps.

– Au fait, tu comptes porter plainte ? je me renseigne en allant chercher mon téléphone qui n'arrête pas de vibrer dans la cuisine, où je l'ai laissé.

– Oui, je ne vais pas le laisser s'en tirer comme ça. Je me suis assez laissé faire avec Johnny. Ça suffit.

Sa réponse me ravit.

Soulagé, je prends mon portable et tombe sur mon application WhatsApp encore ouverte. J'hallucine en découvrant qu'il y a trois kilomètres de conversation à dérouler.

Nate_ Putain, Connor, tu désertes
le groupe ou quoi ?

JaspR_ Si tu viens pas cet aprèm,
je te jure que j'autorise Dylan à boire
dans mon Actimel.

Je saute la suite des messages pour arriver tout en bas de la conversation, où un gif avec un moustachu seul sur une balançoire me tire un petit pincement au cœur.

SugarDaddy_ Dans deux minutes,
on vient défoncer ta porte.

Fait chier, merde !

Dylan est encore en train d'écrire, mais j'espère le devancer en renvoyant un message dans la précipitation :

Moi_ Pas besoin de défoncer ma porte,
je ne suis pas chez moi.
J'ai dû aller voir mon père vite fait.
Je vous tiens au jus.

Ça ne se fait pas de mentir comme ça à ses meilleurs potes et je me sens mal. Mais quelque chose me dit que ce serait une mauvaise idée de leur parler de ma nouvelle coloc. Pourtant, il faudra bien que je trouve un moyen.

Je prends conscience que ma décision d'héberger Aya entraîne aussi certaines conséquences auxquelles je n'avais pas pensé : je dois laisser tomber le plan de départ avec elle. Règle numéro trois : on ne touche ni les amies, ni la famille, ni les colocataires, ni les vieilles dames.

D'un côté, tant mieux.

Mais les gars ne vont pas aimer ce revirement de situation.

Un bruit provenant de l'entrée m'alerte soudain. J'abandonne une nouvelle fois le groupe et découvre qu'Aya est sur le point de partir. Et surtout, elle a trouvé le chouchou que je lui avais piqué sur la table et elle s'est attaché les cheveux.

– T'as vraiment choisi la bagnole et l'oncle psychopathe ? je lâche d'un ton désabusé en la rejoignant devant la porte.

– Non, je vais seulement, euh… faire un tour.

Elle se mord la lèvre, je pince les miennes.

– Où ça ?

Je passe mon bras juste derrière sa tête en poussant la porte pour la refermer. Ce petit geste lui fait retrouver toute la verve qu'elle avait perdue hier soir. Ses sourcils se froncent.

Je la préfère comme ça.

Mille fois comme ça.

– Est-ce que tu m'interdis de sortir ?

– Je te l'ai dit, je te séquestre.

– Connor. Laisse-moi passer.

Elle tient à me cacher quelque chose, c'est flagrant. Je l'observe plus en détail, et là, je vois la carte magnétique de la salle de sport qu'elle essaie de masquer dans sa manche.

– Tu veux te déchaîner sur le banc de muscu pour décharger toute cette rage et cette haine qu'il y a en toi, c'est ça ?

– Non, je veux juste… prendre une douche.

J'ai mal entendu ?

– C'est un appartement, princesse. Y a des chambres, une télé, une cuisine, un frigo et le truc tout dur contre lequel tu t'es endormie hier, figure-toi que c'était pas Attila. C'est le carrelage d'une magnifique salle de bains.

Ses yeux roulent dans leurs orbites. J'ai toujours le bras tendu contre la porte et je la regarde de toute ma hauteur, fixement, si près d'elle que je sens un très léger parfum de mandarine me chatouiller les narines.

Le chef des Huns se manifeste, mais je me dis que coucher avec ma nouvelle colocataire n'est sûrement pas une bonne idée.

Putain, jusqu'ici, j'ai tout fait pour pouvoir la sauter, et maintenant, je me l'interdis. C'est fou comme les choses peuvent changer en une soirée.

Je fais en sorte de me reculer légèrement en espérant que la distance, aussi minime soit-elle, puisse calmer mes ardeurs et cette tension qui exsude soudain de tout mon corps.

– En plus, je reprends alors qu'elle desserre les lèvres, y a un poulet cru qui se balade en liberté dans ma cage d'escalier. Je pense que t'as assez souffert comme ça.

Une moue hésitante lui chiffonne le visage.

– Un poulet cru ?

Pour une fois que Barney m'est utile…

– En liberté, je répète très lentement, d'une voix flippante.

– C'est pas grave. Je ne veux pas abuser, j'avais l'habitude de me doucher à la salle de sport, alors même si c'est le dernier jour, je préfère prendre ma douche là-bas.

On notera que j'ai essayé la voie diplomatique.

– OK.

– OK ?

Elle s'arrête alors que sa main était sur le point d'abaisser la poignée.

– J'aime pas quand tu dis « OK ».

Et elle a bien raison !

Je me penche et enroule un bras autour de ses cuisses avant de la renverser sur mon épaule. Aya crie, me frappe l'omoplate en me menaçant, mais il est hors de question qu'elle aille se laver à la salle de sport.

Non, mais on va où, là ?

– Connor, repose-moi tout de suite ! J'ai mal au genou !

Un sourire moqueur s'ébauche sur mon visage.

– Quelle petite menteuse !

Elle ne peut que grogner en retour, parce qu'elle sait que j'ai raison. Je dépose la furie dans ma salle de bains et ferme la porte derrière elle.

– T'as une serviette, du savon, du shampooing, de l'eau, tout ce qu'il faut. Je vais te chercher de quoi t'habiller. En attendant, sois une gentille fille et obéis à ton kidnappeur, s'il te plaît.

– Grrr, McDonald !

Je sais qu'elle est un peu chafouine, mais c'est pas grave. Je lui réserve quelque chose qui devrait l'aider à se détendre un peu, ce soir. C'est juste l'histoire d'un petit coup de fil.

Je n'ai peut-être rien dit au sujet de ses parents ou de sa situation hier soir, mais ça m'a hanté toute la nuit.

Je dois faire quelque chose pour lui changer les idées.

Et peut-être aussi pour changer les miennes.

45

Aya

Contre toute attente, Connor cuisine divinement bien. J'ai encore le goût de son poulet à la cacahuète sur les lèvres, je crois que je ne m'en remettrai jamais. Je ne me remets pas non plus de découvrir ces facettes de sa personnalité que je ne soupçonnais pas.

Il est attentionné, serviable et, même si c'est un gamin immature et qu'il a donné un nom à son pénis, il a un cœur immense.

Je me rends compte qu'on est tous capables de juger les autres trop vite. C'est aussi ce que j'ai fait avec Connor en pensant qu'il cherchait seulement à se moquer de moi comme tous les autres gosses de riches de la fac.

– Tu te sens comment, dedans ?

Connor détourne son attention de la route un instant. Il m'a dit qu'il tenait à m'emmener quelque part, sans me donner plus d'indications.

Je souris.

– Différente.

Je me sens propre, rassasiée, apaisée, reposée. Il m'a donné l'un de ses longs sweats sans manches pour que je me fasse une robe avec et que je n'aie pas à remettre mes vieilles fringues par-dessus mon legging.

Franchement, le pull m'arrive aux genoux et, quand

je suis sortie de la salle de bains avec, je ne savais pas si je devais bien le vivre ou non.

Mais force est de constater que je me sens vraiment à l'aise dans ses vêtements. Je les ai même portés toute la journée. Je crois que, de toute ma vie, je n'ai jamais passé une journée aussi merveilleuse qu'aujourd'hui. On n'a rien fait de spécial, je me suis surtout reposée, on a beaucoup discuté et on a cuisiné.

Vous le saviez, vous, qu'il fallait mettre du sucre avec la sauce tomate ?

C'était si simple et si évident à la fois.

J'aimerais que tous les prochains week-ends ressemblent à celui-là.

– T'es vraiment une belle fille, Aya, lâche Connor, comme pour lui-même en regardant droit devant lui.

Je le remercie, gênée.

C'est bizarre d'être dans son monde. Mais ça ne me déplaît pas, bien au contraire. Je crois que je commence à ne plus pouvoir me passer de lui. J'observe discrètement son profil, sa toute petite fossette au menton, ses cheveux blonds indisciplinés, les veines sur le dessus de ses mains, sa chevalière massive, son torse moulé dans un tee-shirt rouge, sa veste des Tigers sur les épaules, ses jambes un peu écartées, sa façon de se tenir derrière le volant…

Et je repense au plaisir qu'il m'a si facilement donné dans les vestiaires de la salle de sport.

– Où est-ce que tu m'emmènes ? je demande, la gorge sèche.

– Je vais te montrer un petit truc que j'aime bien faire quand j'ai besoin de me changer les idées.

– T'as besoin de te changer les idées, toi ? je renvoie, surprise.

– Ben ouais. Comme tout le monde. Tu sais, princesse,

c'est pas parce que je suis beau et que j'ai de l'argent que tout roule dans ma vie.

Je regarde la nuit qui s'est déjà bien installée par la vitre passagère, un peu honteuse.

– Désolée, j'étais tellement…

– Mais ça ne sert à rien de comparer nos problèmes. Chaque douleur est légitime. Du moment où tu la ressens, elle est légitime, termine-t-il en me jetant un coup d'œil.

J'acquiesce en soupirant. Le visage de Kelly et celui du petit garçon disparu se tissent dans ma mémoire. Je me demande si on l'a retrouvé ou si, comme pour Kelly, les policiers sont dans l'impasse. Comme j'ai bien l'intention d'aller au poste pour porter plainte contre Johnny, je me dis que j'en profiterai pour me renseigner à son sujet.

En tout cas, je ne veux pas cesser de croire qu'on finira par les retrouver tous les deux sains et saufs.

– On est arrivés !

Je regarde partout autour de moi tandis que Connor coupe le moteur, l'air fier.

On est au beau milieu d'un parking désert.

En pleine nuit.

46

Aya

– Euh, c'est, euh…

Le genre d'endroit dans lequel je dormais jusque-là ?

Je me dis qu'on s'est trompés de destination, mais Connor a l'air hyper sûr de son coup.

– Prends le sac derrière toi, m'indique-t-il, tout excité.

Je récupère le sac qui est étrangement très léger et je descends du pick-up. Un bruit sourd se fait entendre de l'autre côté, comme s'il venait de taper dans la carrosserie. Je fais le tour, circonspecte, et le trouve debout dans la benne, en train de pousser quelques affaires du pied.

Je commence sérieusement à me demander ce qu'il est en train de faire, quand un immense écran blanc s'allume soudain au bout du parking.

– C'est un cinéma en plein air ?! je m'écrie, choquée.

– Bien joué, Sherlock !

Connor récupère le sac, puis me tend la main pour m'aider à grimper. Il sort deux coussins et une grosse couette duveteuse sous mes yeux ébahis avant de s'asseoir bien confortablement en allongeant les jambes, le dos contre la carrosserie.

– Tu vas rester là à me mater comme une de mes groupies, princesse ?

Je cligne des yeux en comprenant qu'il attendait que je le rejoigne.

– Oh, pardon, je ne savais pas si j'avais le droit de m'approcher, tu m'intimides tellement… je feinte pour donner le change.

Mais mes mots sonnent terriblement vrai. Mon rire de gorge maladroit trahit mon malaise momentané sans atteindre Connor, qui se contente de réprimer un sourire en me fixant d'un regard indéchiffrable.

– Je m'assois à côté de toi ? fais-je au bout d'une seconde d'extrême solitude.

Le grand blond secoue la tête, amusé, et rabat la couverture déployée sur ses jambes pour m'inviter à prendre place.

Ce que je fais sans me faire prier.

– C'est bon, on peut y aller ! crie-t-il en levant le pouce en l'air.

– Attends, mais… tu as fait privatiser une séance ? je souffle, scotchée.

– T'avais envie d'avoir deux cents bagnoles autour de nous avec des gens qui pètent et qui bouffent leurs chips comme des gros porcs ?

Je réponds par la négative en me mordant la lèvre pour contenir mon excitation.

Connor glisse un coussin dans mon dos, puis il me dit qu'il a demandé qu'on nous passe *Le Retour de la momie*.

Je rêve !

Le film commence. J'ai des étoiles plein les yeux et le cœur en lévitation dans la poitrine. Je ne saurais dire à quand date la dernière fois que j'ai vu un film au cinéma. Et puis, c'est *La Momie*, donc dès qu'on cite le nom d'un dieu ou que je vois un objet de prêtrise apparaître à l'écran, je m'empresse d'expliquer fièrement à Connor tout ce que je sais sur le sujet.

Il m'écoute gentiment, son épaule contre la mienne, alors que je suis sûre qu'il n'en peut plus de m'entendre faire la *fangirl* toutes les cinq minutes.

– Et ça aussi, c'est égyptien ? me demande-t-il en désignant mon pendentif de Khépri, curieux.

Je prends le petit scarabée entre mes doigts pour le lui montrer à la lumière de son flash de téléphone.

– Oui. C'était celui de ma mère. Elle aussi était passionnée par l'Égypte antique.

– On voit de qui tu tiens, commente-t-il en verrouillant son téléphone. Ça représente quoi, le scarabée ?

Je lui réponds avec entrain, trop contente de voir que le sujet l'intéresse.

– C'est Khépri, le dieu de la renaissance. Le scarabée pousse le soleil tous les matins. Puis il devient Rê quand il arrive à son zénith, et Atoum lorsqu'il se couche.

– Ça devait être un dieu important, note Connor en hochant la tête.

– C'était l'un des plus importants. Autant qu'Osiris, Isis, Seth, Horus, Bastet, Sobek, Anubis… je commence à énumérer.

– Anubis, c'est pas celui qui a une tête de chien ?

– Bravo, monsieur O'Connell[1] !

– J'ai toujours été plutôt bon en histoire, se targue-t-il en reposant son crâne sur la carrosserie.

Ah oui ?

Je me tourne vers lui.

– Alors quel est le rôle du « dieu à tête de chien », monsieur Je-suis-plutôt-fort-en-histoire ? le défié-je.

---

1. Rick O'Connell est le célèbre archéologue interprété par Brendan Fraser dans le film *La Momie*. Si je vous dis petite mèche sexy, foulard et pistolet… ?

– Manger les restes ?

Mon doigt tape la visière de sa casquette.

– Faux ! Anubis est le maître des nécropoles et le protecteur des embaumeurs. Il pèse le cœur des morts pour savoir s'ils ont fait de bonnes actions pendant leur vie terrestre et s'ils méritent de rejoindre Osiris au ciel, ou s'ils vont être dévorés vivants par Ammit. Si le cœur pèse moins lourd que la plume de Maât[2], c'est banco.

– Banco ? rit-il en repositionnant sa casquette sur sa tête. Et tu y crois, à tout ça, reine d'Égypte ?

Je hausse les épaules.

Je ne me suis jamais vraiment posé la question. Les dieux ont toujours fait partie de ma vie, à vrai dire. J'ai le sentiment qu'ils m'accompagnent et qu'ils sont présents même si on ne les vénère plus comme à une certaine époque.

– Je pense que oui, dans un sens. Pourquoi ne pas y croire ?

– Pour ne pas vivre toute ta vie en pensant que tu as une chance sur deux de te faire bouffer après ta mort ? grimace Connor.

Je pose les yeux sur lui, mes bras autour de mes genoux. Il a l'air d'avoir vraiment peur d'être jugé pour ses actions. Je me demande pourquoi. La question me brûle les lèvres, j'hésite, je le sonde une minute, puis je laisse tomber.

Son visage est un peu plus fermé que tout à l'heure, son front, un peu plus plissé.

Je ne veux pas gâcher la soirée en lui parlant de choses qu'il n'a pas envie de me confier.

Je reprends le fil du film, mais j'ai l'impression de ne plus rien entendre d'autre à part la respiration lente et régulière de Connor à côté de moi.

---

2. Maât est la déesse de la vérité et de la justice. Il vaut mieux ne pas lui mentir.

Au bout d'un moment, il passe sa main derrière mon genou et tire mes jambes contre lui. De petits fourmillements recommencent à s'agiter dans mon bas-ventre. On est seuls dans ce parking immense, tard dans la nuit, et la tension qui me pourlèche la peau comme une flamme redevient vite insupportable. Mon corps me supplie d'y mettre un terme.

Je m'entends respirer un peu plus fort à mesure que mon cœur s'accélère. La main de Connor est toujours sur ma jambe. Il ne bouge pas, comme s'il était figé. Puis, d'un coup, il l'enlève en laissant une marque froide sur mon genou.

Merci, l'ascenseur émotionnel.

Au même moment, un grondement fait trembler le ciel au-dessus de nos têtes.

– T'as regardé la météo ? je murmure.

– Fait chier, grommelle-t-il. Ça marche pas, les incantations pour chasser les nuages ?

Je fais non de la tête. Je m'en fous. Je ne pense plus qu'à une seule chose, et tout mon corps tremble à l'idée que Connor me repousse, mais encore plus à l'idée qu'il le veuille aussi.

Hasta la vista.

Je ne sais pas ce que ça veut dire, mais tous les héros balancent ce truc avant de se jeter dans la bataille.

Et c'est exactement ce que je m'apprête à faire.

47

Connor

Je ne vais pas dire que je suis à fond dans le film.

Je suis censé me contrôler, me raisonner, ressasser les mille raisons pour lesquelles je ne devrais pas coucher avec Aya ce soir, parce que si je fais ça, je sens que je ne serai plus jamais capable de revenir en arrière. Mais je suis trop faible pour en avoir ne serait-ce qu'envie.

Même en sachant que je vais la faire souffrir quand elle comprendra qui je suis réellement et quelles étaient mes intentions vis-à-vis d'elle. Parce qu'elle le saura un jour et je ne suis pas certain d'être prêt à assumer ça. Rien que d'y penser, ça me vrille l'estomac.

Je lui mens sur mon compte depuis le début. Elle croit avoir affaire à quelqu'un que j'ai inventé de toutes pièces, juste pour l'attirer dans un piège de crevard.

Mais ouais, même en sachant tout ça, ma queue continue de me désobéir.

Je suis à deux doigts d'aller me planquer derrière un arbre pour avoir un entretien en privé avec le chef des Huns quand Aya passe brusquement une jambe au-dessus de moi et s'assoit directement sur mon guerrier, les mains sur mes épaules.

Un grognement vibre au fond de ma poitrine. Je n'étais pas du tout prêt à ce qu'elle prenne les devants comme ça.

– Wow, wow, wow, je lâche d'une voix rauque, les deux

mains en l'air. T'es sûre d'en avoir envie, princesse ?

Zéro volonté d'être un type bien. Je ne mérite pas de la toucher, mais c'est plus fort que moi. Si elle dit oui, je ne réponds plus de rien.

Et tant pis si je m'en mords les doigts après.

Aya fait oui de la tête, sans se rendre compte de ce que cela signifie.

– Fais-le, Connor.

Sa respiration s'alourdit, mon pouls prend de la vitesse.

J'inspire et expire profondément en glissant une main sur sa taille pendant que l'autre s'enfonce dans ses cheveux attachés avec son satané chouchou. Je tire doucement sur l'élastique en la regardant droit dans les yeux et je libère cette épaisse crinière qui me fait tellement fantasmer.

Elle est à couper le souffle.

J'attrape une poignée de ses cheveux, l'entortille doucement autour de mon poing, comme j'en fantasme depuis des jours, puis chuchote :

– Viens.

Aya se penche vers moi, accentuant la pression sur ma queue qui palpite d'excitation et se gonfle contre son bassin.

Lentement, je m'empare pour la seconde fois de ses lèvres soyeuses.

Ma langue caresse la sienne et lui extirpe un gémissement, presque une plainte, comme quand mes doigts s'étaient enfouis en elle et qu'elle avait joui de toute sa voix. Je l'embrasse avec une délicatesse assumée, toujours en contrôle, même si je sens que cette fois-ci est différente de toutes les autres.

Aya me suit, gémit encore et commence à se frotter lentement contre moi dans la chaleur moite et humide de cette nuit orageuse, ignorant les grosses gouttes qui s'écrasent déjà sur la carrosserie de la voiture.

– On va tomber malades, murmure-t-elle en rompant notre baiser.

Je râle en la ramenant vers moi.

– On s'en fout.

Je reprends là où on n'aurait pas dû s'arrêter, me redresse pour approfondir le contact et empoigner son cul à pleines mains. Aya en profite pour croiser les jambes dans le bas de mon dos et faire voler ma casquette. Ses doigts s'agrippent à mes cheveux, les tirent et les malmènent à mesure que mes caresses s'accentuent et que la pluie commence à détremper nos vêtements.

Rapidement, elle se met à tomber dru et un épais rideau s'abat sur nous, pesant sur mes cils et transformant chacune de nos expirations en une petite volute de fumée blanche. Un énorme craquement déchire soudain le ciel.

Je finis par me dire que ça vaut le coup de choper la crève, mais se faire électrocuter ? Faut pas pousser.

– On remonte dans la voiture ? devine Aya.

Elle est obligée de parler plus fort tant le bruit de la pluie couvre le son de sa voix.

Je hoche rapidement la tête, saute par-dessus bord et me dépêche de me mettre à l'abri dans l'habitacle. Une demi-seconde plus tard, la portière côté passager s'ouvre. Aya entre à son tour, complètement trempée, et éclate de rire en enlevant le sweat et son legging, et en les jetant sur les sièges arrière.

Elle est magnifique dans ses sous-vêtements dépareillés.

Elle le serait même en tenue de clown.

Je recule mon siège au maximum et tapote ma cuisse avec impatience.

– En selle, princesse.

Aya entreprend d'enjamber le levier de vitesse, passe deux fois la seconde, se cogne la tête contre le toit et met un coup de coude dans le tableau de bord, mais elle parvient finalement à grimper sur moi.

À mon tour, j'ôte mon tee-shirt. Son regard traîne avec envie sur mon torse nu.

Je passe une main dans mes cheveux mouillés pour les plaquer en arrière tandis qu'on se scrute, haletants et fébriles.

Les gouttes glissent sur ses épaules.

Tracent des sillons humides à la naissance de ses seins.

Je prends moi aussi le temps de me délecter de ce que je vois alors que la pluie bat le pare-brise et la carrosserie dans un vacarme assourdissant.

Ses formes somptueuses, le renflement de sa poitrine, sa bouche rose, la chair de poule qui court sur sa peau et qui devient presque laiteuse à la lumière blanche du tableau de bord…

Et je me dis qu'elle est juste parfaite.

– Je me refroidis, McDonald.

Un léger sourire flotte sur mes lèvres.

Je glisse deux doigts derrière la fermeture de son soutien-gorge et le décroche en un clin d'œil.

– J'ai de multiples talents, Lowell, j'indique en réponse à son air choqué.

Mais, maintenant que j'ai tout le loisir d'observer sa poitrine nue, c'est moi qui suis sans voix.

Je prends ses seins en coupe.

Elle frissonne.

Je passe mes pouces sur ses tétons durs et froids.

Elle se mord la lèvre.

Je pose les mains sur la braguette de mon jean, défais mon bouton et l'aide à baisser mon pantalon et mon caleçon d'une seule traite, libérant ma queue qui attend de partir en guerre depuis plus d'un quart d'heure.

Aya baisse rapidement les yeux sur mon érection et elle déglutit.

Je passe mes mains sur les cuisses de ma petite brune pour la mettre à l'aise et la tire un peu vers moi. La chaleur commence à s'amplifier dans l'habitacle, alors que des bourrasques font venir des rideaux de pluie qui s'abattent de plus en plus fort sur les vitres embuées.

Au moment où Aya revient à la charge, j'ai la présence d'esprit de glisser la main dans la portière de ma voiture et de m'emparer d'un préservatif. J'ai toujours un stock, faut parer à toute éventualité.

Elle me regarde un peu de travers et me prend le petit carré en aluminium des mains pour se charger elle-même de positionner le préservatif sur moi.

J'aime ses prises d'initiative.

Quand je sens ses doigts caresser lentement ma verge, un goût de paradis inachevé se dépose sur ma langue. J'ai envie d'être en elle, là, maintenant, tout de suite.

Je m'enfonce dans le dossier en cuir de mon siège et lui fais signe de se positionner sur moi. Elle se soulève un peu, ce qui me permet de placer mes mains sous son divin postérieur pour l'aider à se mettre en place, mais je me rends compte qu'elle est loin d'en avoir besoin.

Aya écarte sa culotte, saisit mon érection et s'empale sur moi en une seule fois, sans la moindre hésitation.

Un gémissement vibre dans tout son corps et se répercute en écho dans ma gorge serrée. La chaleur que je ressens en elle est un délice qui se transforme en torture lorsque je commence à bouger les hanches pour la pénétrer de plus en plus fort.

Nos bassins claquent l'un contre l'autre, nos peaux se rencontrent et se désunissent, brûlantes, et plus rien n'existe à part la pluie, le vent et les sons étranglés qui s'élèvent entre nous et se mêlent au vacarme de l'orage.

J'incite Aya à accélérer la cadence parce que j'ai envie de lui donner le maximum de plaisir, alors je me redresse sur un coude, capture sa taille de mon bras en écrasant ses seins nus contre moi, et je la fais monter et descendre sur moi pour lui donner le tempo.

Elle balance sa tête en arrière et plaque sa paume de main contre le toit, jusqu'à ce qu'elle finisse par gémir fort, la bouche ouverte et les yeux fermés. Elle attise les grondements sourds de mon excitation, amplifie le contact de nos corps qui se rencontrent avec brutalité et passion, et je reprends possession de ses cheveux pour lui faire baisser la tête et retrouver le goût de sa bouche.

On s'embrasse férocement, bruyamment.

Mon excitation arrive à son paroxysme, les éléments se déchaînent à l'extérieur. Je sens qu'Aya commence à trembler elle aussi, mais je la maintiens jusqu'au point d'orgue en savourant chaque seconde de ce choc de sensations puissantes qui accompagne chacune de mes pénétrations.

Comme si je savais que j'allais être en manque d'elle.

Et, alors qu'une dernière décharge m'électrifie tout le corps, la voix d'Aya se gonfle et se brise dans l'habitacle saturé de luxure. Elle se resserre brusquement autour de moi, son orgasme entraînant le mien dans une vague de soulagement et de bonheur que je n'avais encore jamais goûtée, malgré toute mon expérience.

Elle s'écroule contre moi, désarticulée ; je m'affale dans mon siège.

Elle est alanguie et essoufflée, comme moi. Ma paume de main s'échoue sur mon front humide.

Putain.

J'ai envie de recommencer.

48

Connor

Un bruit strident et répétitif me tire de mon sommeil. J'ouvre difficilement les yeux dans la pénombre. Le son s'intensifie. Il provient du salon, mais aussi de mon portable dans la poche de mon jean roulé en boule au pied du lit. Il me faut un petit moment pour comprendre que quelqu'un est simultanément en train de me harceler à ma porte et sur mon téléphone.

Je lâche un grognement de frustration contre mon oreiller, m'apprêtant à dégager la couverture de mes jambes pour aller voir de quoi – ou de qui – il s'agit.

Mais, surprise, un poids leste le tissu.

Je jette un coup d'œil sur ma gauche et découvre Aya, enroulée dans mon drap. Allongée sur le ventre, elle a une jambe en équerre et le visage tourné de l'autre côté, mais sa respiration lente et régulière m'indique qu'elle dort encore profondément. Le soleil qui filtre par le rideau de la chambre nimbe ses formes d'une douce lumière dorée, et…

Très sexy.

Tous les événements d'hier soir me reviennent d'un coup en mémoire et plus particulièrement quand j'aperçois nos fringues encore mouillées qui jonchent le sol un peu partout. On a couché ensemble dans ma chambre en rentrant de notre virée nocturne, mais, au final, je crois qu'on a passé la nuit à tester toutes les pièces de l'appart.

Et, avec cent cinquante mètres carrés, il y avait de quoi faire.

Je me lève avant que l'envie de remettre ça ne prenne le dessus, glisse à la va-vite ma trique en béton dans un jogging et tends le bras vers mon jean pour récupérer mon téléphone.

La toile est complètement détrempée, c'est froid et dégueulasse.

Jasper est en train de m'appeler, comme je m'en doutais. C'est habituel avec lui, il a besoin d'attention.

Pour la soixante-dix-huitième fois, par contre… ?

Je tique, quitte ma chambre sur la pointe des pieds et file jusqu'à ma porte d'entrée. Lorsque je l'ouvre, mon meilleur pote est dos à moi, téléphone à l'oreille, et il est en train de se prendre la tête avec l'un de mes voisins.

– Pardon, monsieur, mais je vais continuer à maltraiter cette porte tant que je n'aurai pas de nouvelles de mon ami ! Si vous apprenez un jour que votre grand-mère est morte toute seule chez elle parce qu'elle s'est noyée dans sa soupe, je pense que vous vous en mordrez les doigts ! Les accidents domestiques, ça vous parle, monsieur ?

– Ma grand-mère est décédée quand j'avais 10 ans !

– Eh ben voilà !

– Ah, ben tenez, il est là !

Un doigt se pointe vers moi.

Jasper fait volte-face.

La porte de mon voisin claque.

Je vais prendre cher.

– Bro, qu'est-ce qu'il se passe ? j'articule en tendant le bras derrière moi pour refermer doucement le battant et éviter ainsi de réveiller Aya.

– Qu'est-ce que tu fiches, on devait décoller il y a une heure !

Je fronce les sourcils. Je suis un peu perdu, là.

– Notre virée à L.A., allô ?

Et ça me revient. Je me claque le front en me demandant comment j'ai pu oublier qu'on avait prévu une journée à L.A. tous les quatre.

Tu sais comment, gros débile.

– Putain, je suis vraiment désolé, je suis à l'ouest ces derniers jours, mec. Fait chier…

Et c'est vrai. C'est vrai depuis qu'Aya a fait son apparition dans ma vie, d'ailleurs. Avant elle, je n'avais jamais rien caché à Jasp', ni même à Nate ou à Dylan. Je suis en train de les laisser tomber et je me sens complètement minable.

– Qu'est-ce qu'il t'arrive, Connor ? s'inquiète Jasper.

Je m'adosse contre le mur du couloir et me laisse glisser contre celui-ci pour m'accroupir, les mains coincées dans mes cheveux.

– Je suis déphasé, putain.

– Attends, j'envoie un message à Nate pour lui dire que je t'ai trouvé et qu'on discute cinq minutes. Vas-y, raconte tout à ton frérot. Je suis ton meilleur ami, hein ? reprend Jasp' en s'asseyant à côté de moi.

– C'est Aya, j'avoue sans détour.

– Qu'est-ce qu'elle a, Aya ? Elle veut toujours pas jouer avec ton gros gourdin ?

– Putain, Jasper !

– OK, OK.

– Elle est là.

Il regarde de tous les côtés.

– Où ça, là ?

– Là, chez moi.

Jasp' se tourne vers ma porte, l'air interdit.

– Vous avez baisé ?

J'expire dans un petit rire nerveux.

– Ouais.

– Bro, tu sais bien qu'on est censés sauter la cible que le jour J ? me réprimande-t-il à voix basse.

– Je sais, mais rien ne s'est déroulé comme prévu. Elle s'est fait agresser par son oncle juste là, en dessous de ma fenêtre.

– Putain !

– Une longue histoire, je souffle.

– Rassure-moi, Connor, t'es sûr de ce que tu fais avec elle ?

Non, justement.

– T'es amoureux ou quoi ?

Règle numéro un : pas de sentiments ni d'attaches.

Jasper me presse, mais je sais que c'est parce qu'il a peur. Si l'un d'entre nous brise la règle, c'est tout le groupe qui est en péril. Être en couple n'est pas le fond du problème. Mais un jour, on aura envie de se confier à la meuf qu'on aime. De lui raconter tous nos petits secrets. Et il y aura toujours le risque qu'elle aille balancer l'information à quelqu'un.

Je me rends compte que je suis en train de faire de la vraie merde. Je ne respecte pas les règles du jeu, je prends le risque de pourrir la vie de mes potes, alors qu'on voulait juste s'amuser.

Je suis vraiment un putain d'égoïste.

Je laisse mon meilleur ami se faire un sang d'encre pour moi, je ne suis même plus avec eux quand ils se retrouvent chez Nate et Dylan, et tout ça pour quoi ? Un plan cul ? Une fille qui me fait un peu tourner la tête ?

– T'es fou, mec, j'suis pas amoureux d'elle ! je renvoie.

Je le sais au fond de moi, j'en suis convaincu. Bien sûr que non, je ne l'aime pas. J'ai apprécié nos discussions, elle me fait marrer et c'est une belle fille, mais ça s'arrête là. Aucune meuf ne remplacera jamais l'amitié que je partage avec mes potes.

Je suis paumé plus qu'autre chose.

Putain, mais qu'est-ce que je croyais ?

Je dois absolument rattraper mes conneries avant qu'il ne soit trop tard.

– T'inquiète, je tente de rassurer Jasper d'une voix calme. Partez à L.A. sans moi, j'ai besoin d'un moment pour remettre les choses en ordre.

– Ça roule, je vais leur dire. Et tu sais quoi, me lance-t-il en se relevant pour partir, tu devrais laisser tomber, Connor. Laisse tomber avec cette meuf.

Je hoche la tête en soupirant.

Jasper me relève en attrapant ma main, puis, alors qu'il commence à s'éloigner, il se retourne au dernier moment.

– Tu viens ce soir, hein ? me lance-t-il en marchant à reculons. C'est le coup de Dylan, la fille du prof. On va se marrer, bro, on compte sur toi !

– Je serai là, t'en fais pas.

Parce que cette attirance bizarre que je ressens pour Aya ne veut rien dire du tout.

Je retourne dans ma chambre où elle dort encore à poings fermés.

Elle est tournée sur le côté.

Sa chaîne en or autour de son cou.

Le fichu dieu auquel elle tient tant à portée de main.

49

Aya

Je suis surprise de me réveiller seule dans l'immense lit de Connor. Les rideaux sont tirés, la porte, fermée, et j'ai beau tendre l'oreille, l'appartement reste étrangement silencieux.

Il n'est sûrement pas parti bien loin…

La nuit qu'on a passée était si incroyable et si intense que je m'attends à le voir débarquer d'un moment à l'autre pour remettre ça. Ce qui m'aurait vraiment tentée si je n'avais pas les batteries à zéro.

Je m'assois sur le bord du lit et attrape le sweat que je portais hier et qui a atterri par terre, mais, en constatant qu'il est trempé, je le lâche aussitôt.

Il va falloir que j'aille chercher des fringues dans ma voiture.

Et aussi que je monte mes quelques affaires, puisque je vais officiellement dormir ici à partir d'aujourd'hui !

Comblée et en paix avec moi-même, je m'enroule dans le drap que je tire derrière moi. Pas envie de me trimballer à poil de bon matin. J'ai hâte de voir Connor, même si j'appréhende un peu sa réaction.

Je ne sais pas, mais au fond de moi, quelque chose bouillonne et me fait espérer qu'on pourrait devenir plus que de simples colocataires.

Je longe le couloir desservant les chambres de

l'appartement en découvrant un peu les lieux, parce que j'ai beau avoir « visité » toutes les pièces hier, autant dire que je n'étais pas hyper concentrée sur la déco !

C'est pourtant agencé avec beaucoup de goût, dans un style très épuré et assez masculin. On dirait des pages de catalogue, mais je trouve que tout ce gris clair et ces meubles blanc laqué vont bien avec la personnalité de Connor. C'est soigné et moderne.

Quand j'entre dans le salon baigné de lumière, il est d'ailleurs là, face à la baie vitrée. Je ramasse le drap qui traîne derrière moi, serre le tout comme je peux sur ma poitrine et avance vers lui.

– Bien dormi ? je lance, guillerette.

Aujourd'hui tout comme hier, mes problèmes restent à la porte.

Connor ne bouge pas.

– Écoute, Aya, je voulais te dire…

Il s'arrête et se tourne complètement face à moi tout à coup. Je retiens mon souffle en découvrant ses traits tendus. L'atmosphère est pesante. C'est comme si un vent de glace soufflait sur mes poumons.

– C'était super, hier.

Super ?

Je cligne lentement des yeux, mortifiée, comme si j'étais extérieure à mon propre corps. Ça ressemble à un cauchemar. Mon cœur se met à pomper de plus en plus vite.

– Mais je pense qu'on n'aurait pas dû aller aussi loin.

La déception se mêle à la colère. Ça implose dans ma poitrine et dans toutes mes cellules.

– Co… Je comprends pas, comment ça ? Est-ce que tu regrettes ? je bégaie, la voix tremblante.

– Je regrette pas, princesse. Mais je sais que c'était une mauvaise idée.

Pour moi, c'était la meilleure des idées. La meilleure soirée de ma vie. Sa réaction me blesse profondément.

– Tu avais prévu ça depuis le début ? je crache en comprenant soudain un peu mieux son insistance.

Son air penaud s'efface petit à petit, au profit d'un rictus de dégoût.

Je le dégoûte, sérieusement ?

– Ça ne change rien à ce que je t'ai dit, tu peux rester ici autant que tu veux.

Je suis en apnée, abasourdie par ce que j'entends. Tout mon corps tremble de rage, de remords et de désarroi.

– Rester ici ? Alors que tu… tu t'es foutu de moi pendant tout ce temps, juste pour pouvoir me baiser et me jeter après ?! C'était quoi, encore, une espèce de pari avec tes imbéciles de potes ?

Je ferme les yeux, secoue la tête. Quand je les rouvre, Connor se masse le front.

– Je sais pas ce que t'as cru, Aya, mais…

– Ce que j'ai cru ?!

Je me mets à rire malgré moi.

Et puis le silence tombe.

Lourd et étouffant.

Il s'en fiche. Je le sais, maintenant, même si, l'espace d'une seconde, j'ai l'impression de lire autre chose dans l'éclat de ses prunelles glacées.

De la douleur.

Oh oui, j'espère qu'il va souffrir.

– J'espère au moins que tu t'es bien amusé, je parviens à formuler, acide.

J'ai tellement la haine contre Connor que je n'ai même

pas envie de pleurer. Tellement la haine d'y avoir cru. De lui avoir fait confiance.

D'avoir commencé à l'aimer.

Je tourne les talons avant d'exploser vraiment. J'ai la poitrine qui bouillonne, la tête prise dans un étau et le cœur calciné. Je me rue dans sa salle de bains en évitant de me remémorer tout ce qu'il s'est passé seulement quelques heures auparavant, mon début de bonheur qui a éclaté en mille morceaux aussi vite qu'il est apparu. Je me déshabille furieusement, je tangue, me rhabille avec mes vêtements d'avant, ceux de ma vie compliquée, mais vraie.

Puis je ramasse mon sac qui est resté ici depuis tout ce temps.

De retour dans le salon, je refuse de jeter le moindre coup d'œil à Connor. Je ne le gratifie même pas d'un simple mot, rien, et je claque la porte de chez lui de toutes mes forces pour retrouver mon vieux tas de ferraille et ma parfaite solitude.

50

Aya

Je suis garée sur le parking de la fac depuis presque une heure déjà. Oui oui, le parking du campus, avec mon tacot adoré. Je n'ai nulle part où aller vu que mon parking habituel est fermé les jours fériés, et c'est le seul endroit auquel j'ai pensé. Ce soir, il n'y a personne, mais demain, je sais que j'attirerai tous les regards. Une vieille voiture toute cabossée, ça fait tache, ici.

Je m'en fiche.

J'aurais au moins gagné ça, le regard des autres me passe complètement au-dessus maintenant que Connor a pris ma dignité, l'a piétinée, roulée dans la boue, repiétinée, et de nouveau roulée dans la boue.

Je cogne mon front sur le volant, le cœur au bord des lèvres. Il bat encore un peu trop vite, et ma tête vrombit si fort qu'aucun cachet ne sera capable de me soulager.

Une partie de moi voudrait faire demi-tour et lui faire aussi mal que ce qu'il vient de m'infliger, par pure vengeance. Mais je sais très bien que faire du mal à ceux qui nous en ont fait ne nous rend que plus amers et haineux.

J'ai déjà essayé avec Johnny.

C'est un cercle vicieux.

Je n'arrive toujours pas à croire que Connor ait pu prendre plaisir à m'humilier comme ça. Qu'il ait vraiment menti, du début à la fin.

En même temps, il me l'avait confessé : « Je suis un menteur compulsif. » Et moi, comme une imbécile, j'ai acquiescé et j'ai foncé droit dans le mur. Mais, parfois, il avait l'air si…

Pourquoi est-ce que je suis encore en train d'y penser ? Il a été très clair quand je lui ai demandé s'il se moquait de moi depuis le début.

Son silence l'a été, en tout cas.

Je me redresse, les paumes des mains sur les yeux, et j'inspire d'un coup sec.

Comment j'ai pu me tromper à ce point ?

C'était la première fois que je me confiais à cœur ouvert au sujet de la mort de ma mère, la première personne en qui j'ai eu vraiment confiance. Et lui, il m'a manipulée sans le moindre remords, il m'a sautée et il m'a jetée comme le parfait connard qu'il est.

Je sens mes yeux s'humidifier en pensant à ma mère et je cherche du bout des doigts mon pendentif qui est encore le seul à pouvoir me réconforter.

Mais…

Ma chaîne… J'observe mon reflet dans le rétroviseur intérieur, un sursaut de panique dans les veines.

Putain, elle a disparu !

Un violent coup d'adrénaline me brûle le ventre.

Par réflexe, je vérifie sous mes pieds, sur les sièges, je fouille partout dans ma voiture et dans mon sac. Mais mon pendentif porte-bonheur n'est nulle part.

La dernière fois que je l'avais, c'était hier soir chez Connor. Je ne comprends pas comment j'ai pu le perdre, le fermoir ne s'est jamais détaché ! C'est sûrement Connor qui…

Il n'aurait quand même pas fait ça ?

Quand je comprends qu'il n'y a pas d'autre explication et qu'il me l'a sûrement volé par pure méchanceté, une rage aveugle monte en moi et je sens l'écœurement me retourner l'estomac.

Tout à coup, j'étouffe.

Je m'apprête à redémarrer mon moteur pour faire demi-tour, mais l'alarme de mon portable se met à sonner.

Le cours de soutien avec Brooks.

Merde !

C'est ma seule chance de me remettre à niveau, je ne peux pas lui faire faux bond…

J'hésite un bref instant, tiraillée entre le fait de récupérer tout de suite mon pendentif, tuer Connor et rejoindre mon cours de soutien en quatrième vitesse, ou bien aller au cours et faire tout le reste après.

Mais Brooks est intransigeant et m'a déjà mise en garde. Je sais qu'il n'accorde pas ce privilège à tout le monde.

Je choisis donc la seconde option et sors de ma voiture avec mon sac de cours, en me jurant de foncer chez cet enfoiré juste après mon rendez-vous pour récupérer mon pendentif coûte que coûte.

Après quelques minutes à entendre le bruit de mes pas résonner dans les couloirs déserts et plongés dans le noir, j'arrive enfin devant le bureau de M. Brooks. Seul un rai de lumière filtre sous la porte de la petite pièce dans laquelle je m'apprête à entrer pour sauver mes études.

Dans un état de nerfs, de tristesse et de déception qui doit certainement se lire sur mon visage.

Je reste debout une seconde, j'essaie d'avaler ma salive et de faire le tri dans ma tête pour me concentrer sur l'heure qui va suivre, mais c'est difficile.

Tant pis, je n'ai plus le temps.

Je toque doucement à la porte. La voix de mon professeur me répond de l'autre côté.

– Entrez, Aya.

Lui, au moins, il n'a pas oublié…

Je pousse timidement le battant.

Il est là, seul, posté à son bureau… à ne rien faire. Visiblement, il m'attendait. Je n'avais vraiment pas intérêt à être à la bourre.

– Vous pouvez vous installer tout devant, fait-il en me désignant une place.

Je m'exécute en le remerciant et il me sourit simplement avant de me contourner pour aller refermer la porte.

Je peux oublier tout le reste pendant une heure.

J'en suis capable.

– Je suis content de voir que vous avez mis un point d'honneur à arriver à l'heure, entame-t-il en revenant à son bureau.

Et ce n'était pas gagné…

– C'est important pour moi, j'affirme en retour.

Brooks ouvre un tiroir de son bureau, en sort quelques feuilles et redresse la tête.

– Qu'est-ce qui est important ?

– De vous montrer à quel point je suis motivée, je précise.

Cette dernière phrase a l'air de taper dans le mille, car son visage s'illumine d'un sourire satisfait.

– Je sais que vous l'êtes. (Il s'assoit sur sa chaise et frotte sa fine barbe d'une main.) On va se tutoyer si tu n'y vois pas d'inconvénient, d'accord ? Ce sera plus simple vu qu'on sera amenés à réitérer ce genre de rendez-vous.

Sa demande me surprend. Je me vois mal le tutoyer, mais après tout, ça me permettra aussi de me sentir un peu plus à l'aise.

– D'accord, pas de problème.

– Super. Tu veux boire quelque chose avant d'attaquer ? J'ai toujours deux ou trois canettes planquées ici, rit-il.

Je secoue la tête et je ne sais pas ce qui me prend, mais je m'entends lancer une petite blague sur le même ton que lui.

– Ça ira, je vous… Je veux dire, je te remercie. Là, je crois que j'aurais plus besoin d'alcool, en fait.

– Ah ah, dommage que je ne conserve pas d'alcool sur place, alors !

On est d'accord, même si la dernière idée que j'avais en tête pour oublier Connor, c'était bien de me bourrer la gueule avec mon prof d'archéologie !

– J'aimerais bien en savoir un peu plus sur toi avant de commencer, Aya. Tu veux bien me parler de ton parcours et de ce que tu aimerais faire plus tard ?

Je me redresse un peu sur ma chaise.

– Bien sûr. Je suis allée au lycée dans l'Oregon. J'avais de très bonnes notes et c'est ce qui m'a permis d'obtenir une bourse pour entrer à Princeton.

– Félicitations, me coupe-t-il en hochant la tête. Et pourquoi vouloir absolument entrer à Princeton ?

– Eh bien, je veux devenir égyptologue, et c'est la meilleure université à proposer un cursus d'égyptologie, alors ça a toujours été mon objectif. Je sais que Princeton est fréquentée par les meilleurs. Je veux sécuriser mon avenir. J'ai connu des situations compliquées quand j'étais plus petite, donc c'est vraiment important pour moi. Plus important que tout. Ma mère m'a transmis sa passion pour la mythologie égyptienne et je ne veux faire rien d'autre que ça plus tard, j'ajoute avec un enthousiasme qui me fait du bien, embarquée dans mon discours.

J'essaie surtout de me vendre le mieux possible, parce que j'ai quasiment l'impression de passer un entretien d'embauche. Je saisis d'autant plus à quel point je dois me battre pour mériter ce cours particulier. Des dizaines d'étudiants rêveraient de pouvoir en bénéficier et Brooks n'a que l'embarras du choix.

Je suis prête à tout pour reprendre les choses en main. C'est ma seule et unique priorité à partir de maintenant.

51

Connor

Penché au-dessus de mon lavabo, je m'asperge généreusement le visage d'eau froide.

Il me faut au moins ça pour remettre de l'ordre dans mes idées et reprendre de l'aplomb. Aya est partie depuis que j'ai revêtu mon costume de connard et n'est pas réapparue de la journée.

C'est mieux comme ça de toute façon, pour elle comme pour moi. Il fallait en passer par là.

Enfin, c'est ce dont j'essaie de me convaincre.

– Police, ouvrez !

Je reconnais la voix de Dylan, le calme de Nate et les petits coups de Jasper contre le bois. Mine de rien, je suis soulagé de les voir débarquer après leur journée à L.A. Je compte sur cette soirée pour me faire pardonner à propos de tout ce que j'ai merdé ces derniers temps et pour me remettre dans le droit chemin.

On remet les priorités à leur place.

On arrête de déconner.

Je checke mes potes un par un pendant qu'ils pénètrent joyeusement dans mon salon.

– Ça fait plaisir de voir enfin ta bouille ! me chambre Dylan en me prenant par les épaules.

– Ouais, désolé, j'ai eu besoin d'un petit moment en solo.

Jasp' me gratifie d'un regard oblique depuis l'angle du canapé, m'indiquant qu'il n'a rien dit à Nate et Dylan au sujet d'Aya, même s'il ne comprend sûrement pas pourquoi je leur mens.

– Toi ? On aura tout vu !

– T'es d'une humeur bizarre ces derniers temps, soulève Nate.

– C'était juste un petit coup de mou.

– Ouais, mais nous on commençait à penser que tu nous aimais plus.

– Tu rigoles ou quoi ? Je vous aime plus que mes propres couilles, je rétorque en ébouriffant les cheveux bruns de Dylan. Bon, on a tout ce qu'il faut pour ce soir ?

Jasper se lève et, en bon intendant, fait le topo pour nous.

– Ouaip, tout le matos, le double de la clé, l'adresse, et je nous ai aussi pris des mini carottes et du tzatziki au cas où on aurait un petit creux.

– Parfait. Dylan, t'as rendez-vous avec elle dans combien de temps ?

– Hmm… Une demi-heure tout pile, fait celui-ci en se penchant pour jeter un œil à l'horloge du four.

On ne s'organise pas plus que ça, je récupère les clés de la caisse et on descend tous les quatre au sous-sol de l'immeuble. Une fois la Lexus noire débâchée, je prends le volant, Nate s'installe à côté de moi et Jasp' grimpe à l'arrière.

Dylan apparaît à ma vitre, mais mes yeux viennent de tomber sur mes genoux. Je revois dans un flash le corps nu d'Aya, assise à califourchon sur moi. Les gouttes d'eau qui ruisselaient sur sa peau tiède et frissonnante, ses cheveux mouillés, éparpillés sur ses épaules et son visage. Je ressens presque son désir palpiter de nouveau sur ma verge et me donner une trique infernale.

– Mec, baisse la vitre !

Je reprends conscience, un peu déboussolé, un peu agacé, et mon doigt ripe sur le bouton.

Elle va finir par quitter mon esprit.

– L'oiseau vient de quitter le nid, lâche Dylan après m'avoir observé un court instant. Amusez-vous bien, les enfants !

– Toi aussi, mon cochon !

– Et vas-y tranquille, qu'on ait le temps de se balader un peu dans la maison ! je lui lance.

Je ne suis pas pressé de rentrer chez moi ce soir, surtout si c'est pour retrouver la présence indélébile d'Aya dans chaque mètre carré de mon appart.

– Hey, je demande tandis que Dylan se dirige vers sa voiture, on se fait une petite soirée entre nous en rentrant ? À l'ancienne, rien que tous les quatre ?

Nate sourit aussitôt.

– Alors là, avec plaisir, tu me dois une revanche sur *Street Racing* !

– On va enfin se bourrer la gueule pour la première fois du week-end, pas trop tôt ! abonde Jasp'.

J'aurai ni le temps ni la force de penser à quoi que ce soit, c'est juste parfait.

Je démarre le moteur. Les feux LED balaient les murs du parking souterrain comme je balaie mes remords.

Mais toujours pas d'adrénaline.

***

On arrive à faible allure devant une petite forêt située en périphérie de la ville. Ce n'est pas dans un quartier de Princeton que l'adresse de Dylan nous a conduits, même pas dans un hameau, mais juste entre deux champs, face à un bois lugubre.

Aucune lumière ne filtre à travers les arbres, il n'y a pas l'ombre d'un lampadaire.

On est en pleine cambrousse.

Je détache ma ceinture, perplexe.

– T'es sûr que c'est là ? j'interroge Nate, qui suit le GPS comme à son habitude.

– Ouais, apparemment la baraque est juste à droite, au bout du chemin en terre, m'indique-t-il en bougeant la carte sur l'écran de son téléphone.

Jasp' passe sa tête entre nos sièges.

– On a qu'à aller vérifier directement. On sera vite fixés.

Tout le monde approuve, alors je coupe le moteur et on s'équipe avant de descendre. On enfile nos « super » cagoules, Jasper récupère le double des clés qu'il a fait faire, nous donne une petite lampe torche à chacun, et on termine le chemin à pied.

Seulement quelques minutes de marche plus tard, un vieux corps de ferme apparaît dans la nuit. Ça a l'air mal entretenu et délabré, et je n'imagine franchement aucun prof de Princeton habiter là-dedans.

Nate et Jasper s'en étonnent aussi.

– Où il a chopé cette adresse, déjà, Dylan ?

– Il est venu une fois, la meuf l'a invité quand son vieux n'était pas là.

J'émets un petit rire tout en continuant d'avancer vers la maison.

– Sharky et ses plans foireux !

– Justement, je sens que ça va être marrant, bro !

– C'est clair, approuve Nate.

J'aimerais partager l'enthousiasme de Biteman et d'Hello Kitty, alors j'y mets du mien pour que ça fonctionne et je me force à penser qu'ils ont raison.

On passe un petit portillon en bois resté ouvert et on arrive dans une grande cour. Nos baskets s'enfoncent en faisant du bruit dans les graviers, mais on marche comme si on allait entrer tranquillement chez nous.

L'avantage de braquer une baraque sans voisins à proximité.

De toute façon, il n'est que vingt et une heures, et tout est éteint à l'intérieur de la maison. Elle est vide, c'est sûr.

– Alors, aloooors, sifflote Jasper en enfonçant la clé dans la serrure de la porte.

Un sentiment que je n'aime pas vraiment éclot dans ma poitrine. Je jette un coup d'œil pressé derrière mon épaule, à droite et à gauche, mais rien ne bouge dans les buissons ou derrière les arbres. Il n'y a pas le bruit d'un moteur à l'horizon, pas une respiration. On entend juste les animaux de la forêt qui s'éveillent.

Le bruit du verrou qui recule claque et Jasp' pousse doucement la porte d'entrée.

– Y a quelqu'un ? appelle-t-il en passant le buste à l'intérieur de la maison.

Nate le dépasse en lui donnant une tape amicale sur le crâne.

– Mais qu'il est con !

Je suis Biteman dans ce qui semble être la salle à manger pendant que Jasper referme la porte derrière nous. Ça sent le vieux et l'humidité, et d'ailleurs, tout a l'air de dater d'une autre époque à l'intérieur. Les bibelots entassés sur la cheminée, les napperons, les meubles, la cuisine… Il n'y a même pas de télé.

– Putain, c'est vraiment moche… grimace Nate en progressant lentement à l'aide de sa lampe torche.

Après quelques minutes, Jasper déboule d'un coup

dans mon dos. Je n'avais même pas vu qu'il était parti de l'autre côté. Il a posé sa lampe et tient un tee-shirt entre les mains.

– Regardez ça, les gars ! fait-il, tout émoustillé.

J'observe bien le morceau de tissu riquiqui qu'il a entre les doigts, le flocage *Stranger Things* et les bordures des manches rouges, et ça me revient tout à coup.

– Putain, c'est à Billie ?!

– C'est pas le sien, réfléchis. Mais c'est exactement le même, c'est pas dinguissime ?

– C'est qui, Billie ? s'enquiert Nate en attrapant une manche entre ses doigts.

– Une meuf qui voulait serrer Jasper au lycée, j'explique. Tu te souviens, mec ?

– Si je m'en souviens ? se marre Jasp'. Elle s'était pointée chez moi la veille de Noël pour me faire sa déclaration en chanson ! (Il se met à pointer Nate du doigt en ondulant des épaules et en jouant des sourcils.) *« Make my wish come truuuue, all I want for Christmas is youuuu ! »*

L'imitation bancale de Jasper nous fait tous les trois éclater de rire.

– Aussi tarée que Gabriella ! relance Nate.

– Gabriella, mais ouiiii !

– Celle qui avait des petits bras de tyrannosaure et qui faisait que te toucher le torse en première année ? je demande en braquant ma lampe torche sur le visage de Nate.

– Vous avez un pète au casque ou quoi ? réfute-t-il en observant Jasper agiter l'air avec ses mains, les avant-bras plaqués sur ses côtes. C'est la meuf qui faisait un mètre quatre-vingt-dix et qui chaussait du 44 ! Je peux te dire que, quand on voyait ses mains, on avait envie de tout sauf de les voir sur nos aubergines. Sérieux, elle coupait du bois plus vite que Charles Ingalls[1] !

– Mais quelle enflure ! je me moque en essayant de frapper mon pote avec ma lampe torche.

Il esquive, je le loupe et la lampe m'échappe des mains.

– Rah, merde.

J'entends Nate dire à Jasp' d'aller ranger le tee-shirt pendant que je me baisse et plaque mes paumes sur le plancher pour voir où ce fichu truc a roulé.

Jusque sous le vaisselier, carrément contre le mur.

Je grommelle, mais comme je suis bien obligé de la récupérer, j'attrape les angles du meuble et le déplace un tout petit peu vers le centre de la pièce, juste histoire de passer mon bras.

Mais, en pliant les genoux, quelque chose attire mon attention. Ce que je croyais être un vieux bout de tapisserie derrière le meuble n'en est pas un.

Une fois ma lampe torche en main, je braque le faisceau bleuté contre le mur.

C'est une aération.

Pourquoi planquer une grille d'aération derrière un meuble ?

– Hey, les gars ! j'appelle, intrigué. Tirez un peu le vaisselier vers vous, pour voir.

Nate et Jasp' s'exécutent, et une fois qu'ils ont complètement dégagé le mur, ils viennent s'accroupir à côté de moi.

D'habitude, on ne joue pas les déménageurs de l'extrême, mais là, j'ai un drôle de pressentiment.

– Qu'est-ce qu'il y a ?

Je fais courir la lumière de ma lampe le long du mur découvert, le souffle coupé.

---

1. Il coupe du bois, il vit dans une petite maison dans la prairie. C'est Charles Ingalls, le patriarche au grand cœur de la série *La Petite Maison dans la prairie*.

– C'est une porte ? souffle Jasp' avant que je ne le dise.

Une porte, oui, mais sans poignée. On ôte tous trois nos cagoules, dubitatifs.

– Mec, ça pue, cette histoire. Les gens qui ont une pièce secrète ont des choses à cacher, s'inquiète Nate.

– Justement. C'est ça, le truc.

– On fait quoi, on la défonce ?

Dilemme. Je regarde Jasp' sans savoir quoi faire. J'ai envie de savoir ce qu'il y a derrière ce mur, mais si on bousille la porte, autant dire qu'on va laisser des traces de notre passage.

– Essaie de regarder par la grille pour voir, suggère Nate.

– Bonne idée.

Je me couche à plat ventre sur le sol, m'avance au plus près de la petite lucarne et m'aide de ma lampe pour tenter d'apercevoir l'intérieur de la pièce.

– Il y a… commencé-je, la poussière me chatouillant les narines. Un bureau avec un PC portable. Des classeurs. Ça a l'air d'être un coin de trav…

Soudain, mon pouls se met à tabasser ma carotide.

– Putain… je murmure sans pouvoir détacher mes yeux de ce que je viens de découvrir.

– Bro, ça va ?

– Qu'est-ce qu'il se passe, Connor ? T'as vu quoi, mec ?

– Les gars, y a plein de photos de gamines sur le mur ! je m'écrie.

Je me relève avec précipitation. À peine le temps d'échanger un regard avec Nate et Jasper, et on se jette tous les trois sur la porte de toutes nos forces. Le montant sur lequel tenait le verrou se fracasse sous notre poids en envoyant des échardes de bois partout autour de nous.

Je saute les deux marches menant à la petite pièce

secrète, Nate et Jasp sur les talons, et j'abats ma paume sur le mur pour allumer la lumière.

Je crois que plus aucun de nous n'arrive à parler. Les murs en béton sont littéralement recouverts de photos de filles, probablement toutes mineures, complètement nues. La nausée me prend à la gorge, j'ai les tripes complètement retournées.

Jasp' place lui aussi une main devant sa bouche pour se retenir de vomir, et je prends conscience de ce qui s'étale sous nos yeux en même temps qu'un réflexe me pousse à sortir mon téléphone pour filmer l'endroit.

Puis je me rappelle à qui appartient cette baraque.

À un putain de prof qui enseigne sur le campus.

Nate s'approche du bureau pour tenter de déverrouiller le PC en toute hâte. Je m'assieds une seconde pour calmer le vertige qui me fait tanguer quand la voix de mon meilleur pote claque brusquement :

– C'est la fille qui a disparu !

Je me relève d'un bond et me penche sur la photo que Jasp' observait sur un coin de mur. J'arrache le cliché d'une main tremblante, le cœur au bord des lèvres et je la reconnais immédiatement. La meuf sur les avis de recherche placardés partout sur le campus.

Celle qu'Aya cherchait avec ses amis.

Sur la photo, elle est allongée sur un matelas miteux, visiblement inconsciente.

Et, dans mon cerveau, tout s'emballe.

– Aya m'a parlé d'un prof qui donne des cours de soutien à la fac ! Nate, va voir le nom sur la boîte aux lettres, grouille !

Il détale et j'appelle Dylan en parallèle, cravaché par l'angoisse.

Sa voix teintée d'incompréhension me répond à la dernière sonnerie.

– Ça roule, mon poulet ?
– T'es avec la meuf, là ?
– Euh… Ben ouais, mec. Comme je vous l'avais dit, toussote-t-il.
– Brooks ! C'est Brooks sur la boîte aux lettres ! crie Nate qui réapparaît en moins de deux en haut des escaliers.
Le souvenir éclate et mon sang déserte mon corps.
C'est le nom qu'Aya a prononcé.
Brooks.
– Il fait quoi son père, en ce moment, demande-lui ! j'aboie sur Dylan.
– D'accord, mais c'est quoi l'embrouille ?
– Demande, putain !
Je ne me reconnais pas dans ma façon de lui gueuler dessus, mais la panique a pris le contrôle de mon corps et de mes mots.
– Il fait quoi ton vieux, là ? j'entends enfin demander Dylan. Elle veut savoir pourquoi.
– Dis-lui de répondre, bordel !
Je sens que Nate me serre l'épaule.
Jasp', toujours assis sur la chaise de bureau, se tire les cheveux, livide.
– Je répondrai à mon pote à ta place, il a jamais crié au téléphone, reprend Dylan. Hmm. OK, mec, son vieux donne des cours de soutien à des premières années le lundi soir. Il est à son bureau normalement, sur le campus. Pourq…
Je raccroche aussi sec.
Je suis sûr qu'Aya devait le voir ce soir et je perds complètement pied en l'imaginant seule dans le bureau de ce détraqué.
– Je prends la caisse, barrez-vous d'ici ! j'ordonne à Nate et Jasper avant de retraverser la maison en courant.

Je ne veux pas perdre la moindre seconde. Je me précipite dans ma voiture, démarre le moteur et fonce à toute vitesse en direction du campus. Je roule trop vite dans les rues de Princeton.

Beaucoup trop vite. Je n'ai jamais autant enfoncé l'accélérateur de toute ma vie.

Bordel, Brooks est avec Aya en ce moment même, ils sont seuls dans le bâtiment et qui sait s'il ne s'en est pas déjà pris à elle ?

Je ne pourrais jamais me pardonner tout ce qu'il s'est passé si c'était le cas.

Je double une file de voitures arrêtées à un feu rouge en les frôlant à toute vitesse, ignorant les coups de klaxon qui m'avertissent du danger.

L'intersection est vide et, de toute façon, je ne comptais pas m'arrêter. La peur mêlée à l'adrénaline explosent dans ma poitrine. Ça me tord le ventre et me ronge le cerveau. J'essaie de ne pas penser à ce qui a déjà pu se passer ou ce qu'il pourrait se passer dans les secondes qui suivent, mais en vérité, je ne suis même pas certain de l'heure du rendez-vous.

Je me saisis de mon téléphone et compose le numéro de la police tout en enchaînant les rapports. Je n'ai plus qu'une idée en tête : sortir Aya des griffes de ce malade mental.

Même si je sais pertinemment que ce coup de fil va signer la fin de beaucoup de choses.

52

Aya

À mesure qu'il parle, Brooks note plusieurs mots-clés sur le petit tableau blanc derrière lui. Il m'a demandé de ne rien écrire pour pouvoir me concentrer uniquement sur ce qu'il dit. Même si j'ai peur d'en oublier une partie, je lui suis secrètement reconnaissante d'accorder ce temps de repos bienvenu à mes doigts endoloris par les heures de notes que je prends déjà en journée.

Si seulement c'était la seule douleur que j'avais à gérer en ce moment… je pense, amère, incapable de me sortir Connor de la tête.

– Ce que je viens de te donner, c'est seulement la méthode de travail que j'appliquais moi-même en tant qu'étudiant, m'explique Brooks en se tournant vers moi. Si tu arrives à maîtriser ça, tu t'en sortiras sans problème. Est-ce que ça te paraît insurmontable ?

Lorsqu'il me pose cette question, je me rends compte que j'étais de nouveau perdue dans la confusion de mes pensées depuis quelques minutes.

Concentre-toi, Aya. Oublie cet enfoiré de Connor. Il ne mérite pas que tu gâches ta chance.

Perturbée, je m'efforce donc d'observer ce que Brooks a écrit en réfléchissant derrière les verres de mes lunettes.

– Je ne pense pas, non.

Il me pointe de son feutre et m'intime d'une voix ferme :

– Tu dois être sûre de toi, Aya. C'est l'une des clés de la réussite. Aie confiance en toi.

D'accord. Sûre de moi.

Je me racle la gorge pour m'éclaircir la voix et reprends.

– Je veux y arriver et j'y arriverai.

– Voilà qui est mieux ! Je savais que tu étais du genre à savoir ce que tu veux.

Brooks remet le capuchon sur son marqueur et le pose sur son bureau. Il arrête son geste sans rien dire pendant un instant, comme s'il réfléchissait intensément. Puis, il me fixe droit dans les yeux.

– Maintenant, la question est : es-tu prête à te donner tous les moyens pour ça ?

J'acquiesce aussitôt, en me demandant toutefois pourquoi il continue encore de mettre en doute ma motivation.

Brooks ramasse les feuilles qu'il avait sorties et dont on ne s'est même pas servis, les range dans un casier et s'approche de moi.

Quelque chose dans son attitude m'interpelle, mais tous les moments de silence pendant lesquels je pourrais m'y attarder sont encore envahis par les émotions contradictoires qui m'empoisonnent l'esprit depuis que Connor m'a trahie.

Ses mots refusent de quitter ma mémoire.

Brooks s'assoit doucement sur le coin de mon bureau et croise les mains devant lui.

– J'ai aussi une solution plus radicale, Aya. Mon cours n'est pas le plus facile à suivre et je sais qu'un petit coup de pouce supplémentaire pourrait régler définitivement le problème.

– Tant que ça peut m'aider, je prends.

Un large sourire s'étire sur le visage de mon professeur.

– Encore une bonne réponse. Je dois dire, Aya, que tu dépasses toutes mes espérances.

Ces mots ont une intonation tellement inhabituelle qu'ils finissent par pénétrer le brouillard dans ma tête. Un pressentiment encore plus fort s'empare de moi. Je fronce les sourcils, à présent complètement focalisée sur l'instant.

– Co… Comment ça ? je demande, un peu perdue.

Brooks se contente d'afficher un petit rictus étrange et, tout à coup, je le trouve bien moins sympathique.

– Ce n'est pas la question. Tu veux être parmi les meilleures et je te propose simplement d'y parvenir sans avoir à fournir le moindre effort.

– Mais je n'ai pas l'intention de relâcher mes efforts, lâché-je au cas où ce soit un piège destiné à évaluer mon implication.

Mon professeur se lève sans un mot, me contourne et s'arrête dans mon dos. Un frisson désagréable rampe le long de mon épine dorsale. Il se penche près de moi, m'encadre de ses bras tendus en les posant sur le bord de mon bureau et, brusquement, je sens son souffle chaud s'échouer sur ma joue, tout près de ma bouche.

– Alors montre-moi maintenant ce que tu es prête à faire pour avoir les meilleures notes dans ma matière.

Mon cœur loupe un battement.

Non, il ne peut pas…

Je ne bouge plus, pétrifiée par ce qui est en train de se passer.

La respiration de mon professeur s'accélère.

Bute contre ma joue.

Sa barbe griffe ma peau alors qu'il me murmure de simplement me laisser faire. Sans s'éloigner d'un centimètre, il agrippe l'une des bretelles de mon top et la fait lentement glisser sur mon bras. Le bout de son index caresse ma peau libre et tout mon corps me hurle de me lever ou de réagir, mais le choc et la terreur m'enchaînent à ma chaise.

Mon cœur tambourine comme un fou. J'essaie de dire quelque chose, de me révolter, mais pile à cet instant, la poignée de la porte claque brusquement.

Je sursaute.

Brooks sursaute.

Les murs sursautent.

Un poing s'abat avec puissance contre le battant.

– Aya ! Ouvre !

J'écarquille les yeux comme au sortir d'un mauvais rêve, complètement déboussolée en reconnaissant la voix de Connor, qui est en train de s'acharner comme un fou sur la porte.

Je n'avais même pas réalisé que Brooks l'avait verrouillée.

Celui-ci se redresse en pestant et je respire à nouveau alors qu'il se dirige vers la porte.

Puis tout se passe en quelques secondes. Dès l'instant où Brooks ouvre, Connor entre comme un boulet de canon. Il assène directement un violent coup de poing dans la mâchoire de mon prof qui se retrouve étourdi un instant. Puis Connor m'aperçoit, baisse les yeux sur la bretelle qui pend autour de mon bras, avise les larmes de panique qui noient mes prunelles et, en une foulée, il est à côté de moi, me tire par le coude, me lève en renversant ma chaise et me place derrière lui.

– Reste là, m'ordonne-t-il sans se retourner, essoufflé.

Son bras me barre le passage et me maintient dans son dos tandis qu'il pointe son index menaçant en direction de Brooks, en train de gémir par terre.

Je ne comprends rien à ce qu'il vient de se passer, mais ce que je sais, c'est que la situation était en train de dégénérer avant que Connor n'arrive.

Je ne l'avais jamais vu avec ce feu noir dans les yeux et le fait de le voir frapper quelqu'un avec une telle rage me renvoie au souvenir de mon père. La terreur, l'adrénaline et tout un maelström d'émotions me font respirer fort et vite.

Mes tempes et mes poumons me brûlent.

– Même ton père ne pourra pas te sortir de ce mauvais pas, sale petite merde ! Tu vas être renvoyé avec une plainte sur le dos ! hurle Brooks en s'aidant du mur pour se relever.

Connor ne répond rien, comme si mon prof avait raison. J'essaie de trouver une réponse aux questions qui se bousculent brusquement dans ma tête, de comprendre pour quelle raison Connor a fait irruption ici et comment il pouvait savoir ce qui était en train de se passer.

Mais tout se mélange.

Ma colère envers Connor pour le mal qu'il m'a fait, l'affolement, la peur, le soulagement et la stupéfaction.

Le grand blond recule d'un pas et me ramène un peu plus contre lui.

À cet instant, une sirène se met à retentir dehors. Je tourne la tête pour regarder par la fenêtre. Elle est bientôt suivie d'un balai de lumières bleues et rouges qui zèbrent la nuit.

De nouveau, j'observe Brooks. La lueur d'angoisse

qui se reflète dans son regard, léché par les lumières des gyrophares.

Puis l'abdication.

Et enfin, le refus.

Et moi, perdue et à bout, je reste derrière Connor, parce qu'à cet instant, c'est le seul endroit où je me sente encore un peu en sécurité.

53

Connor

Homicide.

Combien on prend pour un homicide, aujourd'hui ? Je n'en ai strictement aucune idée. J'aurais dû regarder *New York, police judiciaire*, fait chier. Je ne sais même pas si la peine de mort existe encore dans le New Jersey.

Les coudes appuyés sur la table métallique, je me passe les mains sur le visage en me remémorant les événements de ces derniers jours.

Je revois son visage figé sous mes paupières baissées et les mots de l'inspecteur reviennent me frapper comme un violent coup de fouet.

Morte.

Elle est morte, putain.

Je n'arrive pas à y croire. J'ai l'impression d'être pris dans une spirale infernale qui m'entraîne vers le fond.

C'est allé beaucoup trop loin. Qu'est-ce que je suis en train de faire de ma vie ? Qu'est-ce que j'en ai fait, jusque-là ?

J'étire mes épaules douloureuses en grimaçant. Ça fait cinq heures que j'ai les mains attachées dans le dos, j'en ai marre de poireauter dans cette salle d'interrogatoire. J'ai déjà tout dit, alors qu'est-ce qu'ils attendent ?

Ils se font une chenille dans les bureaux ou quoi ?

Je tente un changement de position en bougeant un peu, mais je n'obtiens rien de plus qu'un joli concerto pour menottes en *la* mineur.

Cling cling cling cling.

Par dépit, je finis par allonger mes jambes sous la table et je laisse ma tête basculer en arrière en pensant à Jasper, Nate et Dylan. Un rire sans joie traverse ma gorge lorsque je réalise que je viens de me jeter entre les griffes des flics alors que toutes nos foutues règles avaient justement pour but de ne pas nous faire coincer. Quand, finalement, je comprends que tout, absolument tout m'a mené jusqu'ici aujourd'hui, dans ce poste de police qui est passé du calme plat à une panique sans nom il y a de ça quelques heures à peine.

Un branle-bas de combat général.

À cause de moi.

Et un peu aussi à cause d'*elle*.

Des éclats de voix attirent mon attention derrière la porte métallique. Je tourne la tête et j'entends brailler l'inspecteur avec qui je me suis entretenu un peu plus tôt dans la matinée.

Ça se bouscule derrière les murs, ça crie et ça s'invective.

– Vous m'en voyez désolé, monsieur McDougall, mais il y a des lois dans cet État et vous allez devoir les respecter comme tout le monde !

– Mon fils est ici depuis hier soir, je veux lui parler immédiatement !

Putain ?! Mon père a fait le déplacement, applaudissements, s'il vous plaît !

D'autres personnes prennent part au débat et j'imagine sans mal que le trader le plus fortuné du New

Jersey a débarqué avec toute sa meute d'avocats dans l'espoir de laver son nom et sa réputation.

Je savais que mon paternel apprendrait vite la nouvelle de mon arrestation, mais qu'il trouve le temps de se pointer en personne, là, ça m'étonne.

Un bruit sourd résonne contre la porte.

– Monsieur McDougall, je ne vous apprends rien en vous informant que votre fils fait l'objet de graves accusations dans cette affaire !

À quelques mètres, mon vieux rugit plus fort encore et je crois que, de toute ma vie, c'est bien la première fois que je l'entends, lui, le calme incarné, péter littéralement un câble.

– Vous voulez rire ?! Vous ne croyez pas qu'il y a plus urgent à l'heure actuelle ?! Et si c'était vrai, pour quelle raison serait-il allé se dénoncer comme ça du jour au lendemain, vous pouvez me le dire ?

À cette dernière question, je sens un petit sourire dépité s'installer sur mes lèvres.

Pour quelle raison ?

Celle qui vient de faire de moi un mec prêt à assumer les conséquences de ses actes.

La porte métallique s'ouvre enfin et l'inspecteur en charge de l'affaire entre, mon père ainsi que le père de Nate, qui a revêtu son costume trois pièces d'avocat, sur les talons.

– Tu peux sortir, m'informe l'inspecteur chauve à qui j'ai eu le droit de raconter ma vie pendant des heures et des heures. Ton avocat a obtenu que tu sois libre jusqu'à ton procès. En revanche, tu as interdiction de quitter l'État. Et en attendant ton jugement, tu ne peux pas réintégrer l'université. Tu saisis ?

J'acquiesce en me levant. L'inspecteur Reed vient

m'ôter sèchement les menottes. Il est sur les dents, mais ça se comprend. Un prof qui enseignait à Princeton depuis quinze ans et qui s'avère être un prédateur sexuel avec un lourd passé judiciaire, ça va secouer le gouverneur.

Mon paternel garde la bouche scellée jusqu'à ce qu'on entre tous les deux dans la voiture, après que mon avocat lui a communiqué les dernières consignes.

Et enfin, une fois les portières fermées, là et seulement là, il consent à desserrer les mâchoires.

– Pourquoi t'as fait ça, fiston ?

Je me retiens de lui demander ce qu'il entend par là.

Pourquoi j'ai merdé ? Pourquoi je me suis dénoncé ? Pourquoi j'ai manipulé Aya ? Pourquoi je lui ai menti au lieu de lui dire que j'ai besoin d'elle pour me sentir bien ? Pourquoi j'ai frappé un prof ? Pourquoi je rentrais par effraction chez des filles que je baisais ? Pourquoi je buvais ? Pourquoi je me droguais, occasionnellement ? Pourquoi je l'ai déçu ? Pourquoi j'ai été incapable d'être un bon fils, bien droit dans ses baskets, bien éduqué, bien sage et qui fait correctement ce qu'on lui dit ?

– De quoi tu parles ? je soupire à la place, le crâne contre la vitre.

– Pourquoi t'es allé chez ce prof en pleine nuit, et tout seul en plus ? Tu voulais quoi ? Tu manques d'argent, tu as besoin de te prouver quelque chose ?

Le ton de mon père est calme. Soucieux. Mon ventre se serre, parce que j'entends presque les pensées qui se bousculent dans sa tête. « Qu'est-ce que j'ai raté ? »

Le temps.

Il a seulement raté le temps. Celui qu'il a passé au boulot au lieu de le passer à m'apprendre des choses quand j'étais gosse.

Mais il le comprendra de lui-même un jour.

– J'avais juste envie de m'amuser, j'explique d'une voix blanche.

– Et tu peux me dire à quel moment tu as pensé que le fait de te dénoncer serait bon pour ta carrière ?

Je sais que mon père a usé de son influence pour que le bruit ne se répande pas sur le campus, et si je lui en suis reconnaissant, à ce moment précis, je me dis seulement qu'il n'a toujours pas compris qu'il ne s'agit pas de ma petite personne.

– Mais t'es complètement à côté de la plaque, je siffle en fixant rageusement son profil concentré sur la route. La carrière que tu veux pour moi, je m'en contrefous. J'ai appelé les flics pour les prévenir qu'un putain de prof de Princeton kidnappait et violait des filles. Tout le monde adore ce mec à la fac, c'est le genre de type que personne ne soupçonnerait jamais ! Tu crois qu'on m'aurait cru si je n'avais pas des preuves solides à apporter à la police ? Je n'ai tout simplement pas eu le choix. J'étais bien obligé d'expliquer comment je suis tombé sur sa planque.

– Et tu faisais ça tout seul ?

Son ton est suspicieux, mais le mien est plus assuré que jamais.

– J'avais besoin de personne.

Un souffle contrarié passe la barrière de ses lèvres.

– Ta mère est à l'autre bout du pays, mais je te promets que je viendrai te voir plus souvent.

Je retiens un rire cynique.

Il aura fallu qu'un meurtre soit commis et que je me retrouve en attente d'un procès pour vol et entrée par effraction afin que mon père daigne venir me voir.

Mais soit.

Je crois qu'au fond, j'ai besoin de lui. Et cette fois-ci, je sais que c'est différent.

Mon regard fatigué se perd dans le paysage qui défile, par-delà les rues de Camden qu'on longe à vive allure, et je me demande si, entre le dieu mangeur de cœur et celui qui court après le soleil, Aya n'en connaîtrait pas un qui délivre des secondes chances.

54

Aya

– Coucou, petite marmotte.

La voix douce de Cécilia me force à ouvrir les paupières. Je la découvre assise sur le lit, juste à côté de moi, habillée comme si elle était prête à partir. Je bats plusieurs fois des cils le temps de m'habituer à l'environnement qui m'entoure. Les meubles, la lumière, la porte, tout est nouveau et j'ai encore du mal à enregistrer le fait que, dorénavant, je me réveillerai tous les matins dans la chambre de mon amie sur le campus.

Une douleur sourde m'élance le crâne. Je porte la main à mon front chaud.

– Tu dors depuis onze heures, m'informe Cécilia avec une moue contrite.

Outch.

Je ne m'en étais pas rendu compte, mais quand j'y pense, je crois que j'en avais vraiment besoin.

Je ne me suis jamais sentie aussi épuisée de toute ma vie. J'ai éprouvé tellement de choses en deux jours que je suis complètement amorphe, vidée de la moindre bribe d'énergie. Il y a eu l'arrestation de Brooks, puis les policiers m'ont retenue pendant près d'une heure pour recueillir mon témoignage et me poser des tas de questions sur lui. Et puis, quand ils m'ont demandé si j'avais de la famille chez qui me reposer pour que je ne reste pas seule après le choc de ce qu'il venait de se passer, je n'ai eu qu'un prénom en tête : celui de Cécilia. Je ne me voyais appeler personne d'autre.

Après lui avoir raconté toute la vérité sur ma situation et sur la façon dont s'est comporté Connor, elle n'a pas hésité une seule seconde et m'a très gentiment proposé d'occuper le lit vacant de sa chambre.

Et hier en fin d'après-midi, la police a officiellement mis un terme aux rumeurs concernant l'implication de Brooks dans la disparition de Kelly en annonçant publiquement son incarcération.

– Il est déjà l'heure ? je demande à Cécilia, qui lisse machinalement sa queue-de-cheval, l'air ailleurs.

Le silence qui leste sa respiration prouve qu'elle est aussi peinée et bouleversée que moi. Après tout ce qu'on a fait, tout ce qu'on a espéré, aucune de nous n'arrive à réaliser que ça se termine vraiment de cette façon.

Qu'on ne reverra plus jamais notre amie.

– Oui. Ça y est.

J'opine, inspire un grand coup et m'oblige à me lever et à m'habiller.

Lorsqu'on quitte la chambre universitaire de Cécilia, je comprends à quel point l'atmosphère a changé sur le campus. Le visage souriant de Kelly est encore sur tous les murs, mais la tristesse a remplacé l'espoir partout autour de nous.

Cécilia prend mon bras quand nous arrivons devant deux étudiantes qui distribuent des tulipes roses devant les escaliers du grand hall. Armé de fleurs, tout le monde se regroupe devant une petite estrade sur laquelle le doyen s'apprête à donner un discours en l'honneur de Kelly. À sa droite, un grand tableau sur lequel on a accroché les photos représentant la vie de notre camarade, son petit ami, sa famille et ses fous rires, est orné de couronnes végétales et de bouquets pastel.

J'aperçois un couple d'un certain âge à côté du mémorial, sûrement les parents de Kelly. Malgré la douleur, ils font preuve d'une dignité incroyable. Mais quand la mère de mon amie commence à avoir le menton qui tremble en observant l'assemblée réunie pour honorer sa fille, j'ai l'impression que mon cœur se fissure avec elle.

Le doyen monte sur l'estrade quelques minutes plus tard et commence son hommage. Cécilia me serre fort la main en regardant droit devant elle. L'émotion devient incontrôlable quand le doyen se met à évoquer la joie et la présence que Kelly apportait à ses collègues du Starbucks et, sans qu'on échange le moindre coup d'œil, je sais que, tout comme moi, Cécilia a les joues mouillées de larmes.

Je passe mon bras derrière son épaule et la serre fort contre moi.

Je ne lui dis rien, à quoi ça servirait de mettre des mots sur quelque chose d'innommable et d'indescriptible ? Ça soulage peut-être celui qui parle, mais pas celui qui entend.

– Le premier devoir d'une institution telle que la nôtre est d'offrir un cadre de sécurité aux élèves qui s'y trouvent, continue le doyen d'un ton grave et solennel. Et cette fois-ci, notre université n'a pas rempli son rôle. Kelly Choi était une jeune femme brillante et joyeuse, promise à un avenir radieux. De nombreuses portes s'ouvraient devant elle. Grâce à ses sourires, ses encouragements et sa bonne humeur constante, elle se faisait toujours beaucoup d'amis, peu importe où elle allait. Kelly était extrêmement attachée à ses amis, c'est vrai, mais aussi à sa famille. Et je ne peux m'empêcher de penser à son jeune frère ainsi qu'à ses parents dont la peine est incommensurable en ce jour où nous sommes tous contraints de faire nos adieux à cette jeune femme extraordinaire. C'était une chance pour l'université de Princeton, et pour moi aussi, personnellement, d'avoir pu la compter parmi nos étudiants, même pour un bref instant.

Le doyen de l'université ne mentionne pas une seule fois Brooks dans son discours et c'est vraiment mieux comme ça. Les parents de Kelly n'ont pas besoin d'entendre à nouveau que leur fille a été séquestrée, violée et assassinée par un professeur réputé de la fac dans laquelle elle étudiait.

– Je n'arrive pas à croire qu'elle était juste là, à quelques kilomètres, sanglote Cécilia tout bas tandis que le doyen continue son hommage.

Mon ventre se noue.

La police n'a pas révélé les détails de la découverte du corps de Kelly, mais les médias s'en sont chargés pour eux, et tout le monde sait que, pendant tout ce temps, elle gisait sous deux mètres de terre dans un sous-bois à côté de chez Brooks.

Au milieu de ces atrocités, j'ai tout de même eu le soulagement d'apprendre que le petit garçon métis qui était porté disparu a été retrouvé sain et sauf par un garagiste de la ville. Son fils de 30 ans, dérangé mais pas dangereux, avait vu l'enfant jouer tout seul dans son jardin et lui avait simplement proposé d'aller faire une partie de jeu vidéo chez lui.

– Tu crois vraiment que c'est lui ? Brooks ? me souffle Cécilia, alors même qu'il a tout avoué.

C'est dur à croire pour tout le monde. Impensable pour certains. Et peut-être que j'aurais moi aussi émis des doutes si je ne m'étais pas retrouvée piégée dans ce bureau avec lui ce soir-là.

Le souvenir de mon professeur pendant mon cours particulier se réimprime sur ma rétine, je ressens de nouveau sa présence malsaine et nocive, et un frisson létal se répand sur ma peau.

Qu'est-ce qui se serait passé si Connor n'était pas intervenu ?

– J'en suis sûre, Cécilia. Il a avoué l'avoir étranglée, j'ajoute, le cœur au bord des lèvres. Et puis, ils ont découvert un tas de preuves chez lui, dans une pièce que sa fille ne connaissait pas.

Alors que j'avais baissé la tête, le poids d'un regard sur mon épaule m'oblige à relever les yeux.

Toute la bande de Connor est là et, pour une fois, aucun sourire ne vient couronner leurs visages.

Ils respectent au moins ça... je pense en serrant les dents.

Jasper cesse de me fixer sitôt que nos regards se croisent. Connor n'est pas présent, et je ne sais pas trop comment je suis censée me sentir en constatant son absence. Je suis encore blessée par son comportement, mais c'est surtout la colère qui prend le dessus.

Je dois éradiquer tout ce que j'ai appris à aimer chez lui et qui n'était que du flan. Tout ce qu'il m'a fait miroiter pour m'attirer dans son piège. Et même si je lui dois sûrement la vie, ça ne change rien.

Tout ce qu'il voulait, c'était m'humilier. Johnny se servait de moi pour gratter de l'argent qu'il refusait de gagner en travaillant, et Brooks voyait en moi sa victime idéale.

L'écœurement me tapisse la langue. J'en ai assez d'être la gamine que tout le monde peut ballotter à souhait. C'est terminé, je ne compte plus me laisser faire.

Je me donne une semaine pour me reprendre en main et tout oublier.

55

Connor
Deux mois plus tard

– T'as bonne mine, dis donc, c'est ton voisin qui t'a pomponné ? s'enthousiasme Dylan en me pinçant la joue.

– Touche pas, la crème antirides a pas encore pénétré ! s'écrie Jasper.

– Mais nan, il a juste sa tête des bons jours, sourit Nate.

– La tête d'un mec qui a enfin le droit de quitter son donjon ! je rétorque en cognant mon poing contre ceux de mes potes.

Enfermez un chien pendant un mois entier dans un appartement, il devient fou. Enfermez-moi, je bouffe le chien. Laissez-moi vous dire que j'ai rarement autant apprécié de me retrouver autour d'une bière dans un bar bondé à la tombée du soir.

– Alors, puis-je me permettre de vous ajouter à la longue liste de nos clients entièrement satisfaits, monsieur McDougall ? se targue Nate en levant les sourcils.

Je lui décoche un sourire un peu goguenard.

– Vous pouvez, maître Hamilton.

J'ai pu constater en personne que le cabinet d'avocats Hamilton & Boldmann était à la hauteur de sa réputation. Le père de Nate s'est démené pour m'obtenir seulement deux mois d'assignation à résidence au lieu des cinq requis par le juge. Il ne se faisait pas trop de souci quant à la clémence de celui-ci, vu que j'avais quand même joué un rôle important dans l'arrestation de Brooks, mais mon nom de famille aurait pu me porter préjudice, cette fois-ci. Ils auraient aussi pu vouloir faire un exemple.

– Toujours pas de soucis de votre côté ? je me renseigne.

– Nope.

– Le calme plat.

– Tu nous as sauvé les miches, mec.

Je lève une épaule face à Dylan.

– À quoi ça aurait servi de vous impliquer ? Tout ce que les flics avaient besoin de savoir, c'est que je suis rentré par effraction chez Brooks parce que je suis un petit délinquant qui aime les sensations fortes et que je suis tombé par hasard sur son antre de malade mental.

– Quand même, on t'aurait soutenu. À la vie à la mort, bro.

J'adresse un clin d'œil à Jasp' et on lève tous nos bières d'un même mouvement.

– À la liberté, les gars.

– Aux p'tits culs bien potelés.

– À Kelly.

– Aux plombeurs d'ambiance, grince Dylan en réponse à Nate.

– Il a raison, Sharky. Toute cette histoire est allée beaucoup trop loin, j'affirme.

Dylan repose sa bouteille sur la table et son visage se chiffonne.

– OK, mais qui sait combien de filles Brooks aurait encore pu tuer si vous n'aviez pas découvert sa planque ? s'entête-t-il.

Jasper secoue la tête.

– Personne ne peut le savoir, ça.

J'admets que toute cette histoire n'a pas eu que de mauvaises conséquences. Brooks a été mis hors d'état de nuire, mon paternel a enfin pris conscience de ce qu'impliquait son rôle et fait de réels efforts pour s'intéresser à ce que je veux vraiment, et les parents de Kelly ne passeront pas leur vie à se demander si leur fille est morte ou vivante.

Mais on a eu de la chance. Ça aurait pu se terminer beaucoup moins bien.

– On n'a plus 15 ans, Dylan. Ce qu'on fait a des conséquences et je me rends compte que j'ai envie de penser à l'avenir. Tout ça, c'est fini pour moi, j'achève face à mes amis.

J'ai pas mal cogité pendant mon assignation à résidence. À propos de ce que je compte faire de ma vie, de où me mèneront les choix que je fais aujourd'hui. Cette histoire avec Brooks m'a carrément fait flipper, je dois le dire.

Et ça a remis en question toute ma vision des choses.

Je n'ai plus envie de courir après du vent.

– Tu comptes arrêter ? me demande Nate.

Je sais très bien qu'il parle de notre petit jeu criminel avec les filles. Ça m'a vraiment éclaté pendant un moment, c'est vrai, mais aujourd'hui, je n'en ai plus du tout le goût.

Tout ce qu'il s'est passé ces dernières semaines m'a clairement vacciné. D'ailleurs, j'ai compris depuis longtemps que je me trompais en pensant que les cambriolages étaient la seule chose capable de me procurer des sensations fortes. Je cherchais au mauvais endroit alors que la réponse était juste là, devant mes yeux.

La vérité, c'est que rien ni personne ne m'a jamais fait ressentir quelque chose d'aussi fort qu'Aya.

Il me suffisait de la regarder ou de l'entendre rire

pour sentir toutes les cellules de mon corps vibrer. Comme si elle étendait sa lumière sur mes angoisses quand elle s'approchait de moi et qu'elle me la reprenait quand elle partait. Je n'ai jamais eu l'impression d'avoir un trou dans la poitrine quand j'étais avec elle. Je ne faisais même plus semblant.

Putain, je ne m'étais jamais rendu compte à quel point elle me rendait vivant.

C'est complètement dingue de me dire que j'ai craqué pour cette fille le jour où je l'ai vue ramasser un médoc dans l'herbe. Dingue de penser que je l'aimais avant de la trouver belle, avant d'avoir envie d'elle, avant même de m'en apercevoir.

Dingue de réaliser que je n'ai plus envie de passer une seule seconde de ma vie loin d'elle.

– Ouais. J'arrête.

– J'arrête aussi, claque aussitôt la voix de Jasper.

Il se recule à fond dans sa chaise, les lèvres étirées vers le bas et les mains en l'air.

– On a commencé à quatre, bro. Si t'es plus là, je continue pas, il m'explique en réponse à mon front plissé.

– Alors c'est ici que ça se termine, approuve Nate.

Dylan est le seul à avoir l'air de paniquer à l'idée de laisser tomber nos cagoules.

– Quoi ? M'abandonnez pas, les gars !

– On t'abandonne pas puisque t'arrêtes aussi, sourit Jasper de toutes ses dents.

– Non !

– D'accord. Alors tu continues.

– Ah !

– Tout seul.

J'échange un regard de connivence avec Nate, qui commence à se marrer derrière sa bière.

– Vous m'aimez plus en fait, c'est ça ?!

– On trouvera autre chose, Dylan ! Allez, balise pas comme ça, je le charrie en lui cognant doucement l'épaule.

Si j'angoissais à l'idée de passer à côté de la vie, autant dire que Dylan est en PLS. Il a besoin de faire la fête au moins quatre fois par semaine pour se sentir à peu près vivant.

– Quoi ? renvoie-t-il un peu sèchement, le regard agité.

– On trouvera bien quelque chose, tente de le rassurer Jasper.

– Pourquoi on n'ouvrirait pas une boîte de sécurité ? Un truc qu'on développerait exprès pour les campus ? Un genre de service de surveillance, par exemple ? j'interviens tout à coup.

Ma suggestion attire soudain l'attention. J'ai balancé ça à chaud, sans réfléchir, mais une fois que je l'ai évoquée, l'idée se grave dans mon esprit et me paraît de plus en plus évidente.

– Mais à quel moment on fait un truc marrant ? s'obstine Dylan.

– C'est juste pour t'occuper le temps qu'on te trouve une nouvelle baby-sitter, raille Nate.

– Excellente idée, bro. On revient dans le droit chemin, c'est pas beau, ça ?

– Mouais, ronchonne Sharky malgré tout.

– Et tu comptes faire quoi avec Aya ?

Mon sourire se fige. Je fronce les sourcils en découvrant que c'est Nate qui vient de poser cette question et qu'il me dévisage.

– Tu vas te décider à aller la voir, maintenant que t'es libre ? insiste-t-il.

Dylan plisse les yeux.

– Comment ça ?

Je suis prêt à enguirlander Jasper, mais il a l'air tout aussi surpris que moi. Nate a toujours été d'une perspicacité incroyable, je me demande même comment j'ai pu penser qu'il ne remarquerait rien.

Il me met devant le fait accompli, sûrement pour m'aider à leur en parler en toute franchise, et je décide que c'est le moment ou jamais de saisir cette perche et de me montrer honnête avec eux.

– J'ai l'intention de tout lui dire, je lui réponds en avalant ma salive. Mais j'ai aucune idée de comment je vais m'y prendre.

– Attends, tu comptes lui parler de notre… ancienne combine ? s'inquiète Dylan en insistant sur le mot « ancienne ».

J'ai déjà réfléchi à la question et je réponds sans hésiter :

– Elle doit tout savoir dans les moindres détails si je veux avoir une chance de ne pas me faire bouffer le cœur par machin-truc.

– C'est quoi, une prêtresse qui te fait passer au confessionnal ? rit-il.

– C'est plus que ça, en fait.

Un grand blanc s'en suit, puis Dylan s'exclame :

– T'as vraiment fini par tomber dans les griffes d'une meuf, mon cochon d'Irlandais ?!

– Mon petit bébé va se marier, me singe Jasper en joignant ses mains devant lui.

– C'était sûr. Mais pourquoi tu nous en as pas parlé, mec ?

– C'était la règle numéro un. J'avais pas envie de vous décevoir ou de vous mettre dans la merde, j'explique sans détour. Et puis, je sais pas où ça pourrait mener, ce truc avec Aya. Je veux pas m'emballer. Je l'ai traitée comme une…

La culpabilité retient le mot au fond de ma gorge. Ça

ne sort pas, mais tout le monde a compris.

– Tu sais, si t'es heureux, on est heureux. Et si tu crois que cette fille va te rendre encore plus heureux, ben fonce, mon pote, m'encourage Nate.

Je me sens vraiment con tout à coup. Con et soulagé d'avoir des amis qui me soutiennent quoi que je fasse.

– Je l'aimais bien, moi, en plus, enchérit Dylan. Je vous jure que je serais content de l'adopter !

– Sauf que j'ai aucune idée de la façon dont je peux rattraper le coup, je râle en regardant le liquide tourner dans le fond de ma bouteille.

– Et si tu lui écrivais une lettre ? propose Jasper au bout d'un instant de réflexion.

J'hésite un peu, je ne sais pas si elle est très correspondance à l'ancienne, mais je dois admettre que l'idée est géniale. Ce sera beaucoup plus simple de tout lui dire par écrit.

– Je retire tout ce que j'ai dit sur ton manque d'intelligence, souris-je en checkant la main de mon meilleur ami.

Il grimace.

– T'as rien dit sur mon manque d'intelligence !

– Oups ?

***

Aya

Je pousse les portes de l'amphithéâtre accompagnée de Cécilia et de Marie, une fille qui s'est inscrite au groupe de parole qu'on a créé pour que ceux qui en ont besoin puissent se sentir libres de parler de leurs traumatismes ou de leurs problèmes familiaux. Marie nous a rejointes parce qu'elle a été bouleversée par la mort de Kelly et qu'elle n'osait pas se confier à sa famille, déjà bien inquiète de savoir qu'il pouvait se passer de tels drames dans une université aussi prestigieuse que Princeton.

Elles savent toutes les deux que le nouveau moi tente d'oublier Connor depuis qu'il n'est plus là.

C'est un succès en demi-teinte malgré tous mes efforts. Il y a toujours quelque chose qui me ramène à lui. Que ce soit quand je me rends à la cafétéria où il est venu m'aborder pour la première fois ou quand je repasse devant la salle de sport où je n'ai, par contre, jamais remis les pieds. Même quand je vais travailler au Starbucks, je me surprends à surveiller la porte comme s'il allait resurgir d'un instant à l'autre et recommencer avec ses petites provocations et ses petits sourires arrogants. Comme si ce fichu machin dans ma poitrine était devenu muet depuis qu'il ne le voit plus.

Pourtant, j'ai carrément banni son prénom de nos conversations et je fais tout pour fuir sa bande quand je les croise dans les couloirs, même si, quelque part, je dois bien admettre qu'ils me manquent, eux aussi.

– Hey ! Aya !

Tout mon corps se crispe quand je vois Dylan se tenir face à moi. Il salue Marie, s'assure que l'ex de sa cousine continue de lui ficher la paix, puis reporte son attention sur moi.

– Voilà, madame ! sourit-il malicieusement en me tendant un papier plié en quatre de sa poche. Connor n'a toujours pas le droit de mettre un pied ici, donc je me permets de jouer les coursiers.

Je prends la feuille d'une main hésitante, sur la défensive. Je devrais sûrement refuser d'avoir quoi que ce soit à faire avec eux, mais il a à peine mentionné Connor que j'ai la sensation de me prendre un uppercut dans l'abdomen.

– C'est quoi ? je l'interroge alors que Marie et Cécilia observent avec suspicion ce que je tiens entre les mains.

Mais Dylan me lance un « Moi, je t'ai toujours trouvée mignonne ! » et s'enfuit sans rien ajouter.

Cécilia l'engueule alors qu'on ne le voit déjà plus dans la foule des étudiants qui se pressent pour rejoindre la cafétéria.

– Tu veux qu'on la déchire pour toi ?

C'est la meilleure chose à faire, me murmure ma conscience.

Mais allez savoir pourquoi, ma tête fait non. Je déplie le papier, puis replie précipitamment la lettre sans rien avoir lu et la fourre brutalement dans la poche de mon sac à dos.

Non, je ne ferai pas machine arrière, c'est terminé.

– J'irai la jeter moi-même, j'indique aux filles.

J'aurais dû le faire devant Dylan, le message aurait été encore plus clair. Je me dis que je m'en occuperai dans la journée, quand ils seront sûrement tous les trois en train de squatter leur banc préféré, comme tous les débuts d'après-midi.

***

Il est vingt-deux heures et le film qu'avait lancé Cécilia sur son PC vient de se terminer. Je soupire, assise contre le mur sur son lit. La lettre diabolique est là, à un mètre de moi, dans la poche de mon sac. Elle n'a pas bougé depuis que je l'y ai mise.

Disons que j'ai oublié de la jeter.

Cécilia, qui capte mon petit manège, descend du lit et récupère l'objet qui a cristallisé toutes mes émotions durant la journée. Elle pose le papier sur mes genoux une fois revenue.

– Arrête de te torturer. Tu veux savoir ce qu'il y a d'écrit, pas vrai ?

Je me mords la lèvre.

Oui, ça me ronge de l'intérieur.

– J'ai vraiment envie de la lire, mais…

– T'as peur d'être un peu moins en colère après ?

– Peut-être bien.

– Peu importe ce qu'il te dit là-dedans, insiste-t-elle en la faisant glisser dans ma main. Si tu ne la lis pas, tu ne vas pas arrêter de tourner et de te retourner cette nuit, et je suis quasiment sûre que tu vas me réveiller. Alors lis-la, d'accord ?

Je ris sans en avoir le cœur et déplie la feuille en ordonnant à mon pouls de se calmer. Je prends une grande inspiration et je me lance.

Petite reine,

Tu m'as connu menteur, j'ai pensé que ce serait bien de rééquilibrer les choses. Alors voilà un peu de vérité.

Pour commencer, Jasper est né en avril. J'ai inventé cette histoire d'anniversaire pour me rapprocher de toi. Je ne gère aucun groupe de soutien pour les premières années.

J'ai des amis qui comptent plus que ma propre famille à mes yeux. Avec qui j'ai tout fait et presque tout essayé, à part les relations sexuelles. Ensemble, on a monté une sorte de petite combine pour passer le temps. Le but était de séduire des filles comme toi pour les cambrioler après.

C'était une façon débile de se prouver qu'on pouvait faire nos propres choix, dépasser nos limites et vivre autre chose que ce que nos parents ont choisi pour nous. Ma mère n'est qu'une ombre et, comme tu le sais, mon père a toujours tout décidé à ma place. Je ne lui en veux plus aujourd'hui, mais j'ai été en colère pendant longtemps. Depuis que je suis petit, on m'apprend que tout se règle avec de l'argent, que si je veux quelque chose, je peux l'avoir immédiatement. Le monde est devenu fade à mes yeux et je ne savais pas quoi faire pour échapper à ce sentiment. Avant toi, je n'ai jamais su ce que c'était d'avoir la niaque et de se battre pour obtenir quelque chose.

Et, avant de savoir que tu existes, j'étais persuadé que j'avais besoin de faire des trucs illégaux pour me sentir vivant.

C'est comme ça qu'on a su pour Brooks. On était entrés chez lui ce soir-là.

Tu as été celle que j'ai choisie cette fois-ci. Tu étais ma cible comme beaucoup d'autres filles depuis que je suis entré à la fac. On fonctionnait toujours de la même façon : coucher avec une fille pendant que les autres entraient par effraction chez elle. Mon but était de te proposer un rendez-vous, et tu étais censée me tomber dans les bras, comme d'habitude.

Sauf que toi, princesse, tu as balayé mes habitudes et toutes mes convictions. C'était déjà trop tard quand j'ai compris que tu étais devenue ma personne préférée sur terre. J'avais perdu mon pari cette fois-ci, mais je n'arrivais pas à me l'avouer.

J'ai été honnête la nuit où tu es venue dormir chez moi. Je ne te mentais pas et j'étais vraiment moi, tu vois, un petit con de gosse de riche qui se rend compte qu'il s'est fait prendre à son propre jeu.

J'ai peut-être un peu flippé quand je me suis rendu compte de la place que tu prenais dans ma vie. J'avais peur que tu bouleverses mon monde, alors qu'en fait, c'était toi, mon monde.

Tu sais quoi, petite reine ? Je crois que mon cœur risque de peser un peu trop lourd sur la balance du Jugement dernier, mais me faire dévorer par une déesse crocodile mangeuse d'organes, ce n'est pas au programme. Donc j'ai l'intention de devenir quelqu'un de meilleur et de revenir te chercher. Je ne te demande pas de me répondre. Je ne te demande pas non plus de me pardonner.

Simplement de m'attendre, si tu peux.

Je replie la lettre, fébrile, ne m'attendant pas du tout à me retrouver si bouleversée par sa confession.

Cécilia, toujours à côté de moi, serre mes doigts dans les siens en guise de soutien. Elle sait que j'aurai encore plus de mal à tirer un trait sur toute cette histoire, à présent.

Mais je le dois. Même si mon cœur vient de se morceler, je sens que la meilleure chose à faire est de me recentrer sur moi.

56

Aya

Une semaine complète vient de s'écouler depuis que Connor m'a fait parvenir sa lettre. Je pensais que ce temps m'aurait permis de me remettre les idées au clair, mais pas du tout.

J'ai toujours aussi mal quand je croise les garçons sur le campus. Les regards qu'ils me lancent à la dérobée me ramènent tout le temps à la lettre de Connor. Le manque est difficile à supporter. J'ai un mal fou à trouver le sommeil. Pour autant, je n'ai pas abandonné ma résolution de rester centrée sur les cours, qui sont toujours aussi intenses. Cécilia a beau apprécier Connor, elle pense qu'il reste un connard fidèle à sa réputation.

Plus aucun mec dans ma vie.

Je suis en train de reprendre mes notes sur l'ordinateur portable qu'elle me prête très gentiment, quand j'entends trois petits coups secs à la porte.

Je me tourne en direction du seuil, étonnée que quelqu'un débarque alors que ma coloc n'est pas là.

Peut-être Marie ?

Bizarre, j'entends les portes des chambres voisines s'ouvrir et j'ai l'impression que des gens rient dans le couloir.

Je me lève pour aller ouvrir, réordonne un peu mes cheveux et déverrouille le loquet.

Dès que j'ouvre le battant, « Sexual Healing » se met à faire trembler tous les murs du couloir. Je porte la main à ma bouche, complètement coite.

Nate tient l'enceinte portable qui joue la chanson de Marvin Gaye devant lui, stoïque et sans expression. Jasper est en train de danser langoureusement à côté de lui. Dylan fait claquer ses doigts en rythme, et Connor, ce… ce foutu McDonald est là, exactement face à moi, engoncé dans un déguisement de pharaon en plastique douteux. Je baisse lentement les yeux jusqu'à sa main, et je découvre qu'il tient un verre d'eau dans lequel il a jeté un cachet effervescent.

Ma raison se morcelle ; une part de moi a envie d'éclater de rire, l'autre, de se jeter dans ses bras. Mais je me retiens en essayant d'adopter mon air le plus inabordable.

Il vient vraiment de traverser tout le campus dans ce déguisement ? Lui ?!

Des dizaines de personnes se sont amassées pour filmer la scène. Sans réfléchir, je tire Connor par le bras et referme la porte derrière lui.

– Qu'est-ce que ça veut dire tout ce… truc ?! je lâche enfin, une fois qu'on est seuls à l'intérieur.

Il ôte sa coiffe en plastique, la jette sur le lit et passe une main dans ses cheveux désordonnés. Je ne l'avais pas vu depuis deux mois.

Je crois qu'il est encore plus beau que dans mes souvenirs.

Mon cardio monte en flèche.

– Ça te plaît pas, princesse ?

Je me force à fermer les bras sur ma poitrine, bien décidée à lui faire comprendre qu'il ne suffit pas de se déguiser pour que tout soit effacé. S'il croit que je lui ai pardonné le fait de m'avoir traitée comme un vulgaire déchet, il se met le doigt dans l'œil. Connor m'a fait du rentre-dedans pendant des semaines en faisant semblant de s'intéresser à moi et, quand j'ai fini par nourrir de vrais sentiments pour lui, il m'a jetée comme une grosse bouse.

Je n'étais qu'un nom de plus sur sa liste.

– Non, ça ne me plaît pas, Connor. Tu m'as blessée, humiliée, tu as profité de ma faiblesse et, si mes souvenirs sont bons, tu es même allé jusqu'à voler ce que j'avais de plus précieux après que je m'étais confiée à toi !

– J'ai paniqué.

Il pose le verre sur le bureau à côté de lui et ouvre son autre main, penaud, mon pendentif de Khépri suspendu sur sa chaîne autour de son doigt.

Dès que j'aperçois le médaillon, je le récupère d'un geste rageur. Je suis tellement soulagée de le retrouver que je pourrais fondre en larmes, mais j'ai vidé tout mon stock lacrymal il y a deux mois, quelque part entre son appartement et le bureau de M. Brooks.

– Je sais que j'ai bien merdé, Aya.

– On merde quand on fait une bêtise, je réfute en attachant ma chaîne autour de ma nuque. Tu as juste été toi-même, Connor. Ne t'excuse pas pour ça. C'est comme ça, c'est tout.

– Non, en fait… Attends.

Il pivote sur lui-même, frappe du poing sur la porte et crie à sa « bande de branquignols » d'arrêter la musique, puis il se tourne de nouveau face à moi.

– En fait, reprend-il en se raclant la gorge, tu sais à quel moment j'étais vraiment moi-même ?

– Non, je réponds dans un souffle que j'aurais voulu moins faible.

– C'était quand on n'était rien que tous les deux. Toutes les fois où on était seuls, que ce soit au drive-in, chez moi ou sur le capot de ma voiture… Là, j'étais à cent pour cent moi-même. Tu veux bien m'aider à redevenir ce mec ? ajoute-t-il après une seconde de silence.

Je détaille son costume ridicule qui n'est même pas celui d'un pharaon, mais plutôt d'un prêtre de Bastet, repense à tout ce que ça a dû lui demander comme efforts et comme humilité pour se pointer jusqu'ici et me supplier de réintégrer son monde, mais je ne sais pas si je suis prête à lui accorder de nouveau ma confiance. Son petit manège ressemble un peu trop au Connor que j'ai rencontré la première fois.

Même si le souvenir de nos moments à deux me cisaille le cœur, même si je repense tous les soirs à l'orage qui martelait les vitres de la voiture pendant qu'il me mart…

Non ! Ne te laisse pas attendrir, Aya. Surtout, oublie l'orage et le marteau-piqueur.

– C'est trop tard, désolée. Je ne suis pas une girouette, j'assène, la voix tremblotante.

– J'ai compris. Pas de souci, petite reine.

L'air d'acceptation qui flotte sur son visage me prend de court. Je ne sais pas, je pensais bêtement qu'il insisterait un peu plus. Mais Connor tourne simplement les talons et c'est moi qui me retrouve comme une cruche avec ma déception et mes remords.

Je suis sur le point de le rattraper pour l'engueuler, quand il se retourne vers moi, un grand sourire sur les lèvres.

– Salut, princesse. Je m'appelle Connor.

– Qu'est-ce que tu fous ? je balbutie sans pouvoir retenir le sourire bête qui étire mes lèvres.

La vérité c'est que, avant lui, je n'avais aucune idée de ce que ça faisait de regarder quelqu'un et de sourire sans raison.

– Comme promis, je te présente le nouveau Connor. J'ai le droit de connaître ton prénom ?

Des milliers de papillons battent des ailes au fond de mon ventre.

– Aya.

– Aya comment ?

– Lowell.

– Enchanté, Aya Lowell. Ça te dit, un petit tour dans ma pyramide ?

– Je peux boire ça, avant ? je demande en pointant du doigt le verre avec l'aspirine.

– Nan, c'est pas assez infusé.

– C'est pas une tisane, je glousse.

– En fait, si. J'ai mis une camomille dedans pour te calmer au cas où tu serais encore trop remontée contre moi. J'ai juste coupé l'étiquette.

– T'essaies encore de me manipuler, là ?

– Pas du tout, rit-il doucement.

Puis il s'approche, les paupières mi-closes, passe doucement sa main sur ma joue et capture mon sourire avec ses lèvres humides. Sa langue se fraie un passage dans ma bouche sans rencontrer la moindre résistance. Sa tendresse m'avait tellement manqué que j'en gémis de soulagement.

Il m'attrape sous les genoux et me hisse sur mon lit.

– Alors, la pyramide ? souffle-t-il en écartant mes cuisses.

– Plus tard, je halète en le tirant vers moi, les jambes tremblantes d'anticipation.

– Comme tu veux, ma reine.

Un sourire évocateur dévoile la ligne de ses dents blanches. Il retire le haut de son horrible déguisement en m'offrant une délicieuse vue sur les muscles saillants de son torse nu et m'allonge, puis se positionne au-dessus de moi.

Pendant un bref instant, le temps se suspend. Puis sa langue reprend brutalement possession de ma bouche, furieuse et déchaînée. J'abandonne mes doigts dans ses mèches blondes et tire dessus pour sentir tout son corps recouvrir le mien.

Perdue dans ce baiser qui me fait basculer dans un tourbillon frénétique, je ne fais même pas attention au moment où Connor se protège. Je sais juste que je veux sentir sa douceur se mêler à son excitation comme la dernière fois, parce que ça m'avait beaucoup trop manqué.

Il défait mon jean, m'ôte mon pull et retire mes sous-vêtements. Puis, le souffle haché, Connor agrippe ma cuisse d'une main et enroule l'autre dans une mèche de mes cheveux défaits. Il se présente à l'entrée de mes chairs, plante de nouveau ses yeux fiévreux dans les miens et, sans me quitter du regard, s'enfonce profondément en moi.

Connor est doué pour le sexe, ce n'est plus à prouver. Mais je ne le savais pas capable de m'ôter le souffle d'un simple coup de hanches, si puissant que je le sens pénétrer la moindre cellule de mon corps.

Il ressort entièrement, puis entre de nouveau après avoir glissé lentement contre mes replis humides pour décupler mes sensations. À chacune de ses poussées, mon souffle se bloque et se perd. Je pose les mains sur ses abdominaux tendus et secs, et il revient plus fort.

Sa main glisse sur ma cuisse, il me reprend fermement en plaquant ma jambe contre sa hanche. Ses coups de reins s'intensifient et nos respirations déraillent et s'essoufflent, mêlées l'une à l'autre ; nos bouches sont à quelques centimètres l'une de l'autre.

Comme si mon corps ne voulait que lui, j'ai de nouveau l'impression que c'est la première fois qu'il brûle réellement de l'intérieur. Des gémissements essoufflés s'échappent de ma gorge de plus en plus fort. Je n'en retiens aucun, je veux me souvenir de toutes ces sensations qu'il crée en moi, de cette extase qui me ravage. Mes ongles labourent sans la moindre vergogne le haut de son dos au rythme de ses pénétrations rapides, vives et douces à la fois.

Il se nourrit de moi, comble le manque qu'on s'est imposé et efface les regrets. L'explosion est de plus en plus proche. Je m'arrime à ses épaules en sentant que je suis proche de mon point culminant. Connor commence à se tendre au moment où mes muscles se tétanisent de plaisir, et un râle profond et rauque déchire sa poitrine. Au même moment, des centaines de petites étincelles crépitent dans mes jambes et mon bassin.

Connor se retire doucement, mais reste au-dessus de moi, à bout de souffle, tout le poids de son corps supporté par le bras qu'il vient de tendre à côté de ma tête pour ne pas m'écraser.

Mon cœur tambourine encore violemment dans ma poitrine. J'ai du mal à retrouver un rythme de respiration normal, et j'ai surtout du mal à empêcher mon cœur de chavirer. Je repousse les quelques mèches hirsutes qui retombent devant les yeux de Connor et caresse sa pommette du bout des doigts.

– Je veux bien, soufflé-je tout bas. Je veux bien qu'on essaie d'être un couple.

– Et tu veux bien essayer de m'aimer, Aya Lowell ?

– C'est déjà le cas, Connor McDougall.

– Alors dis-le, m'intime-t-il tandis qu'un éclat taquin traverse ses prunelles.

– Je t'aime.

Il se penche vers moi en me rendant mon sourire, ses lèvres chatouillant le coin de ma bouche.

– Je t'aime aussi, princesse.

57

Aya

Je suis la première à bondir de ma chaise lorsque Mme Richert annonce la fin de son cours. Il n'y a encore pas si longtemps, c'était complètement l'inverse. Je travaillais d'arrache-pied et je m'oubliais par peur de laisser mon avenir échapper à mon contrôle. Jamais je ne me serais doutée que quelqu'un comme Connor partageait le même genre de crainte que moi.

Il avait peur de ne pas ressentir la vie, j'avais peur de ne pas réussir la mienne. Aujourd'hui, Connor n'a plus besoin d'expérimenter des choses extrêmes et illégales pour se prouver qu'il est en vie. Et moi, je sais que, quoi qu'il arrive, je ne serai plus jamais seule.

C'est ce sentiment qui, une semaine après nos retrouvailles, me fait encore traverser le campus à toute allure.

Connor n'a plus le droit de mettre un pied à Princeton, alors il vient me chercher tous les soirs devant la fac. Je l'aperçois au même endroit que d'habitude, appuyé sur sa moto, un large sourire fiché sur les lèvres.

Sauf qu'aujourd'hui, mon cœur se gonfle un peu plus que d'habitude.

On a prévu d'aller tous les deux déposer des fleurs au pied de la stèle commémorative érigée non loin du campus en hommage à Kelly.

Le temps est encore doux alors que l'automne s'achève,

parsemant le sol de feuilles d'arbres aux teintes rouges. Je me dis que mon amie ne verra plus jamais ce spectacle, je pense à Néoh, son petit frère, et l'émotion m'envahit.

Alors, je me concentre sur Connor.

Ses cheveux blonds sont coiffés en arrière, son jean moule ses cuisses musclées à la perfection, les manches de sa veste en jean sont retroussées sur ses avant-bras, laissant apparaître sa montre et ses bracelets.

Il m'alpague de ses yeux doux, ignorant royalement toutes les autres filles qui cherchent encore à attirer son attention en tortillant du cul.

C'est mon mec.

Lorsque j'arrive devant lui, Connor plaque sa main sur mes fesses et m'attire fermement contre son torse.

– Salut, princesse.

Ses lèvres se pressent contre les miennes avec impatience. Son odeur, sa voix et la chaleur de son contact rechargent quasi instantanément mes batteries. Je vis notre relation comme elle vient et je prends tout le positif sans me poser mille questions ou demander aux dieux de me montrer la voie à prendre. Et force est de constater que ça marche.

Je sais que Connor est différent des hommes de ma famille.

Je sais que ma mère l'aurait aimé.

– Qu'est-ce que tu écoutes ? je lui demande, curieuse, en remarquant qu'il porte ses écouteurs sans fil.

– La meilleure musique au monde.

Il ôte l'un de ses écouteurs et le place dans mon oreille. Je reconnais tout de suite une chanson de One Direction et j'écarquille aussitôt les yeux :

– Ça me fait mal de le reconnaître, mais je crois que t'es l'homme parfait.

Il m'aguiche d'un sourire moqueur et attrape mon menton pour déposer un autre baiser, plus délicat qu'une plume, sur mes lèvres.

– Je te le répète depuis le premier jour.

Puis, Connor pose son front sur le mien et, tout en passant doucement son index sur l'arête de ma mâchoire, se met à chantonner sur les paroles de Harry Styles.

« And I'll be gone, gone tonight
The ground beneath my feet is open wide
The way that I been holdin' on too tight
With nothing in between »
(« Et je serai parti, parti ce soir
Le sol sous mes pieds est grand ouvert
La façon dont je m'accrochais trop fort
Sans rien au milieu »)

Ses lèvres chuchotent contre ma bouche…

« The story of my life, I take her home
I drive all night to keep her warm, and time
is frozen
(« L'histoire de ma vie, je la ramène à la maison
Je conduis toute la nuit pour la garder au
chaud, et le temps
est figé »)

Puis ses doigts s'enroulent autour de ma main, et il me fait faire un tour sur moi-même devant tout le monde.

Lorsque je reviens face à lui, on rit tous les deux comme des enfants.

– J'ai une requête pour toi, petite reine, annonce-t-il en coupant la musique.

– Je t'écoute, souris-je en reprenant mon souffle.

– Reviens t'installer chez moi.

– Comment ça ? Maintenant ?

– Non, Jasp' a pris ses quartiers, il avait envie de squatter un peu ma piaule. Et il se balade toujours cul nu, donc j'aime moyennement l'idée que tu puisses le croiser en train de s'aérer la saucisse. Mais je prévois de le virer après les vacances de Noël.

Je grimace en fronçant le nez, légèrement rebutée par l'image.

– C'est dégueulasse.

Un petit rire taquin vibre dans sa poitrine.

– Plus sérieusement. Je sais que t'as besoin de temps. Alors, c'est d'accord ? Tu poses tes valises après les vacances ?

Je fais mine de réfléchir, mais comment voulez-vous que je refuse ?

– Tu sais que je vais accepter, fais-je semblant de grommeler.

– Putain, c'est fou. T'as jamais pu me résister, en fait.

– Va chier, McDonald ! je rage en essayant de paraître un minimum crédible.

Ça ne le fait que rire un peu plus, et il ne cille même pas quand je lui frappe le torse avec le poing. De toute façon, je suis bien obligée de reconnaître que c'est lui qui a gagné.

C'est le seul qui sait comment allumer mon âme.

Et je sais qu'aucun dieu ni aucun autre être humain sur terre ne le fera jamais aussi bien que lui.

ÉPILOGUE

Aya
Un mois plus tard

– Tu veux bien te bouger les baloches de Noël, mec ? Je suis complètement congelé !

– Ça va, je vérifie juste mes sapes ! râle Dylan sur le perron de la villa Hamilton.

En bout de file, Connor me tire par les hanches pour me ramener dans les pans de sa doudoune. J'envoie rapidement le message que je finissais d'écrire à Cécilia et me blottis bien volontiers contre mon petit ami. La nuit dernière, la neige a recouvert le New Jersey d'un épais manteau blanc. J'adore la neige et, en tant que nouvelle fan des fêtes de fin d'année, je ne pouvais pas rêver mieux.

À part, peut-être, le voir réintégrer l'université de laquelle il a été définitivement renvoyé. Je ne minimise pas ce qu'il a fait à toutes ces filles en les manipulant et en s'introduisant chez elles. C'est très grave, et il méritait d'être sanctionné et de rendre tout ce que le groupe avait volé pendant ces trois années. Mais je sais qu'il a pris du plomb dans la cervelle. Et pour toutes celles qu'il a peut-être sauvées en dehors de moi…

Je trouve la sanction un peu dure.

Ceci dit, il n'a pas l'air de s'en plaindre. Les garçons

et lui ont l'intention de monter leur propre société de gardiennage à la fin de l'année scolaire, il bosse déjà sur le projet nuit et jour tellement l'idée lui plaît.

C'est juste moi qui suis en manque de sa présence quand je suis sur le campus.

Connor me réchauffe en soufflant sous mon écharpe. Un délicieux frisson soulève les petits cheveux à l'arrière de ma nuque.

Je souris en pensant que je pourrais rester là toute ma vie. Mais les parents de Nate m'ont invitée à me joindre au reste du groupe pour fêter Noël cette année et, même si je suis un peu stressée, j'ai vraiment hâte de voir ce qu'est un vrai repas de famille. De toute façon, j'ai fini par demander une mesure d'éloignement contre Johnny. Eh oui, aussi fou que ça puisse paraître, ma famille est là, autour de moi. Cette bande de mecs immatures. Et c'est la première fois que je me sens autant à ma place.

La porte s'ouvre et une femme avec de longs cheveux bruns habillée en tailleur chic nous accueille.

– Entrez, les garçons, on est tellement contents de vous voir !

Son mari apparaît auprès d'elle lorsque Connor et moi approchons. La mère de Nate me prend par surprise en me serrant dans ses bras. Un peu déstabilisée, je lance une œillade perplexe à Connor qui se contente de rire.

– Bienvenue, tu dois sûrement être Aya, c'est ça ?

– Oui, enchantée. Merci pour votre accueil !

– C'est un plaisir !

– Oh, tu sais, on a de la place pour vingt ! me rassure son mari en me tapotant l'épaule un peu trop fort.

Sacrée force dans le bras, papa Hamilton.

Mais je ne doute pas que sa maison soit effectivement

assez grande pour accueillir autant de monde. C'est un mini château !

– Merci encore, Duane, intervient Connor en serrant chaleureusement sa main.

– Pas de quoi. C'est mon métier de sortir les amis de mon fils du pétrin !

La mère de Nate en profite pour se pencher vers moi.

– Tu es ici chez toi, d'accord ? Surtout, sens-toi à l'aise.

Je remercie Mme Hamilton, touchée par l'accueil qui m'est réservé alors qu'on se rencontre pour la première fois. Peut-être que c'est parce qu'ils savent ce qu'il s'est passé avec Brooks et ce que j'ai vécu avec mon oncle. Je me doute que leur fils leur en a parlé, et ça ne me dérange pas.

J'ai arrêté de me cacher depuis longtemps.

En revanche, le fait que Nate, Jasper et Dylan soient complices est resté entre nous, et j'ai promis d'enterrer ce secret pour leur éviter des problèmes avec leurs familles. Connor en a assumé toute la responsabilité.

Mine de rien, je suis fière de ce qu'il a fait pour ses amis.

Je me déchausse dans l'entrée où il m'attend tranquillement.

– Ça va ? me demande-t-il tout bas, conscient que j'appréhendais un peu de participer à cette grosse réunion de famille pour la première fois.

– Oui. Ils sont adorables, je lui réponds à voix basse.

– Je te l'avais dit, princesse.

– Nate a de la chance.

– Toi aussi, maintenant. Je te préviens, ça y est, pour eux, t'es leur fille !

Ce qu'il me dit, sur le ton de la rigolade, me gonfle le cœur d'une chaleur bienfaisante. Si on m'avait dit un jour que je me retrouverais là, en couple et en famille, jamais je n'y aurais cru. J'ai une pensée émue pour ma mère qui doit être heureuse de me voir comme ça.

– Viens, Aya, Bérénice veut te voir ! lance Nate dont la tête apparaît derrière la porte.

J'entends des éclats de rire et de voix joyeux derrière la porte vitrée menant au salon et, quand j'entre, suivie de Connor, je suis surprise de découvrir qu'en plus de la chaleur humaine, un feu brûle dans une immense cheminée en pierre au milieu de la pièce. Le sapin de Noël est énorme, richement décoré, et la table qui a été dressée est digne d'un banquet royal.

L'espace d'un instant, je me sens toute petite. Mais mon attention est vite attirée par Dylan que j'aperçois près du feu, en train de taquiner une grande brune habillée d'une superbe robe à sequins bleu nuit.

C'est sûrement Bérénice.

– Elle est belle, je grogne.

Connor passe son bras derrière mon épaule et me serre en m'étouffant contre son pull de Noël à grelots.

– Sois pas jalouse. Ton divin petit cul est le seul à hanter mes pensées.

– Dylan a l'air de bien l'aimer, en tout cas ! je rétorque en les fixant, amusée.

– Impossible. Nate aurait déjà mis un contrat sur sa tronche. Et Dylan est pire qu'une taupe atteinte de Parkinson, aucune chance qu'il soit encore en vie à cette heure-ci.

– Il est myope ? je m'étonne.

– Nan. Il a eu un accident de voiture il y a quelques années. Depuis, il a la tremblote. On sait pas pourquoi.

– J'avais jamais remarqué… je souffle, surprise.

– Il cache bien son jeu, rit Connor en déposant un baiser sur mon front. Viens avec moi.

Connor m'entraîne jusqu'à Dylan et Bérénice pendant que Nate, ses parents et Jasper papotent entre eux. Les présentations faites, tout le monde se rejoint à table pour dîner. Je m'installe à côté de mon grand blond dans une ambiance joyeuse et bruyante. C'est un tableau de famille comme j'en ai rêvé pendant presque toute ma vie sans vraiment le savoir.

Et je me prends même à penser que, moi aussi, un jour, j'aimerais voir nos enfants réunis autour d'une grande tablée comme celle-ci.

Connor glisse sa main sous la table et remonte un peu ma jupe pour la poser sur ma cuisse. Puis il se penche vers moi et me montre une image sur l'écran de son téléphone.

Je plisse les yeux pour essayer de traduire le nom du pharaon écrit dans le cartouche.

– Ça veut dire « reine » en égyptien, murmure-t-il en happant mon regard dans ses prunelles azur.

C'est complètement faux, mais à cet instant, je suis incapable de faire quoi que ce soit d'autre que le regarder avec un profond mélange d'admiration et d'émotion.

– Et j'ai très envie de regarder *Mulan* avec toi, gronde-t-il dans un sourire tout contre mon oreille.

– Je t'ai commandé le Blu-ray pour Noël.

– J'ai fait comment pour vivre sans toi jusqu'ici ? réplique-t-il avant de se faire rappeler à l'ordre par Jasper.

On rit tous les deux, complices.

– Je t'aime, je m'entends murmurer.

Presque immédiatement, Connor se penche vers mon oreille et souffle :

– Je t'aime depuis un millénaire, petite reine.

– Et moi depuis l'éternité.

Un sourire incontrôlable étire mes lèvres. Le Connor

dont je suis tombée amoureuse n'a pas changé. Il est juste devenu meilleur. On s'est rendu meilleurs tous les deux, et je crois que c'est ça, non ?

La définition de l'amour.

Celui pour lequel on est prêt à tout.

Celui qui surpasse tous les mythes et toutes les croyances.

Celui que rien n'est capable de détruire.

Autrice : Antinea Kane

Edisource – Éditions Addictives
100, rue Petit, 75019 Paris
Imprimé par FINIDR – Lipova cp. 1965 – 73701 Cesky Tesin,
République tchèque
Dépôt légal : janvier 2024 – Achevé d'imprimer : décembre 2023
ISBN : 978-2-37126-634-6
Réf. contrat : ZONN_001